クローゼットファイル

仕立屋探偵 桐ヶ谷京介

川瀬七緒

講談社

目次

ゆりかごの行方 —— 7
緑色の誘惑 —— 57
ルーティンの痕跡 —— 115
攻撃のSOS —— 175
キラー・ファブリック —— 237
美しさの定義 —— 317
解説　東えりか —— 386

クローゼットファイル　仕立屋探偵　桐ヶ谷京介

ゆりかごの行方

1

桐《きり》ヶ谷京介《やきようすけ》は、パソコンのモニターに映るデンマーク人女性と打ち合わせをしていた。独特の訛《なま》りのある英語にことのほか苦戦し、さらには接続の悪さとも格闘しながら依頼の内容をひとつひとつ確認している。が、彼女の傍《かたわ》らでずっとむずかっていた赤ん坊が本格的に泣きはじめてしまい、打ち合わせは完全に中断することとなった。そこへ飼い犬であるビーグルも参戦し、もはや収拾がつかなくなっている。まるで喜劇のようだと思わず笑ってしまった。

「すみませんね。スムーズに進められなくて」

ペンを置きながら桐ヶ谷が言うと、「それはこっちのセリフよ」と彼女は大げさに肩をすくめてみせた。綿菓子のように広がった金髪をかき上げ、ベビーベッドから赤ん坊を抱き上げる。

「この子がずっとご機嫌斜めだし、うちの回線も最悪だしね。ミスターキリガヤとの交渉は、さすがに自宅からは無理があったかも」

彼女はピンク色の魚のおもちゃを取り上げて娘の顔の前で揺らしたが、当の赤ん坊は見向きもしなかった。全身の筋肉を使って力むような声を上げ、時折り体を仰《の》け反《ぞ》らせながら脚をぴんと突っ張っている。

彼女は赤ん坊を必死にあやしながら、モニターに苦笑いを送ってきた。

「ここ最近は世界的にテレワークじゃない？　家で仕事できるのは嬉しいんだけど、感染リスクがあるからベビーシッターも頼めないありさまでね。私も気の休まる時間がなくなってるのよ。この子に振りまわされっぱなし」

桐ヶ谷は頷《うなず》きながらモニターの時計に目をやった。十五時十三分。コペンハーゲンとの時差は七時間だから、ネットを介した向こう側は朝の八時をまわったばかり。何かと忙しい時間帯かもしれなかった。

桐ヶ谷は、泣き止む気配のない赤ん坊を見ながら言った。

「ひとまず通信を切ったほうがよさそうですね。娘さんが落ち着いたら再開しましょう。僕のほうは何時でもかまわないので」

「ありがとう！」

彼女は身振りを交えて率直な感謝を伝えてきた。

「そう言ってくれると本当に助かるわ。この子、昨日の夜から機嫌が悪くてミルクもあまり飲んでないの。もう少しだけ様子を見て、変わらないようなら往診を頼もうかと思ってるのよ」

「それは心配ですね」

「ええ。でも、どうしても今日、日本の合繊《ごうせん》メーカーへ取り次いでもらいたいのよ。プルミエールでサンプルを見てから、その生地《きじ》が忘れられないの。うちのメゾンでもぜひ使いたいんだけど、メーカーがわからなくて」

「ええ。先日、そのサンプル生地が届きましたよ」

桐ヶ谷は傷だらけの裁断台の上に置かれた封筒から、小さな端切《はぎ》れを取り出した。黒いナイロンジャージの生地で、とろみのある素材感と光沢が最大の特徴だ。これは細かく分析しなくても、どこで作られた生地なのかはひと目見ただけでわかっていた。

「非フッ素系加工剤、いわゆるC0撥水《ゼロはっすい》生地ですね。C0撥水剤は地球環境や人体に優しい薬品ではありますが、とにかく扱いが難しくて従来の撥水剤と比べて性能も劣ります。これはかなりのデメリットになりますが、大丈夫ですか?」

「ええ、この素材感には代えられないわ! 今季のうちのコンセプトにはこの生地がどうしても必要なのよ!」

彼女は赤ん坊の泣き声に負けないくらいの大声を張り上げた。どうやら本気でこの生地に入れ込んでいるようで、繊維工場にとって利があるものと思われる。桐ヶ谷は頷いた。

「この撥水生地は、福井《ふくい》という都市にある小さな工場で作られたものですよ。おそらく、加工技術で彼らの上をいく工場は世界じゅう探してもないんじゃないかな」

彼女は「ワオ！」と声を上げ、きれいな歯並びを見せてにこりと笑った。「あなたを紹介してもらえて本当にラッキーだったわ。生地を見せればすべてがわかる日本人がいるって聞かされてたんだけど、正直、本気にはしてなかったの。ごめんなさい」

「かまいませんよ。だいたいみんな初めはそんな感じなので。この生地は四人で経営している町工場が作ったものです。技術は間違いないですが、先方が依頼にのってくるかどうかは未知数ですね。急な話でもありますし」

「そうよね。条件面を急いで提示するようメゾンに伝えるわ。ぜひあなたに仲介と交渉もお願いしたい。企画の細かい内容なんだけど……」

彼女は興奮気味に先を続けようとしたけれども、全身で不快感を訴える赤ん坊がそれを許さなかった。

「ああ、やっぱりダメね。この子の機嫌が直ってから話すことにするわ」

赤ん坊は顔を真っ赤にして激しく泣いており、その忙《せわ》しないリズムが桐ヶ谷を焦らせる。ともかく急いで通信を切ったほうがいいと思ったとき、赤ん坊の動きに何気なく目が留まった。肉づきのよい脚をまっすぐに突っ張らせ、たびたび顔を右に向けては腰をよじるような動きをしている。モニター越しに赤ん坊の仕種《しぐさ》を注視しているうちに、動きに一定の法則があるような気がして桐ヶ谷は身を乗り出した。

「ちょっと待った。まだ通信を切らないで」

右手を上げつつ、なおも食い入るように赤ん坊を観察する。何事かと訝《いぶか》しげな顔をしている彼女に桐ヶ谷は伝えた。

「右側の脇の下。娘さんはそこを意識して動いています」

「え？　いったいなんのこと？」

彼女は腕の中で泣いている赤ん坊に目を落とした。水玉柄のベビー服は赤ん坊の体に貼《は》りつくようにぴったりで、ひっきりなしに続く全身運動を妨げる要素は何もない。しかし胸から腹にかけての筋肉がわずかに右側へ傾いており、特に首は右斜め下に引っ張られているかのような不自然な動きをしていた。

「突然なんですが、そのベビー服の脇の下を見てもらえませんか？　右側の縫《ぬ》い目です」

赤ん坊にじっと目を据えたまま言うと、母親は眉根《まゆね》を寄せて警戒を覗《のぞ》かせながらも桐ヶ谷の真剣さに気圧《けお》されたようだった。前合わせの紐《ひも》を解いて、右腕をベビー服から抜いた。そして脇の下部分の生地をしばらく見つめていたけれども、次の瞬間には目を大きくみひらいてモニターに顔を撥《は》ね上げた。

「嘘でしょ！　信じられない！　ベビー服の脇の縫い目に、犬の爪が入り込んでるわ！」

彼女はきれいに整えられた指先で縫い目に食い込んでいる犬の爪を引き抜き、モニターに近づけてくる。三ミリにも満たないほんの小さな欠片《かけら》だが、これが赤ん坊の肌に当たって不快感に苛《さいな》まれていたのだろう。

彼女はまだ目を大きく開いたままだった。

「昨日、うちの犬たちの爪切りをしたのよ！　そのとき切った爪が、この子のベビー服に入り込んだってこと？　そうなのね？　この子は昨日の夜からずっとそれを訴えていたのね？」

アメージングやワンダフルといった単語を連発し、彼女は瞳を潤《うる》ませながら桐ヶ谷に感謝の意を表した。

「ミスターキリガヤ！　あなたのおかげだわ！　まだ信じられない！　なぜこの子の気持ちがわかったの！　まるでサイキックヒーラーだわ！」

「いや、そんな特別な能力はないですよ。赤ん坊は全身の筋肉をくまなく使って動くんですが、それにわずかなねじれがあったんです。明らかに右側を気にしていたのでね」

「そんなのまったくわからなかった！　ああ！　よかったわ！　本当によかった！」

不快感から解放された赤ん坊は、泣き疲れてすやすやと寝息を立てはじめている。心からほっとしている桐ヶ谷に彼女は熱烈な礼を述べ、落ち着いたらまた連絡する旨《むね》を口にしてから通信を切った。

桐ヶ谷は大きく伸び上がって強張《こわば》った首をぐるりとまわした。赤ん坊の件はよかったけれども、このあとは頑固な職人との交渉が待っている。一方が熱望していても、彼らの首を縦に振らせるのは容易なことではない。意に沿わない仕事は大金を積まれても請け負わないのに加えて、頼み方を間違えれば永久に聞く耳をもたなくなるからだ。

「まずは現地へ飛びたいとこだけど、このご時世では難しいな……」

腕組みしながら戦略を練っているとき、店の扉が開いて六月の生ぬるい風が吹き込んできた。訪問者は格子《こうし》柄のストールを首に巻き、まっすぐの長い黒髪がつむじ風で舞い上がっている。小作りで色の白い顔にはなぜか不満の色が浮かんでいたが、前の通りを歩いてくる中年男を認めて桐ヶ谷は理由を察した。

ヴィンテージショップの雇われ店長である水森小春《みずもりこはる》は、今日も上質の年代物のワンピースをまとっている。来る早々マスクが息苦しいとぼやき、いささか冷たさをはらんだ切れ長の目で桐ヶ谷を流し見た。きりっと上がった眉が心《しん》の強い印象を与え、いつのときも無視できないほどの存在感を振りまいていた。

桐ヶ谷がポケットからマスクを出して着けると、小春は両手に持っていた紙袋を裁断台の上に置いた。

「リモート会議は終わった？　昨日はベルギー、今日はデンマークのメーカーだっけ？」

「一時中断ってところだよ。きみも古着の買い付けにリモートを使ったって聞いたけど」

それを口にしたとたんに小春は渋面《じゅうめん》を作った。

「まあ、ぜんぜんダメだったよ。やっぱり現地へ行ってこの目で見ないと品質が保てない」

「確かに、古着はバイヤーの目がいちばん重要だからね。それより、今日は珍しい組み合わせだけど」

店の入り口へ目をやると、ビニールの包みを持った小太りの男が手を上げながら入ってきた。ベージュ色の麻のジャケットから覗く腹が丸く突出し、ベルトの上に載った脂肪が小刻みに揺れている。血色のよい丸顔に着けられたマスクが鼻の下までずり下がっており、それを指で直してから目許《めもと》に笑いジワを作った。その姿はいかにも人のよい中年だけれども、いつものごとくつぶらな目の奥は冷え冷えとして硬い。

「どうも、どうも。桐ヶ谷さん、アポなしで来ちゃってごめんなさいね」

「いや、アポ取りなよ。警察にはそういう無礼な規則でもあるわけ？」

小春がずけずけと発言したが、杉並《すぎなみ》警察署の警部である南雲隆史《なぐもたかし》は我関せずの調子で答えた。

「ただでさえ警官は急用が多いからねえ。約束したのにドタキャンするのも申し訳ないかと思ってね」

「とんでもない理屈で驚くわ。そんなのは一般社会に通用しないんだよ」

小春は五十過ぎのベテラン警官を諭《さと》しながら紙袋の中身を出していった。それは彼女の店で売られているヴィンテージの洋服であり、どれも時代を超越したような美しさがある。小春は黒いレースのブラウスを取り上げた。

「これがこないだ電話した件のやつ。お得意さんが桐ヶ谷さんにお直しをお願いしたいってさ。それほど急いではいないんだけど、だいたいいつごろに上がりそう？」

「たぶん、すぐに上げてくると思う。先方はやる気満々だったからね」

桐ヶ谷は巣鴨《すがも》で仕立て屋を営む痩《や》せて年老いた男を思い浮かべた。彼は小春をいたく気に入っており、彼女からの依頼は滅多なことでは断らない。小さな仕立て屋を細々と経営しているのは表向きで、実際は海外の有名ハイブランドと契約しているツワモノだった。その卓越した技術で世界をうならせている。

小春は矢継ぎ早に説明しながら古着を一枚一枚取り上げ、桐ヶ谷はメモを取りながら客の要望を頭に入れていた。そのとき、再び店のドアが開いて見慣れない長身の男が入ってきた。細身のジーンズにスニーカーを合わせ、Tシャツに白いパーカーを羽織っただけのラフな服装だ。高円寺南《こうえんじみなみ》商店街に移住して二年が経《た》ったけれども、この薄暗い店に客が訪れたのは初めてのことだった。

桐ヶ谷が慌てて腰を浮かせたとき、南雲が手を振ってそれを遮《さえぎ》った。

「彼は客じゃないからね。今日は新しい捜査員を紹介しようと思って来たんだよ」

「新しい捜査員？」

小春はそう繰り返し、長身の男を無遠慮なほどじろじろと見まわした。無造作に整えられた短髪の下には、若干目尻の下がった大きな目がある。顎《あご》まわりの骨格が華奢《きゃしゃ》で鼻梁《びりょう》が細いのは、マスクを着けていてもよくわかった。今ふうの中性的で華やかな顔立ちだろう。一見すると刑事には見えないが、やはり目の動きが常人のそれではない。一瞬のうちに桐ヶ谷と小春の全身に目を走らせ、加えて店の中をくまなく観察していた。

「彼は八木橋充《やぎはしみつる》巡査部長ね。歳はええと……」

南雲が部下を見やると、八木橋は「三十二です」とはきはきと答えた。そしてポケットから手帳を出し、中から名刺を抜いて桐ヶ谷と小春に渡してくる。未解決事件専従捜査対策室とあった。

名刺を見つめている桐ヶ谷に南雲は説明した。

「部署異動があって、四月一日づけで彼と一緒に行動することになったんだよ。というか彼が熱烈に希望してうちの部署に来たんだけどね」

警部がそう言うやいなや、八木橋は桐ヶ谷の手を取って力強く握りしめてきた。いきなりのことでたじろいでいると、彼はなおも近づいて大きな目を光らせた。

「桐ヶ谷さん、あなたが解決した少女死体遺棄事件の報告書は読みました。ガイ者のワンピースの柄とか糸とかシワとか、警察が目もくれなかった部分からすべてを炙《あぶ》り出したその才能、惚《ほ》れ惚《ぼ》れしました！」

「そ、それはどうも」

桐ヶ谷は引き気味で答えた。

「それにしても、ここが桐ヶ谷さんのアジトっすか。なかなかシブいっすね」

「アジトって……」

八木橋は店にぐるりと視線を這《は》わせた。廃業した仕立て屋を借りているだけでシブくもなんともないのだが、使い古された洋裁の道具がそのままになっているさまにはどこか危うさが漂っているとは思っていた。特に店の奥に固まっている古いトルソーや桐ヶ谷自作の人体模型などは、高円寺南商店街のなかでも気味が悪いとすこぶる評判が悪い。

すると八木橋は唐突に一歩退いて桐ヶ谷の真正面に立ち、なぜか両腕を大きく開いてその場でくるりとターンした。

「どうです？　あなたは人の体つきを見ただけで対象の健康状態などがわかるそうですが、僕には何が見えますかね？」

まるで期待に胸膨《ふく》らませた子どものようであり、垂れ気味の目をきらきらと輝かせているではないか。桐ヶ谷は彼の言動に戸惑いつつも全身に目を走らせた。

「ええと、取り立てて問題はないですよ。左肩が若干下がって見えますが、何かに影響を及ぼすほどではないと思います」

「そうっすか！　いやあ、よかった。余命宣告でも受けたらどうしようかと思ってたんですよ」

八木橋は微妙な冗談を捲《まく》し立てて高らかに笑った。どうやら気持ちをストレートに表現する質《たち》らしく、いささか暑苦しさをともなう好青年といったところだろうか。が、常にめまぐるしく事実を検証している様子も垣間見《かいまみ》え、隙《すき》のなさは南雲といい勝負だ。桐ヶ谷は頭のなかで彼の印象を上書きし、部下をじっと見つめている南雲へ目を移した。

「この話題になったのでついでですが、南雲さんは最近筋トレしていませんか？」

太鼓腹《たいこばら》の男は目を丸くして、たっぷりと脂肪ののった自身の体を見下ろした。

「いやはや、あなたに隠し事はできないみたいねえ。実は健康診断でメタボだって言われ続けてね。医者にさんざん説教されたんだよ。とりあえずはこの腹だけでもなんとかしようと思ってるわけだ」

「もちろん適度な運動はしたほうがいいですが、南雲さんはやみくもに腹筋してるせいで腰と首に負担がきていますよ。ジャケットの右脇から後ろへ流れるシワがあって、脊柱起立筋《せきちゅうきりつきん》付近の繊維が潰れてしまっています。後者はしょっちゅう腰を叩《たた》いているからでしょうね」

するとが八木橋がさっと翻り、上司の後ろへまわってうなり声を上げた。

「まったくその通りです。室長、右側だけシワがすごいっすよ」

桐ヶ谷は小さく頷いた。

「南雲さんの場合は腰椎《ようつい》から股関節につながる大腰筋《だいようきん》と、腰骨の内側にある腸骨筋《ちょうこつきん》を鍛えるのが腹筋よりも先だと思いますね」

「そうなの？　股関節が腹に関係あるなんて初耳だけども」

「それがかなりあるんですよ。今の状態でやみくもに腹筋を続けても、腹囲はたいして変わらないはずです。まずは周辺の筋肉を緩めることから始めないと」

「なんともはや……。今までの苦労が無駄だったとは虚しい話だねえ。まあ、まだ一週間かそこらしかやってないけども」

南雲がため息をついているそばから、八木橋は奥に突っ立っている小春のもとへ移動した。そして両手を突き出して握手を求めたけれどもあっさりと拒否された。

「水森さんにもお会いできて光栄です。見ましたよ、あなたのゲーム実況。いやあ、登録者が七十三万人を超えてるとかバケモノ配信者じゃないっすか」

「ねえ、ちょっと離れてくれる？　近いんだよ」

小春が極めて言いづらいことをはっきりと口にしたけれども、八木橋はまったく意に介さずに先を続けた。

「ああ、やっぱり実況通りの人だ。今日初めてあなたとお会いして、何かの間違いじゃないかと思ったんですよ。線が細くて儚《はかな》い印象だったんで、あの動画を配信した人物とは別人なんじゃないかと思って」

「は？　どういう意味？」

「ほら、動画では口が悪くて情け容赦がなくて、ゲームとはいえ外道《げどう》そのものだったじゃないっすか。支持者が莫大な一方で、アンチの数も相当なのは納得しました。コメント欄の荒れっぷりが尋常じゃないっすね」

すると小春はふんっと鼻を鳴らした。

「わたしにとってアンチは、再生回数を押し上げてくれる貴重な養分なんだよ。だいたい、ゲームの世界では情けをかければ自分が終わる。どれほど汚い手を使っても、相手が立ち上がってこれないほど屈服させるのがわたしのスタイルだからね」

堂々と非情な宣言をする小春に桐ヶ谷は苦笑した。確かに彼女の見た目からは、この荒っぽい言動は想像ができない。小春は意気揚々と先を続けた。

「ああ、勘違いしないでよ。わたしは自分より格下のプレイヤーを狩ることはないからね。あくまでもターゲットは上位ランクのゲス野郎だけだから」

なんのフォローにもなっていない。

八木橋は興味深げに小春を見まわしていたが、ふうっと息を吐き出して桐ヶ谷と目を合わせた。

「桐ヶ谷京介さんは、服飾職人や弱小工場と世界のブランドをつなぐアパレルブローカー。三十四歳ながらその方面からの信頼は絶大。長髪をひとつに束ねている姿はまるで孤高のサムライです。海外ウケする要因はそれもあるのでは？」

そして八木橋は小春に再び向き直った。

「水森小春さん、二十六歳で商店街にあるヴィンテージショップを任されていて、その筋では目利き《めき》で有名。ゲーム実況者としても名を馳せている。その外道ぶりからは想像もできないほど容姿端麗。いやあ、なんですか、このおもしろいステイタスは！それでいて事件捜査にも鋭い目を向けるとは！」

「ごめんなさいねえ。彼はあなた方二人のファンなんだよ」

南雲が間《あい》の手を入れると、八木橋は深々と頭を下げた。

「僕も未解決事件に尽力しますので、今後ともよろしくお願いします」

「ああ、いや、こちらこそよろしくお願いします」

あまりの勢いに気圧されながらも頭を下げると、南雲が店の端から丸椅子を引きずってきて裁断台の前に腰かけた。

2

「さてと。今日はもうひとつ、別件で聞いてほしいことがあってね」

南雲は、傷だらけの古い裁断台の上で手を組んだ。桐ヶ谷が人数ぶんの椅子を用意しようとするよりも早く、八木橋が隅に重ねてあった二脚の籐《とう》椅子を持ってくる。南雲はさっきまでののらりくらりとした調子を消しており、桐ヶ谷と小春はわずかに身構えた。

「何かの事件ですか？」

桐ヶ谷の問いにも南雲は表情を動かさず、地肌が透けている薄い髪をゆっくりと撫《な》でつけた。まだ考えがまとまっていないのか、わずかながら困惑の色も見える。

「これからする話は事件とは無関係なんだよ。言ってみれば個人的なことでね。ぜひきみらの意見を聞かせてもらいたい」

南雲は再び言葉を切って、丸い赤ら顔を上げた。

「十二年前のことだ。当時僕は捜査係に籍があったんだが、その日は夜中のシキテンに駆り出されていてね」

「シキテンとはターゲットを密かに監視することです」

八木橋が横から素早く口を挟《はさ》んで警察用語を解説した。

「ある男を夜通し監視して、明け方の交代で署に戻ったんだよ。そのとき、杉並署の裏道に何かの入ったカゴがぽつんと置かれているのを見つけてねえ。そこは署の駐車場へ続く道で、特に早朝は一般車両なんてほとんど入ってこない場所だ。僕は車を降りて、電柱の脇に置かれた不審物を確認しにいった。そしたらなんと、カゴの中身は赤ん坊だったわけだよ」

「赤ん坊？」

桐ヶ谷と小春は同時に声を出した。南雲は裁断台で手を組みながら小刻みに頷いた。

「中身はタオルにくるまれた赤ん坊だ。泣き声ひとつ上げないで目を開けてたんだよ」

「親が子どもを置き去りにしたわけですか」

「そういうことだね。乳児の推定月齢は生後三、四ヵ月。栄養状態も衛生状態も良好。当時は五月末の暑くも寒くもない陽気で、赤ん坊のそばにはおもちゃやミルクが入れられていた。『どうかよろしくお願いいたします』と書かれたメモもね」

その状況が目に見えるようであり、桐ヶ谷は胸がちくちくと疼《うず》いた。確実に警官だけが見つけてくれるであろう場所を選び、赤ん坊にとってのダメージを最小限にしようとした親の気持ちが窺《うかが》える。我が子を置いたあとも、南雲が保護するまで近くで様子を見ていたはずだ。小さな赤ん坊を見送り、必死に許しを乞《こ》うていたのではないか。その光景が頭に浮かび、桐ヶ谷の涙腺はたちまち緩みはじめた。

「……なんにせよ、子どもが犠牲にならなくてよかったですよ」

「まったくだね。乳児の命に危険が及ばないような配慮がいくつも見られたことから、この一件は保護責任者遺棄には当たらないとの判断だった。赤ん坊は乳児院に預けられて、その後は児童養護施設で生活しているよ。十二年間、両親ともに名乗り出ていない」

小春は眉のあたりでまっすぐに切りそろえられた前髪をそわそわとかき上げ、湧き上がる感情に蓋《ふた》をしようとしているようだった。乳児の置き去り自体は聞き慣れたものではあるけれども、南雲の経験は生々しく胸に迫るものがある。

すると南雲は持っていたビニール袋を部下に渡し、受け取った八木橋は中からボールのようなものを取り出した。その綿入りの球体を見た瞬間、なんとか堪《こら》えていた涙がどっとあふれるのを感じて桐ヶ谷は目頭を指で押さえた。しかしその程度で涙は止まらず、たちまち頬《ほお》を伝って床に落ちていった。

デコボコした丸いものには目と口が刺繡《ししゆう》してあり、クマらしき耳のようなものも縫いつけられている。我が子のために、ひと針ひと針丁寧に縫ったとおぼしき手作りのおもちゃだ。中には鈴が入れられているらしく、裁断台を転がるそれは軽やかな音を鳴らした。

桐ヶ谷はポケットからハンカチを出して目許を押さえた。小春と南雲はこんな自分を見慣れているだろうが、八木橋はいささか面食らった表情を咳払《せきばら》いでごまかしている。桐ヶ谷は苦笑いを浮かべて口を開いた。

「すみません。極端に涙もろい質《たち》でして、こういう人の感情が宿るようなものに弱いんですよ。自分でも呆《あき》れるほどでね」

「了解です、お気になさらず」

八木橋は端的に答え、続けてビニール袋から小さくたたまれた何かを取り出した。どうやら大人もののTシャツのようで、使い込まれた淡い水色の生地には細かい毛玉がついている。赤ん坊と一緒に置かれていたものだろうか。桐ヶ谷が目で追っていると、南雲が腕を伸ばしてTシャツを引き寄せた。

「僕は捨てられた赤ん坊が気にかかってね。この十二年、休みのたびに施設へ行っては成長を見続けてきたんだよ。あのとき、じっと見つめてきた赤ん坊の目が頭から離れなくてねえ。常日頃どうしようもない悪党ばっかり相手にしてるから、ああいう無《む》垢《く》さは心に沁《し》みるんだな」

「南雲さんにも人の心があったんだね」

小春がしみじみと不適切な発言をしたが、自分でも意外だったよ、と南雲も納得しているようだった。

「あのときの乳児ももう十二歳になった。しっかりとした顔つきの少年に成長したよ。その子どもから、母親を捜してほしいと頼まれてね。当時身につけていた衣服を預けられたというわけなんだよ」

「なるほど、そういう事情でしたか。警官なら当然捜してくれるはずだと思うでしょうね。しかもずっと自分を気にかけてくれた南雲さんなら」

桐ヶ谷の言葉に南雲は顔をしかめて苦々しい面《おも》持ちをした。

「まあ、はっきり言って警察としてできることは何もないんだよ。名前も顔も知らない母親の捜索なんてのは、たとえ届けを出しても受理はされない。DNAを調べてよ……なんて生意気なこと言ってたけども、もちろんそんな簡単な問題じゃないからね」

桐ヶ谷は、南雲の新たな一面を見て少しばかり驚いていた。この男が情に厚いことは知っているが、常に警戒心を張り巡らせて滅多なことでは本心を見せないタフな性格だ。ここまで率直に胸の内を曝《さら》け出すことは珍しい。そのぐらい、遺棄された少年との関係性が深いのだろうが、どこかがわずかに引っかかる。気のせいだろうか。

桐ヶ谷の詮索する視線をかいくぐるように、南雲は水色のTシャツに触れながら先を続けた。

「これは赤ん坊が捨てられていたときに身につけていたものだよ。急に厄介事を持ち込んで申し訳ないんだけど、ちょっと見てもらえない？　初めに言っちゃうけど、無償でね」

茶目っ気のある言葉を聞いて桐ヶ谷は噴き出した。

「警察からの依頼ではなく、南雲さんの個人的なお願いということで？」

「そういうことになるよ。この借りは必ず返すからね」

「その言葉、しかと記憶した」

小春が間髪《かんはつ》を容《い》れずに口を挟み、何かたくらみがありそうな低い含み笑いを漏《も》らした。

「桐ヶ谷さん、これはデカい貸しだからね。情にほだされてチャラにするようなことだけはやめときな」

「あいかわらず小春さんは損得に厳しいね」

「あたりまえでしょ。ギブアンドテイクは物事の基本なんだよ。わたしは釈迦如来《しゃかにょらい》からの頼みでも即見返りを求めるからね」

「仮にも実家がお寺なのに、その考えは問題ないの？」

桐ヶ谷はそう言いながら水色のTシャツを引き寄せた。どうやら今日は、赤ん坊に縁のある日らしい。古びた生地を広げようとしたとき、すぐにあることがわかってやりきれない気持ちになった。

「大人もののTシャツの脇を縫い詰めて、ベビー服の代用品を作ったわけか……」

桐ヶ谷は裁断台にTシャツを広げて見下ろした。襟《えり》リブや袖《そで》はそのままで、脇線と袖下をまっすぐに縫って幅を詰めている。大は小を兼ねるという発想の、ベビー服というよりおくるみだった。脇線は縫い攣《つ》れが起きてシワが寄り、袖下などはまるでギャザーのように波打っている。

横から覗き込んでいた小春が、小さなため息とともに言葉を出した。

「なんか切なくなってくるリメイクだよ。赤ちゃんにこのTシャツをすっぽりとかぶせてたんだね。もしかして、一枚もベビー服を持ってなかったのかな……」

「そう考えるのが妥当だろうね。我が子を手放す最後に着せたのがこれなら、きっと手持ちの中ではいちばんきれいなものだったんじゃないかな」

言っていて口の中が苦くなったような気がした。赤ん坊にネグレクトや身体的虐待の痕跡がなかったことも含めて、これらの品からは愛情を感じることができる。今の時代、安物を探せば千円以下のベビー服など苦もなく見つかるだろう。リサイクル品も巷《ちまた》にはあふれている。しかしそれすらも用意することができず、自分の古着を利用していたとすれば経済状態はかなり深刻だ。とても子どもを育てられる環境ではないし、だれにも助けを求められなかった孤独な人物像が浮かぶ。

神妙な顔をしている桐ヶ谷と小春をよそに、南雲は淡々と説明をした。

「だれもが予測できることだが貧困を極めていたということだ。カゴの中にあったメモは明らかに女文字だった。母親が育て切れなくなって遺棄したんだな。タオルやなんかも入れられていたが、どれも使い古されたものばかりだったよ。ただね……」

言葉を切った南雲は、上目遣いに桐ヶ谷と目を合わせた。

「このTシャツからはブランドタグが外されている。母親が切り取ったんだろうが、身元の特定を警戒しているように見えるんだ。僕はそこがずっと気になっている。赤ん坊の母親は犯罪に手を染めているんじゃないかと」

桐ヶ谷はTシャツを引き寄せて襟リブの裏側を見た。タグが縫いつけられていたとおぼしき針穴だけ残され、きれいに外されている。桐ヶ谷は襟まわりを丁寧に検分しながら口を開いた。

「確かにタグは外されていますが、南雲さんが考えているような理由からではないはずですよ」

「待ってください。見ただけでそれがわかるんですか？　いったいなぜです？　流通ルートを追跡させないためにタグを切り取るのは、用心深い犯罪者のよくある手口です」

もう我慢できないと言わんばかりに、八木橋がいささか身を乗り出している。桐ヶ谷の言葉を逐一《ちくいち》書き取っており、手帳には乱雑な文字がびっしりと並んでいた。

桐ヶ谷は襟リブを軽く裏返して八木橋に見えるようにした。

「タグを外したのは赤ん坊の肌に当たるからですよ。配慮のある子ども服メーカーは、そもそも襟裏にタグは縫いつけません。あらゆる面で子どもへの負担を減らそうとしていますので」

「いや、それはメーカーの話でしょう。赤ん坊の母親がそれをしたという根拠にはならないと思いますが」

「ええ、もっともです。ただこのTシャツは、タグを外した者の意識を宿しているんですよ。この部分ですが見えますか？」

桐ヶ谷はペンを持って肩線を指し示すと、マスクを着けた三人は顔を寄せ合って縫い目に焦点を合わせた。

「Tシャツの襟の縫製は、縫いはじめが右肩の部分になります。ここですね」

「縫いはじめってことは、襟リブをそこからぐるっと円形に縫いつけるわけかい？」

桐ヶ谷は南雲に頷きかけた。

「縫いはじめと縫い終わりは、糸を縫い重ねてほつれないように始末するのが一般的な縫製工程です。でもこれは、その糸始末がされていませんね。量産品としてはありえない仕様ですよ」

「それと八木橋さんの指摘はなんか関係あるの？」

今度は小春が声を上げた。みな納得がいかないような面持ちをしている。

「これは僕の推測ですが、おそらく外していないと思います。縫い重ねて糸始末をすると、その部分には若干の厚みが出ますよね。このTシャツの襟は二本針平縫《ひらぬ》いで仕上げられています。裏から見ると線路のように見える縫い目ですよ」

小春は縫い目に目を細めて「確かに」とつぶやいた。

「カットソーは伸縮するので、一本だけの本縫いでは当然糸が切れてしまう。なので二本の針で糸を絡ませながら縫う専用のミシンがあるんですが、当然ながら糸の使用量は多くなる。それを重ねた部分はなおさら糸が密になるのでゴロつくんですよ。だから赤ん坊の母親は、肩口の糸をほどいて肌に当たらないようにしたんです」

そう言ったとたんに八木橋は羽織っていたパーカーを脱ぎ、何を考えたのかグレーのTシャツも脱ぎ捨てて上半身裸になった。予測のつかない行動に桐ヶ谷はたじろいだけれども、巡査部長は意にも介さずTシャツを裏返して襟ぐりを見つめた。

「本当だ……縫いはじめと終わりを重ねて糸が団子のようになっていますよ！　桐ヶ谷さんの言った通りです！」

「あのねえ。感動してる場合じゃないでしょうよ。あなたいきなり半裸になるとか、時と場合によっては公然わいせつで逮捕だよ」

南雲がのんびりとした口調で部下を見やったとき、桐ヶ谷は八木橋の左肩口を見てさらに驚くことになった。クレーター状に盛り上がった小さな傷跡は紫色に変色し、周囲の筋肉がわずかに引き攣れている。まぎれもなく射創《しゃそう》であり、八木橋は銃で撃ち抜かれた過去があるようだった。左肩が若干下がって見えた原因はこれらしい。

桐ヶ谷は何かを言うべきだろうかとあたふたし、小春も半裸の男に目が釘《くぎ》づけにされている。すると八木橋は失礼しました、と言ってTシャツに袖を通し、目尻を下げてはにかんだような笑みを作った。

「すみません、いきなりこんなものを見せてしまって。四年前の職務中に、ちょっと撃たれた経験がありましてね」

「は？　ちょっと撃たれた経験って軽すぎない？　ちょっと近所のコンビニへ……みたいなノリじゃない？」

小春がいち早く反応し、興奮気味に捲し立てた。

「八木橋さん。どうやらわたしは八木橋さんを誤解してたみたいだわ。未だかつてない強キャラの登場に全身が震えてるよ。提案なんだけど、わたしのゲーム実況動画に出てくんない？」

「いや、小春さん。いくらなんでも不謹慎すぎるから」

桐ヶ谷は前のめりになっている小春を窘《たしな》めたが、彼女は両手を握りしめながらなおも力説した。

「ゲームの世界はなんて陳腐《ちんぷ》なんだろう。たとえ蜂《はち》の巣にされても課金アイテムで全回復して傷痕も何も残らない。今我に返ったよ。本物の重みはものすごい。わたしホントに震えてるんだ。この熱い思いをなんとかして廃課金ゲームオタに伝えたい。そしてこれからのプレイの糧《かて》にしたい！」

　めちゃくちゃな理屈だが、小春が大きなショックを受けているのは事実のようだった。白い顔は紅潮し、目の輝きが尋常ではない。すると八木橋は頭を掻《か》きながら、まんざらでもない調子で答えた。

「例の実況動画のゲストっすか……なんか僕も震えます」

　彼もかなりズレているようだ。二人はなぜか無言のまま固く握手を交わしており、南雲は心底呆れ返ったように天井を仰いでいる。桐ヶ谷は小さく咳払いをして場の空気をむりやり変えることにした。

「ええと、話を戻します。Tシャツのタグを外したのは母親であり、メーカーと販売店の特定を阻《はば》む行動ではないというのが僕の結論です。よろしいですか？」

　南雲に目を向けると、警部は納得したとばかりに何度も頷いた。

　桐ヶ谷は水色のTシャツを取り上げ、さらにじっくりと見ていった。袖下から脇の縫い目には所々に大きな針穴が開いており、少し力をかければ生地が裂けてしまいそうだった。しかも、意外なことに縫製にはミシンが使われている。

「何かわかったのかい？」

無言のまま検分している桐ヶ谷に痺《しび》れを切らしたように、南雲が声をかけてきた。

「いや、縫製にミシンが使われているので驚きました。粗い針目だしてっきり手縫いだと思っていたもので」

「ミシン？　引き攣れてどうしようもない縫い目なのに、それはミシンで縫われてるの？」

「ええ。いろいろとめちゃくちゃですが、確かにミシンで縫われています。だとするとますます妙ですね。ベビー服も用意できないほど家計が火の車だったのに、ミシンだけは持っていた。しかも縫い目のブレのなさから察するに、かなり性能のいいミシンのはずですよ。どう見ても安い家庭用ミシンではありません。これは工業用ですね」

桐ヶ谷が顎に手を当てると、小春が口を挟んできた。

「どう解釈していいのかわかんない情報だね。もしかして赤ちゃんの母親は縫製工場に勤めていたとか？」

「縫製工場で仕事をしていれば、もっとましな縫い目になっただろうね」

「それもそうか。じゃあ、親に援助してもらって高級ミシンを買ったとか」

「親子関係がそれほど良好だったら、赤ん坊を捨てるようなことにはならない。ある日突然子どもがいなくなっても、周りの人間は気にも留めないような環境にいたわけだから」

「それもそうだね……。ということは貧しくて洋服が買えないからこそ、奮発して買ったミシンでなんでも作っていた？」

これも当てはまらないだろう。桐ヶ谷は首を横に振った。

「そうだとしても縫製技術があまりにも稚拙《ちせつ》すぎる。運針《うんしん》数が異常なほど少なくて、これでは簡単に縫い目からほつれるからね。わざわざ高いミシンを買ったのに、この程度のものも満足に縫えないなんてことがあるかな」

桐ヶ谷は再びTシャツの縫い目に視線を落とした。縫い糸もあり得ない太さのものを使用しているために、薄い生地が負けて盛大にシワが寄っている。

するとじっと縫い目を見つめていた八木橋が素朴な疑問を口にした。

「生地にぽつぽつ開いている小さい穴もミシンのせいなんですか？　やけにひどい仕上がりですよね」

「ああ、これは典型的な針穴ですよ。ミシン針は生地の経糸《たていと》と緯糸《よこいと》を絶妙に避けて縫製できるように設計されています。つまり生地の織り糸を切らないで縫うことができ

「でも同じ針を使い続けていると、先端が摩耗《まもう》してどんどん丸くなってくる。そうすると土台生地を縫いながら織り糸を切ってしまうわけですよ。そこから生地がほつれて穴が開く。こんな状態でね」

桐ヶ谷はTシャツの縫い目を広げて見せた。ほとんどひと針ごとに織り糸を切っている状態で、少しの負荷をかけただけで縫い目から裂けはじめてしまう。さすがにこれを見れば、針を替えるなり糸調子を整えるなりしそうなものだ。赤ん坊のために夕グや縫い糸を外す細やかな心配りがある一方で、縫い目には無頓着《むとんちゃく》というところがどうにも引っかかっていた。

すると黙って話を吟味《ぎんみ》していたらしい南雲が、腕組みしながら口を開いた。

「まとめるとこういうことかな。赤ん坊を置き去りにした母親は、ベビー服も自分の古着を利用しなければならないほど貧しかった。だがなぜか高級な工業用ミシンを所有していた節がある。にもかかわらず、縫製がめちゃくちゃで劣化した針を使い続けるという意味不明の行動が見てとれる」

「なるほど」

「そうですね。この手作りベビー服からは、ちぐはぐの状況が浮かんできます」

「貧しすぎて針も買えなかった線は？」

「ミシン針はメーカー品でも五本で三百円程度です。五十本入りで五百円なんていうものもありますし、決して高額ではないですよ。それすら買えないレベルだったのかもしれませんが、そうなるとますます所有しているミシンとの齟齬《そご》が出てきますよね」

桐ヶ谷は、浮かび上がってきた事実をつなげられないかと模索した。貧しいながらも高価格帯の工業用ミシンを所有している理由には何がある？　仮に貧困を装って我が子を遺棄したのだとしても、その手のアピールにはなんの意味もない。

桐ヶ谷はしばらく動きを止めてひどい縫い目を見つめていたが、あることに気づいてTシャツを裏返した。裁断台にある電気スタンドを点《つ》け、針穴と縫い糸に焦点を合わせる。するとひとつの特徴が見えてきた。

針穴がすべて縦方向に切れてはいないだろうか。桐ヶ谷は小引き出しからルーペを取り出し、針穴に当てて見ていった。やはりすべてが縦方向、しかも針が刺さった手前部分の生地だけが切れるという規則性がある。

「そういうことか……」

桐ヶ谷はおもむろに立ち上がり、壁面に造りつけられている棚からアイロンを持ってきた。コンセントに挿し込んで電源を入れ、アイロン台の上にハトロン紙を敷く。

「何が始まるの？　桐ヶ谷さん、なんかわかった？」

小春も立ち上がって裁断台をまわり込んでくる。刑事二人もアイロン台のそばに立ち、桐ヶ谷の行動を無言のまま見守った。

桐ヶ谷は裏返したベビー服を紙を敷いたアイロン台に載せ、縫い目にアイロンを当てて軽く押さえた。そしてベビー服を外すと、案の定、ハトロン紙には点々と縫い目の痕が染みついていた。

「このTシャツを縫った糸は蠟引《ろうび》きしてありますね。紙ににじんだのは蠟ですよ」

「蠟引き？　それは洋裁に使うものなのかい？」

南雲の問いに、桐ヶ谷は首を横に振った。

「あまり聞きませんね。しかも下糸は二十番手でジーンズのステッチに使うレベルの太いものです。おそらく針も十六号以上のものを使っていたんでしょう」

「ああ、だから針穴も大きくなったと！」

八木橋がメモを取りながら声を上げたが、桐ヶ谷はまず座ってください、とみなを椅子へ促した。

「蠟引きされた糸、二十番手の下糸、十六号の針、そして高性能の工業用ミシン。これらを合わせれば、Tシャツを縫ったのが何者なのかがわかります。彼女は革を縫製する仕事をしているはずですよ」

「革？」と三人は同時に声を出した。

「Tシャツに針穴が開いていたのは劣化した針を使ったからではなく、ナイフ針を使用したからです」

「初めて聞くことばかりだねえ。ナイフ針なんて物騒なものがあるの？」

南雲はまじまじとTシャツを見まわし、桐ヶ谷は頷いた。

「革は強度があるので普通の針は通りません。革を縫うための専用針がナイフ針で、先端がナイフ状に研《と》がれているんですよ。要は革を切りながら縫っていくわけです」

「へえ。わたしも初めて聞いた。じゃあ、その蠟引き糸も革用なの？」

「そうだね。レザークラフトには蠟引きの糸がよく使われる。針目がひと針四ミリもあるのは、革を縫うためにミシンをそうセットしたからだと思う。その設定を変えないままTシャツを縫ったものだから、生地にシワが寄ってひどい出来上がりになったんだよ」

背中を丸めて桐ヶ谷の言葉を書き取った八木橋は、顔を上げて目を光らせた。

「ナイフ針で縫ったから生地に穴が開いてしまったと。素朴な疑問なんですが、設定を変えさえすればいいわけでしょう？　革用にセットしたミシンで縫えば、こうなるのは明らかだと思いますが」

桐ヶ谷は八木橋の反応のよさに嬉しくなった。

「そこが鍵なんでしょうね。おそらく赤ん坊の母親はミシンの操作を知らないんだな。ナイフ針が革用であることも蠟引き糸を使っていることも、ほとんど何も知らずにミシンを使っていたんだと思います」

そう言って桐ヶ谷はパソコンを起ち上げ、ある工場を検索してモニターを南雲に向けた。

「武蔵小金井《むさしこがねい》にあるここは歴史のあるレザー企画縫製工場です。変わった取り組みをしている工場でもあって、内職の委託先にミシンや縫製用具一式を貸し出すんですよ。内職者をとても大事にしている工場です」

「そういうことか！　じゃあ、赤ちゃんの母親の家にもミシンが貸し出されていたんだね！　その人は借りた高級ミシンで内職してたんだ！」

小春がマスクを動かしながら声を上げると、南雲も低いうなり声を漏らした。

「これはまたとんでもないところから突き止めてくるねえ。今回は針穴と蠟引き糸。これが当たりだったらすごいことだよ」

「たぶん間違いないと思います。この工場は昔から中央線沿いでしか内職を募集しないんですよ。近場に限定してメンテを行き届かせるためです。内職は直線縫いだけを大量に任されているでしょうから、縫製技術は特に必要ありませんしね」

八木橋は工場名や住所を書き取っており、南雲は心底感じ入ったように口を開いた。

「杉並署の裏手に赤ん坊を遺棄したんだから、近所に住んでいるのは間違いないとは当時から思っていたよ。今もいるかどうかは不明だが、工場を当たれば何かしらわかるだろう」

そういうことだ。桐ヶ谷は着古した水色のTシャツを見つめた。内職だけで生計を立てることは難しいだろうし、ほかにも何か仕事を掛け持ちしていたはずだ。当然、赤ん坊は預けなければならないけれども、数少ない託児所には対策が進んだ今ですら順番待ちの長蛇の列ができている。子育てと仕事の両立が難しい環境は、十二年前も今もそれほど変わってはいないのではないか。

桐ヶ谷は毛玉のついたTシャツから目を逸《そ》らした。子どもの母親が見つかったとして、その先はどうなるかの想像がつかない。何より、感動の再会にはならないのではないか……という嫌な予感が頭を駆け巡っていた。

3

　刑事たちが店を訪れてからきっかり一週間後の夕方、桐ヶ谷は捜査車両である黒いアコードの後部座席に座っていた。空にはねずみ色の雲が垂れ込めており、雨の降りはじめはことのほか早くなりそうだ。車を停めている道は通学路のようで、カラフルなランドセルを背負った子どもたちがじゃれ合いながら帰宅していた。

「ごめんなさいねえ。ちょっと進展したヤマがあってね」

　車に乗り込んでからずっとだれかと電話していた南雲が、ようやく通話を終了して助手席から振り返った。

「それに、わざわざ来てもらって申し訳ない。どうしても桐ヶ谷さんにも会ってもらいたくてね。このあとの予定は大丈夫？」

「ええ、問題ないですよ。でも、僕がいていいんですか？　少年は警戒しないですかね」

「まあ、大丈夫でしょ」

　南雲は楽観的な返事をよこした。

「子どもはあと十分ぐらいで来ると思うからね。それと桐ヶ谷さん、彼を遺棄した母親が見つかったよ」

桐ヶ谷はシートから背中を離した。

「じゃあ、レザー企画縫製工場の内職だった推測は？」

「当たり。今回もお見事だよ」

南雲が大きく頷くと、運転席の八木橋も顔を向けてきた。今日もラフなカレッジトレーナー姿だが、ただそこにいるだけで華のある男だった。スーツ姿のくたびれた上司との対比が鮮やかだ。

「本当にすごいです。あの古びたTシャツを見ただけで、確実に目的地へと導いた。僕は、工場長から母親らしき名前が出たときには寒気がしましたからね。この目でしっかりと桐ヶ谷さんの実力を見せてもらいました」

「それはどうも」

八木橋のその言葉と同時に南雲はにこやかな面持ちを消し去り、桐ヶ谷はいささか身構えた。

「子どもの母親はまだ内職を続けていたよ。杉並区成田東《なりたひがし》にある古アパートに住んでいた。思った通り、署の目と鼻の先だね」

「そうでしたか……。彼女と会ったんですか？」

桐ヶ谷は急《せ》くように問うたけれども、南雲と八木橋は同時に苦々しい顔をした。

「母親は四十六歳でひとり暮らし。身寄りがなくてね。推測の通り、孤独な暮らしをしていたよ。内職とスーパーのパートを掛け持ちしていた」

「三十四で子どもを生んだわけですね」

「そう、そう。アパートでたったひとりで出産したそうだ」

予想はしていたけれども、頼る者もいないなかでの出産はどれほど心細かっただろうか。桐ヶ谷はなぜか焦燥感に駆られた。

「母親はとにかく申し訳なかったと謝るばかりでねえ。ひどく怯《おび》えてもいたよ」

「父親は？」

「妊娠を告げたと同時に消えたそうだ。まあ、よくある話ではある」

南雲はずり落ちてきた不織布《ふしょくふ》のマスクの位置を直した。

「で、ここからだよ。母親は息子には会えないと言っていてね」

「なぜ……というのも愚問《ぐもん》ですね。捨てた罪悪感で押し潰されそうになっているでしょうから」

「まあ、そうだね。合わせる顔がないのは当然のことだ。母親は、再会しても何もしてやれないというのが先にきていてね。日々かつかつの生活をしているし、やつれた姿を子どもに見せたくはないし恐怖もあるようだ。子どもに悪影響になると言っているよ」

悪影響になどなるはずがないが、捨てた子どもに現在の自分の姿を見せたくない気持ちもわかる。桐ヶ谷は顔を上げた。

「母親に会わせてもらえないですか。僕が彼女にぴったりの洋服を用意するので、息子と向き合えるだけの勇気をもってほしいんです。罪の意識に飲み込まれたままでは何も変わりません。どこかで一歩を踏み出さないと」

南雲は目尻にシワを寄せて柔和な顔をした。

「桐ヶ谷さんはホントに優しいよねえ。その優しさが、時として仇《あだ》になって返ってくることを僕はいつも心配しているよ」

どういうことだ？　桐ヶ谷が口を開きかけたとき、いきなり後部座席のドアが開いて子どもが転がり込むように乗ってきた。

「おじさん、なんかわかった？」

少年はマスクを吸い込むように息を切らし、ランドセルを足許に投げ出して開口一番そう言った。そして桐ヶ谷を見て動きを止める。

「こっちの髪の長いおじさんはだれ？　刑事？」

「きみはまず挨拶をしなさいよ。いつも落ち着きがないねえ」

南雲が教師のように窘めると、少年は顎を突き出すようにして頭を下げた。十二歳にしては小柄だろうか。ボーダー柄のTシャツの袖をまくり上げ、ショートパンツから覗く脚は生気に満ちている。涼し気な目許には聡明さが宿っており、母親に捨てられた悲愴感は微塵《みじん》も感じられなかった。

「ねえ、なんかわかったの？」

少年は焦《じ》れたように助手席へ身を乗り出した。

「まずね。これを返しておくから」

南雲はベビー服にリメイクされたTシャツの入った袋を差し出した。

「結論から言うと、きみのお母さんは見つかったよ」

その言葉を聞いた少年の目がすっと細くなり、それを見た桐ヶ谷はおや……と思った。

「どこにいたの？」

「んー。ちょっと順番に話そうか。まずはきみのお母さんが、育ててあげられなくて申し訳ない、置き去りにしたことを謝りたいと頭を下げていたよ」

「うん」

「きみが生まれたばかりのころ、お母さんは生活が苦しくてたいへんだった。仕事をしようにもきみの預け先がなくて、内職だけで食いつないでいたんだな。これは前にも話したけど、置き去りにされたきみの栄養状態にはなんの問題もなかった。これはお母さんが、自分よりもきみを優先していたことの証明だ」

「うん」と少年は感情の読み取れない声を出した。

「はっきり言ってしまうと、お母さんはまだきみに会う準備ができていないんだよ」

「準備？」

「そう、準備。いろんな面で元気になって、笑顔できみを迎えられる準備だ。今は少し元気がない状態でね。すぐ会えなくてごめんと言っていたよ」

南雲が言葉を選びながら慎重に喋《しゃべ》っているのがわかる。少年は刑事と目を合わせたまま、わずかにうわずった声を出した。

「じゃあ、いつなら会えるの？」

「まだわからない。だが、僕が必ず責任をもって会わせるからね。これだけは約束させてもらうよ」

南雲は力強く言い切った。少年はしばらく刑事の様子を窺っていたが、短く息を吐き出して小さく頷いた。十二の子どもにしては聞き分けがよく落ち着き払っているように見えるが、桐ヶ谷はひとつだけ気にかかっていることがあった。いや、彼を見ていると過去に何度も目にした苦い記憶が呼び覚まされる。

「また施設のほうへも顔を出すから、しっかり勉強するんだよ。きみも来年から中学生だからね」

「わかった」

南雲の言葉に少年は素直に返事をし、足許に投げ出されたランドセルを取り上げた。そのとき、指や肩をかばうような姿勢を取ったことを桐ヶ谷は見逃さなかった。

「ちょっと待って。きみは指とか肩が痛いんじゃないかな」

桐ヶ谷が突拍子もない発言をすると、少年は澄《す》んだ目を合わせてわずかに驚きを示した。

「なんでわかったの？　突き指がずっと治らないんだ。何かを握るとちょっとだけ痛い」

「突き指したのはいつ？」

「えーと、四年生の体育のとき。バスケでパスされたボールが当たったの」

「四年生ってことは、もう二年も痛いままなの？」

少年はそうだと言って手の指を重ね合わせた。桐ヶ谷は彼の全身に目を走らせたが、自分が思っているような兆候はひとつも見られない。その意味を考え、そしてすぐに理解して胸が痛くなった。

桐ヶ谷はシートに座り直して少年と向き合った。

「毎日寝る前に深呼吸を五回する。全身の力を抜いて布団に体を投げ出すようにね。それを続ければ、そのうち指の痛みは消えてくるはずだよ」

「ホントに？　なんかうそくさいけど」

「騙《だま》されたと思ってやってみて。最低でも三週間ね」

少年はまるっきり信じていないような顔をして、三人の大人たちに礼を述べて車を降りた。ランドセルを揺らしながら勢いよく走り出している。桐ヶ谷はなんともいえない気持ちで少年の後ろ姿を見送っていると、南雲も子どもを眺《なが》めながら口を開いた。

「桐ヶ谷さんも気づいたわけね。やっぱりさすがだねえ」

「え？　室長、どういうことです？」

八木橋が怪訝な声を出すと、南雲は今までと同じ調子でさらりと言った。

「あの子どもは母親に復讐しようとしてるのよ。愛情の裏返しなんだろうけど、激しく憎んでいる。その気持ちが少年を支えてるんだな」

桐ヶ谷の心が一層沈み込んだ。

「僕に母親を見つけてほしかった理由は主にそれだよ。復讐だ」

「そんなふうには見えませんでしたが、そうだとして室長は知りながら母親捜しに協力したんですか？」

「まあ、そうだね。憎しみをこれ以上膨らませないためには、実際に会って頭の中にある悪いイメージを消すことが必要だ。要は愛情に飢《う》えているんだよ。僕としても、彼には真っ当な大人になってほしいからねえ」

南雲は助手席から振り返った。

「桐ヶ谷さん。あなたは何に気づいたの？　指が痛いとかなんとか、それが関係ある？」

「ええ。あの少年は常に骨盤底筋《こつばんていきん》に力が入っている。骨盤底筋は内臓を支えるための外からは見えない筋肉ですが、実は人の感情とも密接に連動しているんですよ」

「骨盤が感情と関係？　これまた不思議な見解だけども」

「そうかもしれません。人は怒ると無意識に骨盤底筋に力が入るようになっている。強いストレスに晒《さら》されても同じです。これが長く続くと指の関節や肩関節に痛みが出る場合があるんですよ。脳からの警告というわけで」

桐ヶ谷は冷静を装うのに必死だったが、実際は頭に湧き上がる記憶に翻弄《ほんろう》されていた。虐待を受けている子どもには、少なからずこの所見がある。暴力の痕跡が外から見つけられなくても、怒りや恐れが骨盤底筋に負荷をかけて必ずどこかに異変が出てくるからだ。それは不自然な動きや服のシワとなって現れ、自分の知らぬところで周りへSOSを送っているのだった。無言のまま助けてと悲鳴を上げている。

過去に、虐待に気づきながらも救えなかった子どもの顔が次々に思い出され、心拍数が上がり通しだった。今さっきの少年に虐待されている節はないけれども、深い怒りや悲しみが自身を蝕《むしば》んでいる状態なのは間違いない。母親を激しく憎むと同時に、母の愛情を求めるというねじれが小さい体にはっきりと現れていた。

「なんだか切ないっすね」

八木橋が首を横に振りながら言い、すぐに上司と桐ヶ谷の顔を順番に見やった。

「あの子どもは、自分ではどうにもできないほどの感情に振りまわされているということですね。まるで室長に助けを求めているようです」

「実際にそうなんだと思いますよ」

桐ヶ谷が同意すると、八木橋は神妙だった顔を一変させた。

「それにしても、室長。カッコイイっす。十二年も子どもを気にかけていた情にも驚かされましたが、なおかつ心に芽生えた闇を感じ取ったわけでしょう？　そして桐ヶ谷さんは一瞬でそれを見抜いた。いやあ、なんだか興奮します。これからもみんなで未解決事件専従捜査対策室を盛り上げていきましょうよ！」

「何言ってんの。未解決事件はねずみ算式に増えてるんだよ。もう机の周りは書類の山だ。慢性的な人員不足で、僕も現場に駆り出される始末とくる。もっと若手に体張ってもらわなけりゃならんのよ」

南雲は乱れた薄い髪を指先で整え、桐ヶ谷とあらためて目を合わせた。

「桐ヶ谷さん、今回は忙しいとこ本当にありがとう。あなたの意見をぜひ聞きたかったもんだから、事情を伏せたことは許してちょうだいね」

「いえ、役に立てたのなら嬉しいですよ。それと南雲さん、前にも言いましたが右下奥の親知らず。これは早いうちに抜きましょう。以前よりも右側に肩が傾いていますよ。右脇の下に走る服の斜めジワも以前より深くなっています」

南雲は「ああ、うん、そうなの？」と歯切れの悪い返事をよこした。抜歯に恐怖心があるようだが、このままでは頭痛と腰痛がひどくなる一方だ。

「とにかく、あの子のことで何かあったら遠慮なく声をかけてください。僕も最後まで見届けたくなりました」

そう言った桐ヶ谷の胸の内を探るように、南雲は不躾《ぶしつけ》なほど眺めまわして顎を上げた。

自分のなかに滞っている過去の重苦しい記憶を、あの子どもに重ねるのは間違いかもしれない。けれども、救えるに違いないという確実な希望を感じたのは初めてのことだった。

桐ヶ谷は、久しぶりに解放された清々《すがすが》しさを嚙《か》み締めた。

緑色の誘惑

1

会議室の窓はすべて開け放たれており、陽《ひ》に灼《や》けて白茶けたカーテンが七月の風を受けて大きく膨《ふく》らんでいた。どこか生臭く感じるのは鬱陶《うっとう》しい湿度と消毒薬のせいだろうか。並べられた長机のそこかしこに除菌用のアルコールが置かれ、ウイルス対策を促すポスターが壁で揺れている。

桐ヶ谷京介はパイプ椅子に腰掛け、先ほどから落ち着きなく身じろぎを繰り返していた。どこにでもあるような殺風景な会議室なのだが、警察署ならではの重圧感に満ちているからだ。ホワイトボードにうっすらと残る「被害者」や「凶器」、「死因」などの文字が目に入り、否応なく想像力が掻《か》き立てられる。隣に座る水森小春も同じ気持ちのようで、まっすぐの長い髪をかき上げながらしきりに周囲を見まわしていた。

「南雲はもうすぐ来ますんで、もうしばらくお待ちください」

長机の向かい側で、黒いマスクを着けたこざっぱりとした青年が明るい調子で言った。いつ見ても刑事とは思えぬ風貌の八木橋充巡査部長は、二重まぶたの目尻を下げて親しげに笑っている。ロゴ入りTシャツにジーンズというラフな格好もさることながら、線の細い端正な顔立ちもくすんだ会議室にはそぐわない。

八木橋は長机に肘をつき、いささか身を乗り出して不躾《ぶしつけ》なほど桐ヶ谷に目を這《は》わせてきた。

「最近、自分も髪を伸ばそうかと考えはじめてるんですよ。桐ヶ谷さんと会うまでそんなことは思いもしませんでしたけど、なんというかロン毛には謎めいた押しの強さがあるんですよね」

八木橋は、無造作に整えられた自身の短髪に手をやった。謎めいた押しの強さというよくわからない言葉の意味を考えているとき、椅子にもたれていた小春が口を開いた。

「八木橋さんの素材ならロン毛もありだろうけど、たぶん派手になりすぎると思うよ。最終戦の前に出てくる中ボスの堕天使《だてんし》みたいでさ。腐女子《ふじょし》人気が高くて二次創作が氾濫《はんらん》する類《たぐい》のキャラになるね」

「めちゃくちゃわかりづらい喩《たと》えなのに、なぜかすっと落ちてくるから不思議っすね」

「まあ、光のエフェクト背負ってるような美キャラだよ。これがまた強くてさ。パーティーに低レベがまぎれ込むとなかなか攻略できないわけよ」

小春は腕組みしてしみじみと口にした。ゲームオタクでゲーム実況者でもある彼女は、当然のように日常会話にそれらを入れてくる。本業はヴィンテージショップのカリスマ店長であり、その界隈《かいわい》では目利《めき》きとしても有名だ。しかし、繊細で優美な見た目から繰り出される言動は荒っぽく、会う者を例外なく困惑させていた。

八木橋はおもしろそうに小春の話に耳を傾け、再び頭に手をやった。

「案外いけると思ったんだけど、自分には無理ですかね」

「無理ではないって。でも、黒髪ロン毛がばっちりハマる男の条件って陰気と狂気があることだからね」

「いや、陰気と狂気って……」

桐ヶ谷は思わず口を挟んだけれども、小春は意にも介さず先を続けた。

「これは持論だけど例外は認めてないんだよ。ていうか刑事って髪伸ばしてもいいの？　確保とか索敵《さくてき》んとき邪魔じゃん。戦闘モードに入ったら、敵に髪摑《つか》まれるフラグが立つだろうに」

小春がゲーム用語を交えながら長髪のデメリットを捲《まく》し立てているとき、全開にしてある会議室のドアから腹が突き出てずんぐりした中年男が入ってきた。赤ら顔に汗を浮かべ、地肌の透《す》けている頭に薄い髪が貼《は》りついている。鼻の下までずり下がったマスクをつまんで定位置に戻し、パイプ椅子に勢いよく腰掛けた。

「どうも、どうも。いやあ、なんだい今日の湿度は。ちょっと動いただけで汗だくだよ。日本の夏は暑くてどうしようもないねえ」

八木橋の上司である警部の南雲隆史は出し抜けに言った。ネクタイを手荒に緩めてワイシャツの第一ボタンを外している。

「それと何やら盛り上がってるみたいだけどね」

南雲は小春と部下につぶらな目を向けた。

「警察という組織は男性の長髪禁止だからね。茶髪も論外。警官は警官らしく。これが基本の規律正しい集団だから」

「ちょっと待った。警官らしさっていったい何さ？　ヤクザ担当の刑事なんて、どっちがヤクザかわかんない見た目の集団じゃんよ。ゲームでもリアルでもさ」

すかさず小春が反論すると、南雲はくしゃくしゃのハンカチで額や顔に浮かぶ汗をぬぐった。

「マル暴の連中は、職務上必要だからそうしているんだよ。ヤクザに舐《な》められないために、相手を威圧する見た目でなければならないわけだ」

「いや、いや。威圧したいんならむしろオシャレ集団になったほうがいいと思う。得体の知れなさがかえって恐怖を掻き立てるし、警察のイメージアップにもつながるでしょ。監修が必要ならわたしに言ってね」

「丁重にお断りさせていただくよ」

南雲はかぶせ気味に言った。

「長髪も染髪も捜査に必要ならばやる。それだけのことだ。現に対知能犯系の連中は相手に合わせてびしっとスーツを着るし、窃盗犯相手なら動けるラフな格好になる」

「未解決事件専従捜査対策室は？」

小春は、南雲と八木橋が所属する部署名を口にした。

「うちは私服でも良いと言われているけども、目立たない見た目に越したことはないよ。だから桐ヶ谷さんも警察官を目指すんなら、残念だけどその髪は切ってもらわなくちゃならないねえ」

「いや、目指してはいませんので」

桐ヶ谷は即答した。南雲は事あるごとに警察官への道を勧めてくるのだが、あながち冗談でもないようだ。桐ヶ谷が苦笑していると、八木橋が上司の前に分厚い黒いファイルを移動させた。

「さてと。今日は記念すべき日だ。この日を迎えられて本当に嬉しいよ。電話でも話した通り、きみらには正式に捜査協力を依頼させてもらうからね」

「本当に記念日ですね。ちなみにこういう試みは初めてのことなんですか？」

「いや、駐禁のほかにサイバー犯罪でも民間人の登用をはじめているよ。特に後者は専門的な知識が重要になってくるからね。だが、凶悪犯罪の捜査の場合は前例がない」

桐ヶ谷と小春が顔を見合わせると、南雲はファイルから二枚の書類を抜いて二人の前に滑《すべ》らせた。書類の見出しには「捜査業務の一部民間委託依頼書」とあり、注意事項や報酬などが細かく印字されている。が、そのなかでも「杉並《すぎなみ》区松《まつ》ノ木《き》住宅内殺人事件」という文字がただならぬ存在感を主張していた。事件発生は二〇〇六年の九月。今から十五年前に起きた殺人事件だった。

南雲はファイルの書類をめくり、胸ポケットから出した黒縁の老眼鏡をかけた。

「注意事項はおのおので読んでおいてね。早速だけど、今回依頼する事件の経緯をざっと説明するよ」

小春が背筋を伸ばして座り直し、桐ヶ谷も老眼鏡を指で押し上げている南雲を凝視した。ついにこの日がきた。先ほどから背筋がぞくぞくとしていた。洋服のシワや摩《ま》耗《もう》、体つきなどから犯罪を予見できたとしても、今まではほとんど役に立たない面倒な能力でしかなかった。それはそうだろう。傍《はた》から見れば胡散臭《うさんくさ》さしかなく、警察を説得できないどころか頭のおかしい人間として認知されるのが関の山だ。ゆえに犠牲になっていく者を傍観し、自分の無力さを日々嘆くのみ。しかし、南雲との出会いは桐ヶ谷にとって救いだった。偏見なく真っ向から受け入れてくれる数少ない人物なのだから。

ひとり感慨に浸っていると、小太りの丸っこい警部は咳払《せきばら》いをした。

「ええと。二〇〇六年の九月二十三日に、杉並区松ノ木四丁目にある一軒家で遺体が発見された。被害者は本村牧子《もとむらまきこ》、六十五歳。独身でひとり暮らしの女性だ。死因は首を絞められたことによる窒息死だよ」

南雲は抑揚《よくよう》なく喋《しゃべ》りながら書類をもう一枚めくった。

「ポストからあふれていた新聞とか封書を見て不審に思った隣人が、警察に相談したことが始まりだ。駅前交番の警官が家に入り、玄関脇の茶の間で死亡していた被害者を発見。死後およそ十日で、首には絞められた痕《あと》が残されていたよ」

八木橋が机に何枚かの写真を並べていった。被害者の自宅らしい。平屋の一軒家を囲んでいる生け垣はキンモクセイだろうか。暗緑色《あんりょくしょく》の葉を刈り込みすぎているせいで、すかすかに透いていて見栄えが悪い。窓にはモスグリーンのカーテンがかかり、玄関脇には古びた自転車が置かれていた。

南雲は書類に目を落として先を続けた。

「今から十五年前の事件だ。現場には大量の物証が残されていたにもかかわらず、まるっきりホシを絞り込めなくてね。殺人事件の時効がなくなったとはいえ、被害者の交友関係が広かったことも迷宮入りした原因かもしれない」

「つまり、現場に残された物証は友人知人のものがほとんどだったと？」

桐ヶ谷が言うと、南雲は小さく頷《うなず》いた。

「ケータイのアドレス帳に残されていた知人だけでも七百八十件もあったんだよ」

「七百八十件？　被害者は起業でもしていたんですか？」

「いや、すべて友人知人だ。ガイ者の本村牧子はいくつもの習い事やサークルに通っていて、イベントだのパーティーだのにも積極的に顔を出していたそうだよ。出先で知り合った人間ともすぐに打ち解けて、一緒に旅行へ行ったり食事したり、とにかく活発で社交的な人間だった。自宅への人の出入りもかなりあったそうだ」

桐ヶ谷は耳を傾けながら、さまざまな角度から撮影された家の写真に目を走らせた。小さな平屋は見るからに古く、外壁の塗装が剝《は》げてみすぼらしさが際立っている。小春も横から写真を覗《のぞ》き込んで腕組みをした。

「顔が広くてコミュ力《りょく》がすごい人なんだろうけど、この家に人を招いて何やってたの？　正直言って、あんまり楽しそうな雰囲気には見えないよ」

「家に招いていたのは、俗に言う茶飲み友だちだな。故人はとにかく明るくて楽しい人だったそうだ。交友関係をシラミ潰《つぶ》しに当たったけど、被害者の人間性を悪く言う者はひとりもいなくてねえ。一緒にいると元気をもらえる類の人物だったらしい」

「へえ。じゃあ、恨まれるような性格ではないってことだよね」

「そうとも限らんのが厄介なところだよ。やっかみとか嫉妬とか誤解とか、当人の知らないところで激しい恨みを買うことはよくある話だ。万人から支持される人間はこの世にひとりもいないからね」

南雲ははっきりと言い切った。長い刑事経験から導き出した答えなのだろう。八木橋も同意したように頷き、今度は茶封筒から写真の束を出して手札のように置いていった。六枚の写真はすべて複数人で撮られたスナップだ。高尾山《たかおさん》で撮られたものは八人の男女グループ。そのほかにも鎌倉《かまくら》や銀座《ぎんざ》の歌舞伎座《かぶきざ》、川越《かわごえ》などの観光地をすべて異なる顔ぶれの仲間と行動している。どれも同年代の集まりであり、すべての写真に収まっている被害者の本村牧子の存在だけが異質だった。どの写真を見ても、こちらに迫ってくるような強烈な印象がある。

桐ヶ谷は高尾山で撮られた写真を取り上げた。中央に写るショートカットの女性は、文句のつけようがないほどすばらしい笑顔を作っている。表情筋が左右均等に使われており、目尻や口角に刻まれた笑いジワも驚くほど均一だ。

桐ヶ谷は写真の中の被害者を見つめた。

「この人の癖は完璧な笑顔のようですね」

「ほう、完璧な笑顔が癖とは？」

南雲が白髪《しらが》交じりの眉をわずかに動かした。

「人には無意識の癖がありますから、もちろんですが体や顔にも左右差が生まれます。南雲さんで言えば右下奥にある親知らずを常に気にしているので、笑うときに右側の口角のほうが若干上がりますしね」

未だ親知らずを抜歯していないことをあっさり見抜かれた小太りの刑事は、バツが悪そうに苦笑いを浮かべた。

「被害者の本村牧子さんは、目の周りにある眼輪筋《がんりんきん》と口許《くちもと》の口輪筋《こうりんきん》をあますところなく使っています。唇《くちびる》を引き上げる上唇挙筋《じょうしんきょきん》に沿ったシワも、左右同じ角度で斜めに走っていますよ」

「確かに、言われてみればそうですね……いや、ちょっと待った」

食い入るように写真を凝視していた八木橋が、いささか困惑したように顔を上げた。

「よく見ると細かいシワの本数まで左右対称じゃないですか！」

「そうですね。写真を見る限り、この女性は笑顔を形作る顔の筋肉だけが異常なほど鍛えられています。体の軸はブレていますから、まさに顔だけが完璧なんですよ」

「まさにその通りですよ。驚きました」

「ちょっと見ないタイプです。このことからわかるのは、彼女は長年にわたって最高の笑顔を心がけていた……いや、笑顔でなければならないという強迫観念をもっていた。そういうことでしょう」

するとと小春は神妙な面持《おもも》ちをして桐ヶ谷に目をくれた。

「こんなこと言ったらあれだけど、写真から伝わってくる彼女の明るさにはほんのちょっとだけ狂気が混じってるような気がする。圧がすごいよ」

「そう、まさに圧倒するような笑顔だからね。生身の人間がグラフィックのような精密な笑顔を作ろうと思ってもなかなか作れない。この女性は顔の筋肉に完璧な笑顔を覚えさせているんですよ」

「なるほど、なるほど。あなたはいのいちばんにその部分を指摘するわけね」

場違いに明るい声を上げた南雲は、どこか嬉しそうに目を細めた。

「いつものこととはいえ、あなたは期待を裏切らないねえ。本村牧子は結婚式場に勤めていたんだよ。二十三歳から定年までの三十七年間、勤め上げた超ベテランだ」

「ああ、それで過剰な笑顔になったというわけですか」

「そうなんだろうね。言われてみれば職業病みたいな貼りついた笑顔かもしれない。ウェディングドレスとか打ち掛けとか、式で着る衣装を貸し出す部署を仕切っていた経歴の持ち主だよ」

桐ヶ谷は納得しながら再び写真に目を走らせた。結婚式における衣装というのは、いちばん重要な部分を占めると言っていい。そんな式場の要《かなめ》とも言える部署で三十七年間勤め上げた被害者は、知らず知らず訓練された完璧すぎる笑顔を身につけた。そこに事件との関連はあるのだろうか。

桐ヶ谷は被害者の写真をくまなく検分した。きれいな左右対称の笑顔だけが突出しているぶん、そのほかにはこれといった特徴や癖は見えない。痩《や》せ型で若々しく、潔《いさぎよ》いほどのショートカットが快活な雰囲気にとてもよく合っていた。緑色が好きなようで、どの写真の装いにも必ずグリーンが差し込まれている。

写真を丹念に探っている桐ヶ谷を横目に、南雲は一軒家の写真をとんとんと指で叩《たた》いた。

「話を戻そうね。現場から出たブツは多くの指紋や毛髪だ。変わったところだと、ひと摘《つま》み程度の灰が落ちていたよ。これは遺体が発見された茶の間から見つかっている」

「灰？　それには何かの意味があったんですか？」

桐ヶ谷が問うと、南雲は首を横に振った。

「茶の間には小さい仏壇があって、香炉に線香を焚《た》いた灰が溜まっていた。争ってそれが飛び散ったのかと思ったんだが、科捜研によれば線香の灰とは別ものだったらしい。ええと……」

南雲は書類をめくって指を滑らせた。

「ああ、これだ。灰の成分は主に炭酸カリウム。これは単に草木を燃やしたときに出る灰らしい。どう捉えるべきかわからん事実だが、結局は事件には無関係だろうとの結論を出した。ごく微量だったからね」

ファイルに目を走らせた南雲は、さらに話を進めた。

「被害者が住んでいたこの家は賃貸で持ち家じゃない。年金暮らしで貯蓄は五百万ほど。老後の備えとしたら貧弱だねえ。安い個人年金にしか入っていなかったし、生活は豊かではなかったはずだ」

「でも、習い事をいくつもやってたんだよね？」

小春の問いに、南雲は別の書類を引き寄せた。

「ええと、カラオケ、川柳《せんりゅう》、大正琴《たいしょうごと》、ヨガ、絵手紙、ペン習字、陶芸、着付け」

「すごい数だね。でも、真剣にこれだけ習ったら月に十万近くは余裕でかかりそうだけど」

「そのあたり、被害者はうまくやっていたようだよ。体験教室とか自治体がやってる教室とか、一回数百円でできるようなものばかりを選んで渡り歩いていた。おそらく習うというより、人と会って話したり仲良くなることが目的で通ってたんだろう」

するとノートにメモをとっていた八木橋が顔を上げて口を開いた。

「となるとガイ者は資産もさほどないわけですから、強盗や金絡みの殺しの線は薄いということでしょうね」

「そういうことになる。家は荒らされておらず、簞笥《たんす》の引き出しにあった現金二十万円もそのまま残されていた。唯一、家からなくなっていたのは湯呑《ゆの》みだよ」

「犯人がお茶を飲んでいた」

「ああ。こたつにはせんべいやら果物《くだもの》やら、被害者がだれかをもてなしていたような痕跡があった。だが客に出したはずの湯呑み茶碗が見当たらなかったよ。ホシが持ち去ったんだろう。一応、DNA鑑定ってものを知っていたということだ」

南雲は顎《あご》を引いて不敵な笑みを浮かべた。

「被害者が激しく抵抗したような痕跡もなかった。解剖医によれば、後ろから羽交い締めされて窒息したということだよ。まさに不意打ちだ。こんなふうに」

2

南雲は立ち上がって八木橋の後ろから首に腕をまわし、一方の腕でロックするような格好をした。桐ヶ谷は嫌悪感が抑えられなかった。たとえ屈強な男だったとしても、ふいに後ろからこの絞め技をかけられれば瞬《また》く間に意識を失うだろう。舌骨下筋《ぜっこつかきん》が圧迫されて気道が塞がり、加えて頸動脈《けいどうみゃく》の分岐部が絞まって血液の流れが急激に絶たれるからだ。

そのときの状況を思って気を滅入らせていると、部下から腕を外した南雲が桐ヶ谷を見ながら妙にくだけた口調で言った。

「桐ヶ谷さんは何を考えてるの？　なんでもいいから、頭に浮かんだことを言ってみてね」

「首にかかる力のことですよ。気道を塞ぐために必要な力はおよそ十五キロ。頸動脈の場合は三・五キロ以上。背後からその体勢で絞められれば意識を失うまで数十秒だろうと思います。それほど力がない者でも、首に腕が入りさえすれば死に至らしめることは可能でしょうね」

「解剖医も同じようなことを言っていたよ。女でも可能だろうと」

南雲は意味ありげな物言いをし、ファイルからカラーコピーされた何かの画像を取り出した。画質は粗《あら》くて黒っぽいけれども、レインコートらしきフードをすっぽりとかぶった人間が自転車にまたがっているのがはっきりとわかった。

「九月十二日の午後四時半ごろ。遺体が発見された十一日前だよ。この日時に本村牧子宅から飛び出してきた女がいたと思う……という証言が近所から挙がってね。右隣と斜向《はすむか》いの家の主婦が偶然目撃していたんだよ」

「飛び出してきたのは女なの？」と小春は訝《いぶか》しげな声を出した。

「そう、小柄な女だ。黒い雨合羽《あまがっぱ》を着た女が自転車で走り去ったそうだ。この日は夕方からどしゃ降りの雨だったから、よくもこの悪天候のなか自転車に乗れたもんだと思ったと証言している。もっともだよ。普通は小降りになるのを待つもんだ」

そう喋りながら、南雲はカラーコピーを前に押しやった。フードに隠れて顔は見えないけれども、サイズの小さすぎる窮屈そうなレインコートを着込み、丸みを帯びた体のラインがはっきりと見て取れる。証言通り小柄な体格で、自転車が大きく見えるほどだった。

「雨合羽の女は国道のほうへ行ったという目撃証言から、我々はそのルートにある防犯カメラを死にものぐるいで当たったわけだ。で、松ノ木一丁目のマンションと郷土博物館入り口の交差点、そして大宮《おおみや》一丁目のコンビニの三ヵ所で人着《にんちゃく》を確認した」

上司の言葉に合わせ、八木橋はノートパソコンを開いて桐ヶ谷たちのほうへ向けた。モニターに映る防犯カメラの映像を再生するやいなや、左から右へ猛スピードで自転車が駆け抜けていった。

「いや、スピードがものすごくない？」

小春がキーを叩きながら映像の再生を繰り返したが、カメラの前を横切る自転車はほんの一瞬だ。横殴《よこなぐ》りの激しい雨の中を、前のめりになって疾走《しっそう》していた。豪雨のせいで画面は白っぽくぼやけ、ここから人物を特定できるようなものではない。

「下手すりゃ車よりもスピードが出ているよ。この女は危険なほど飛ばして和泉《いずみ》方面へ向かっている。まあ、この映像を最後にほかは見つけられなかったんだけどね」

三ヵ所の防犯カメラ映像の中のひとつ、交差点で捉えられたものだけは信号待ちらしきわずかな静止時間がある。

桐ヶ谷はコマ送りにして交差点の映像を何度も見返し、ある箇所で停止した。常に前傾姿勢で前を見据えていた人物が、自転車のハンドルから手を離して腕をだらりと脇に下げる瞬間がある。レインコートの袖《そで》から手許があらわになっていた。

桐ヶ谷は停止した映像を拡大し、画質の粗さと格闘しながらモニターにじっと目を凝《こ》らした。レインコートのナイロン生地《きじ》には無数のシワが寄っているものの、ここから着ている者の癖を読み取ることは不可能に近い。撥水《はっすい》加工された生地はしなやかで、ついたシワが移ろいやすいからだ。ベージュ色のズボンにいたってはずぶ濡れであり、この人物ならではの特徴を見極めるのは難しいだろう。

桐ヶ谷は早々に服地の検分に見切りをつけ、体の脇に下げられている腕に的を絞ることにした。小柄な体格に合った短めの腕は筋肉質とは言い難い。手首から手にかけては丸みがあり、肥満傾向にある人間なのは明らかだ。そして肘のあたりを見た桐ヶ谷は、なるほど、とつぶやいて顔を上げた。

「この人物は女性ではないですね。男性です」

南雲と八木橋は、そろって眉根を寄せて桐ヶ谷を見据えた。

「いや、いや。体の丸みとか身長なんかを見ても、とても男とは思えないがね」

「同感です。履《は》いているスニーカーなんて、二十三センチ程度だと鑑識が突き止めていますから」

「その通りだよ。この映像には何十人もの捜査員や専門家が目を通している。そのなかで、男だと言い切ったのはあなただけだよ」

二人の刑事は矢継ぎ早に異議を唱えた。確かに雰囲気や肉づきなどが女性的で、桐ヶ谷もそう鵜呑《うの》みにしてもおかしくはない。しかし、体のある一ヵ所が見えたことで先入観が覆《くつがえ》されていた。

桐ヶ谷はパソコンのモニターを二人の刑事に向けた。

「体つきや身長だけで性別を特定するのはとても難しいんですよ。そう見えるというだけでは解剖学的な根拠にはならないですから」

「ていうと、桐ヶ谷さんは何か根拠をもっているの?」

「ええ。この人物は小柄で脂肪層が厚いので、一見すると六十代以上の年配の女性に見えます。でも、下に下ろされた腕の肘外偏角《ちゅうがいへんかく》が明らかに男性のものですよ」

桐ヶ谷は、若干前側に傾いている肘のあたりを指差した。

「掌《てのひら》だけ前に向けて腕を下に下ろしたとき、骨と腱《けん》の形成上、前腕と手はだれでも自然に外側へ曲がります。そのときの肘の角度を肘外偏角と言うんですが、これには性差があるんですよ。この自転車に乗った人物の肘外偏角はおよそ五、六度程度しかありませんが、女性ならば例外なく十五度くらいになります。なので、この人物は男性だと断定させていただきますよ」

そう言うやいなや、小春と八木橋が立ち上がって腕を下ろした。意識的に力を抜くとたちまち肘が外側に曲がり、二人の肘外偏角にはっきりとした角度差が現れた。南雲はつぶらな目をさらに丸くした。

「いやはや、なんだいこれは……。確かに水森さんのほうが角度がついてるじゃない。これはだれがやってもこうなるの？」

「今まで例外は見たことがありませんね。骨折歴があれば別ですが、年齢に関係なく男女の違いははっきりと肘に出るんですよ」

小春と自身の腕を何度も見くらべていた八木橋は、急《せ》くように腰をおろして興奮した声を上げた。

「室長！　これは進展材料じゃないっすか！　十五年ぶりの新たな見解です！　現場から立ち去った人間は男だった！　これは捜査の方向性そのものが変わるのでは？」

南雲は低いうなり声を発し、頭を整理するような間を取った。

「もちろん、これが事実ならば捜査の方向性が変わる。ただ、被害者が特に親密にしていた男はいない。相当数の聞き込みをしたが、それらしい情報はゼロなんだよ」

南雲は難しい面持ちのまま腕組みし、パイプ椅子の背もたれに体を預けた。

「実際のところ、僕もずっと引っかかってはいたんだ。経験上、背後から腕をまわして首を絞め上げるなんて殺し方を女はしないからね。そもそも女は扼殺《やくさつ》や絞殺を選ばない傾向がある」

「腕力的にそうだろうとは思います。突発的な出来事ならば別ですが」

「そういうことだ。しかしねえ。捜査のスタート地点が間違っていたってことになれば、それによる見落としもかなりあったはずだな。今から振り出しに戻されるとは頭が痛いよ」

南雲は両手で顔をごしごしとこすり上げ、さらに大きくため息をついてから首をぐるりとまわした。

「まあ、それを嘆いていてもしょうがないがね。ここで十五年の遅れを取り戻せるかどうかにかかってる。いや、取り戻す勢いでやるしかないんだが」

「南雲さん、元気出しなよ。わたしらも一緒に考えてあげるから、いつものずうずうしくて不誠実な南雲さんに戻ってよ」

小春が腕を伸ばして南雲の肩をぽんぽんと叩き、余計なひと言を添えつつベテラン刑事を慰《なぐさ》めた。そして細くて白い腕を豪快に組んだ。

「暴走自転車が男だってのはわかった。むしろわかんないのは被害者の女性のことだよ。笑顔がすごくてコミュ力が高いぐらいしか伝わってこない。ねえ、南雲さん。もちろんほかにも情報はあるんでしょ？　この期《ご》に及んでおかしな駆け引きはなしにしてほしいんだけどさ」

ずけずけと発言する小春に南雲は苦笑いを浮かべた。

「今回ばっかりは出し惜しみはしてないんだよ。とにかくめぼしい情報がないのは事実だ」

南雲は大量の資料をめくり、閉じては再びめくることを繰り返した。本当にお手上げ状態のように見える。すると資料に目を走らせていた警部はあるページで指を止め、少し考える間を置いてから口を開いた。

「有力な情報は満足にないんだが、聞き込みをした人間ほぼ全員に共通していた証言があった。他愛のないことだよ。本村牧子は緑色が好きだったということなんだがね」

「緑色？」

桐ヶ谷は即座に反応し、被害者の写真に視線を移した。南雲は先を続けた。

「近所の人間には陰で『緑のおばさん』なんて揶揄《やゆ》されてたらしい。きみら若者は知らないだろうけど、昔は学童擁護員《ようごいん》の女性はそう呼ばれていたんだよ。横断歩道に立って通学する子どもらを誘導していた。旗を振ってね」

「いや、南雲さん。わたしだって知ってるって。緑のおばさんが出てくるホラゲーをやったことあるから」

「いったいどんなゲームなの……」

桐ヶ谷が思わず口にすると、小春は緑のおばさんが殺しにくる、と端的に言った。

「それにさ、たまに緑の制服が古着市場に流れてくることがあるんだよね」

すると八木橋が「そんな制服買う人がいるんすか?」とメモする手を止めて問うた。

「それがいるんだな。あらゆる制服にはマニアがいるからね。アメリカで学童擁護員はロリポップウーマンって呼ばれてて、やっぱりそれ関連の標識とか帽子なんかは古物として一定の需要があるんだよ」

さらには日本で緑のおばさんが登場したのは一九五九年のことだ、とすら年号まで言い、南雲は心底感心したような目を小春に向けた。

「きみはゲームとか古物を通して物事の背景をよく知ってるねえ。桐ヶ谷さんとはまた違った視点が新鮮だよ。そういう雑学的な知識が、巡り巡って捜査のヒントになることが往々にしてあるのは否定できないね。捜査員からはひとつも出てこないから」

「ちょっと南雲さん、さっきからホントに大丈夫？　なんで急に褒《ほ》めはじめたの？今までの捜査が無駄になるかもしれないショックでどうにかなっちゃった？」

例のごとく小春があけすけに言い、警部の顔を覗き込んだ。

「ショックも何も、素直な感想を述べたまでだよ。話を戻すとね。近所の連中は、本村牧子の緑好きを少し度が過ぎていると思っていた。どこか薄気味が悪いとね」

「この集合写真を見ても、別に薄気味悪さはないと思いますが」

桐ヶ谷の指摘に、南雲は首を横に振った。

「この写真は少し前に撮られたものらしいからねえ。殺される三年ぐらい前から、被害者は全身緑色の服で出歩くようになっていたそうだよ」

「全身緑って……それは言葉のままの意味ですか？」

南雲は小さく頷きながら部下に目配せすると、八木橋は紙袋から洋服を出して長机に並べていった。ブラウスとカーディガン、そしてパンツにスカーフに靴下。どれも目の醒《さ》めるような緑色で、桐ヶ谷はいささか驚いた。

「これは本村牧子が死亡時に着ていた服だよ」

桐ヶ谷と小春はそろって口をつぐんだ。洋服の背面には体液がべったりとこびりつき、どす黒く固まっている。臭いはまったくないけれども、無意識に息を止めてしまうほどひどい見た目だった。小物だけでなく洋服にいたっても、すべて緑色という強烈なインパクトで理解に苦しむ着合わせだ。ファッションにおいて色の統一自体は別に珍しいことではないけれども、これは本当に危うさが漂っている。

「異様のひと言ですね。いくら好きでも、普通は全身を緑色で統一しようなんていう考えにはならないと思います」

「緑のおばさんというよりピーターパンだよ」

小春も首をひねって緑色の洋服を凝視し、それを見た南雲が小さく頷いた。

「あんまりにも常軌《じょうき》を逸《いっ》してたもんで、身内以外はだれも服について触れることができなかったそうだ。認知症かもしれないという意見もあったよ。まあ、だからどうだっていう情報なんだがね」

桐ヶ谷は警部の話を耳に入れつつ、被害者が着ていた洋服を見ていった。どれも質の悪い化繊生地を使用しており、細かいシワが折り込まれていて形状がまるで保たれていない。縫《ぬ》い目やパターンも含めて褒めるべきところがひとつもなく、どこで企画されてどこで売られていたのか疑問に思うレベルの洋服だ。

桐ヶ谷は若干戸惑いながらブラウスを手に取ると、南雲は期待を隠さずに熱のこもった声を発した。

「どうだい？　相当シワがついてるから、桐ヶ谷さんなら被害者の隠された行動を読み解けるんじゃないかと思うんだよ」

南雲の隣では八木橋も目を輝かせている。桐ヶ谷は苦笑した。

「確かにシワは無数にありますが、これは人に由来するようなものではないですね。粗悪なポリエステル生地は一度洗濯をするとくしゃくしゃになって、アイロンを当てても元通りにはならないんですよ」

「それはホントにそう。量り売りで仕入れてくるような古着は、八割がこういう化繊の粗悪品になる。売り物にもなんないし、廃棄するしかなくなるんだよね」

小春も同意してため息をついた。すると南雲は、若干慌てたように腰を浮かせた。

「いや、待った。着衣がシワだらけだからかなり期待してたんだけども、あなた方でもわからないと言うの？」

「こういう類の素材は、持ち主の癖などを記憶しづらいんですよ。このブラウスなんて、洗濯ジワが記憶を打ち消してしまっているのでね」

「それなら、洗濯ジワを度外視して見ればわかることもあるのでは？」

八木橋が半ば懇願するような視線を向けてきたけれども、桐ヶ谷はひと通り目を通してため息をついた。

「ポリエステルは石油化合物で、基本的に摩耗に強くて形崩れもしません。カビなんかにも強い。本来は洗濯でもシワになりにくいんですが、扱いを間違えるとこんな感じになって生地にシワが刻み込まれてしまう。おそらく被害者の女性は、洗濯が終わってもなかなか干さなかったんじゃないかな。脱水されたまま長いこと放置していたとか」

桐ヶ谷はニットカーディガンを引き寄せた。目の詰まったアクリル素材のもので、細かい毛玉の数が尋常ではない。

「このニットを着古していたのはわかります。気に入っていたんでしょう。袖下と脇の下、そして背中が摩耗で薄くなっていますね。もちろんニットにはシワが残りづらいので、ここから特別な何かを推測することも難しいと思います。ご期待に添えなくて申し訳ないですが」

「そうなんですか……」

見るからにがっくりと肩を落とす八木橋に、何かを考え込んでいた南雲が手をひと振りした。

「まあ、あれだ。頭を切り替えることだよ。洋服からすべてがわかったら世話ないんだからね。それよりも桐ヶ谷さんが指摘した自転車の人物。こっちに焦点を置いたほうがいいだろう。これが男ならまだ埋もれてる情報はあるはずだから」

「確かに」と気を取り直した八木橋は付箋《ふせん》に何かを書いて資料に貼りつけた。そのとき、死亡時の着衣と被害者の写る写真を見くらべていた小春が、どこか腑《ふ》に落ちない面持ちをした。

「この写真の被害者女性はごく普通の服装だよね。大好きな緑のアイテムをうまく取り入れてコーディネートしてると思う。それがなぜかこう極端に進化した」

そう言って小春は緑の洋服群を指差した。

「いったいこの女性に何があったんだろう。服装の趣味はそうそう変わるもんじゃない。たとえイメチェンしたとしても、根底にあるその人ならではのセンスみたいなものは変わらないんだよね。でもこれは別人だと言っていいし、彼女に何かが乗り移ったみたいに見えるんだよ」

「本当にそう思う。写真の本村牧子さんは、控えめな中にも上質なアイテムを取り入れていた。この緑のスカーフはシルクのとてもよい品ですよ。こういうものを身につけていた女性が、何かの拍子に趣向が変わった。しかも全身緑色ですからね」

桐ヶ谷にも理解不能だった。富裕層が金に飽《あ》かして度肝を抜くような格好をすることはあるが、それが本村牧子に当てはまるはずもない。小春も長いこと考えあぐねていたが、結局は何も浮かばないようだった。

「わかんないなあ。服装のジャンルを変えるのってものすごく勇気がいるからさ。普段トラッドしか着ない人が、いきなりロリータファッションに変わるようなもんだよ。いくらなんでも系統が違いすぎる」

すると南雲はずり落ちてきたマスクを直し、桐ヶ谷と小春に目を合わせた。

「変わった格好をしはじめたとはいっても、習い事も友人関係もそれまで通りで言動におかしなこともなかったそうだ。何かの病気だった線はないだろうと思うよ」

「わかりました。ちなみに、被害者女性の持ち物で警察が押収しているのはこの洋服のほかにないですか？」

桐ヶ谷の問いに、すぐさま八木橋が答えた。

「死亡時に着ていた衣類と殺害現場にあったこたつ一式と座布団、絨毯《じゅうたん》などです」

「そうですか。ひとつお願いがあるんですが、本村牧子さんのワードローブを見せていただくことは可能ですかね」

「なんだい？　ワードローブってのは」

「生前、彼女が使っていたクローゼットとか箪笥の中身を見せていただきたいということです。洋服や小物も含めたすべてを」

桐ヶ谷の申し出に、南雲は一瞬だけきょとんとした。

「まさかあなたは、ガイ者のほかの洋服から何かを掴もうとしているわけかね？」

「ええ、そうです。なんとなく、彼女の服装の変化が重要だと感じるんですよ。事件と直接的な関連はないにしろ、何かの糸口になるかもしれません。正直、自転車の人物にはもう広がりがありませんので、あまり固執しないほうがいいかと」

桐ヶ谷がそう言うやいなや、南雲は二重顎を上げて高笑いをした。

「なんだろうねえ。ことごとく警察が考える重要度とは逆をいく。目の前にある遺留品でもホシの男でもなく、被害者の服装の変化に重点を置くとはね」

少なくとも、持ち物を見れば被害者をより深く知ることができるだろう。そして服装の変化を通して、殺人という災厄を呼び込んだ隙《すき》が見つけられるかもしれない。

3

被害者の住んでいた賃貸の平屋は、五年前に取り壊しになっていた。両親も亡くなっており、本村牧子の遺品は妹のところにあるという。

杉並警察署の会議室で捜査業務の委託を受けてから一週間後。二人の刑事と桐ヶ谷、そして小春は千葉県松戸《まつど》市にある住宅地を訪れていた。この辺《あた》りは古くも新しくもない二階建ての家屋が建て込み、細かい路地が無数に走っている。その奥まった場所にあるのが本村牧子の妹宅で、玄関先にはピンク色のペチュニアが華やかに植えられていた。

「急な話だったのに、ご協力をありがとうございます。しかも大勢で押しかけて」

南雲が首筋の汗を拭《ふ》きながら一礼すると、被害者の妹は曖昧《あいまい》に微笑《ほほえ》んだ。白髪交じりの豊かな髪をひとつに束ね、地味な灰色のワンピースを着ている。被害者と二つ違いの姉妹ということは、今年で七十八だ。顔にはツヤもなく非常に疲れ切って見えるし、栄養状態もよくはないだろう。何より、洋服のシワは後ろから前側に流れているものがほとんどであり、肩などは極端に前へ入ってしまっていた。

家主である松川光子《まつかわみつこ》は四人の訪問者を順繰りに見やり、家の中に手を向けた。

「暑いなかご苦労さまです。冷たいものでも用意しましょうね」

「いや、おかまいなく。お電話した通り、お姉さんの遺品を見たらすぐお暇《いとま》しますよ。突然で申し訳ありません」

南雲は黒い革靴を脱ぎ、迷うことなく廊下の奥へ足を向けた。どうやら何度か訪問しているらしい。家の中はエアコンで冷やされており、たちまち汗が引いていく。古い家だが隅々まで掃除がいき届き、すっきりとして物が少ない印象だった。

三人も南雲に続いて靴を脱ぎ、薄暗い廊下の奥へ進んだ。しかし戸口では南雲が目を剝《む》いたまま立ち止まっており、八木橋が何事かと前に出た。

「もしかして遺品を処分しました？」

南雲はマスクの下でくぐもった声を出し、後ろからついてきた光子のほうへ顔を向けた。畳敷きの六畳間を覗き込むと、和箪笥《わだんす》のほかにプラスチックの衣装ケースが二個だけ置かれている。光子は灰色のワンピースの襟許《えりもと》に手をやりながら飄々《ひょうひょう》と言った。

「とにかく衣類が多かったものですから整理しましたよ。あとカラーボックスみたいなものや雑貨、布団なんかも処分しました」

「いや、いや。あのですね……。もし処分するようなら、前もって声をかけていただきたいとお伝えしたじゃないですか。困るねえ、これは」

「そうだったかしら？　少しバタバタしていたから忘れちゃったのね。主人が二年前に他界してから、わたしも今流行《はや》りの終活を始めてるんですよ。子どもたちには迷惑かけたくないのでね」

彼女は悪びれない態度で不織布《ふしょくふ》のマスクの位置を整えた。目許が姉の牧子にとてもよく似ているが、笑顔がないせいか冷たく感じる。少なからず警察に不満を抱いているのだろう。なにせ十五年も未解決のままなのだから、当然かもしれなかった。

南雲は薄い頭を掻き、どうしたもんかと思案しているような面持ちをした。かなりの遺品が処分されてしまったらしい。

みなが沈黙してしまったとき、光子はあくまでも静かに南雲を見つめた。

「もしかして警察は、まだうちの主人を疑っているんですか？」

「それはありません、以前お話しした通りです。ただ、あなたのご主人と被害者の折り合いがよくなかったのは事実なんでね。そこを調べるのが我々の仕事でして」

「まるで犯人扱いでしたけど」

彼女は依然としてまっすぐに警部を見据えていたが、小さく息を吐き出して目頭を指で揉《も》んだ。

「実を言うと、姉の遺品を処分したのは主人なんですよ。わたしが出かけている間に勝手にね。これでも着物とか和箪笥なんかは、苦労して取り戻したんです」

「そうでしたか。ですが、たったのこれだけではねえ。いや、我々が捜査を進展させられなかったせいもあるのは重々承知していますよ」

徒労感を浮かべた南雲を見て、彼女は再び短いため息をついた。とにかく、処分してしまったのだからここにあるものだけでなんとかするしかないだろう。

桐ヶ谷は和室の戸口から光子に声をかけた。

「初めまして、桐ヶ谷と申します。突然なんですが、松川さんは最近特に疲れやすくないですか？」

「え？」

彼女は急に話を変えられてとまどい、訝しげな面持ちで桐ヶ谷をじっと見つめた。あまり質のよい睡眠が摂《と》れていないようで、目の周りには茶色いクマが沈着している。それにちょっとした移動でも息が切れるようだった。

「松川さんが着ているワンピースには、後ろから前に向かって斜めに何本もシワが走っています。左右どちらにも見られますね。これは筋力が低下している人に出るサインなんですよ。背筋《はいきん》が細くなっているせいで、前傾姿勢になりこういうシワの出方になるんです。典型的なサルコペニアですね」

「サルコペニア？　どういうこと？」

「筋肉量が減る現象です。体が重力に負けないように支えている背中やお腹、太ももなんかの筋肉を抗重力筋と呼びますが、松川さんはこれらが弱っています。おそらく、肝臓機能の低下が関係しているはずですよ」

黙って聞いていた小春が、「なんで筋肉と肝臓が関係あるの？」と素朴な質問をした。

「肝臓はエネルギーを蓄える臓器だけど、機能が低下すると貯蔵量も少なくなる。すると足りないエネルギーを補おうとするために、筋肉からタンパク質を取り込むんですよ。それで筋肉が急激に痩《や》せていくというわけで」

光子は自身の細い腕に触れ、そして薄い腹のあたりに手をやった。

「確かに最近疲れやすくて、大好きだったお酒もあまり呑《の》めなくなったの。ここ二週間ぐらいよ。脚もむくむしね」

「今のうちにきちんと検査するべきですね。早ければ楽に改善できるはずですから」

そう断言する桐ヶ谷の顔を、彼女はなおさら食い入るように見つめてきた。この手の見立てが当たっていればいるほど、人は警戒心や恐怖心を抱くことはわかっている。光子がわずかに後ずさったのを見て、南雲が説明役を買って出た。

「彼は服のシワとか姿勢なんかを見て、健康状態をずばりと当てられる才能があるわけです。まあ、最初は不気味に思うかもしれませんけど、まず外したことはないので松川さんも病院で診《み》てもらったほうがいいですよ」

「なるべく早くね」と小春もつけ加えた。光子は、とても刑事には見えない桐ヶ谷と小春を何度も目で往復し、やがて申し訳程度に微笑んだ。

「体に異変が出ていたのは事実だし、せっかくだからあなた方の忠告に従ってみるのもいいかもしれない。それに、姉の遺品のことは本当に申し訳ありませんでした。夫が気味悪がって、とにかく全部警察に預けろなんて言っていたんですよ」

「個人的な質問ですみませんが、ご主人はなぜお姉さんの遺品を気味悪がっていたんです？」

桐ヶ谷の率直な質問に、光子はさっと視線を逸らしてなんともいえない表情をした。

「姉が殺人事件の被害者になった瞬間から、わたしたち身内のプライバシーはなくなったも同然ね。電話の記録とか預金額とか家族仲とか友人関係とか、嗜好《しこう》にいたるまで洗いざらい警察に話さなければならなかったんだもの」

　間を置かずに南雲が申し開きをしようとしたけれども、光子は軽く手を上げてそれを制した。

「わかってます。あなた方はそれが仕事だし、姉を手にかけた犯人を捕まえるためにはどんな些細《ささい》なことだって重要だと思う。でも、それで家族は険悪になったし距離ができた。姉を恨んだ時期もあったわ。よりにもよって殺人事件なんかに巻き込まれてって」

光子は桐の和箪笥のほうへ目をやった。

「鬼みたいでしょう？　実の姉が殺されたのに、わたしはその事実を疎《うと》んだのよ。恥だとさえ思ったの。世間様にどう見られるだろうって」

「その気持ちは理解できますよ。被害者遺族が追い詰められた結果です。なんであれ凶悪事件は人の興味を惹《ひ》くし、被害者の落ち度を言い立てる輩《やから》も出はじめる」

南雲が普段はあまり聞かないような生真面目《きまじめ》な声を出した。

「それを終わらせるのが警察の役目なんですよ。犯人をブタ箱に送って人の記憶から事件を消す役目です。まあ、十五年も糸口が摑めないままで情けない限りですが」

うつむきがちな光子はわずかに笑みを浮かべ、あらためて警部を見つめた。

「南雲さんだけですよ。定期的に電話をくださったり訪ねてくださったりするのはね。事件から何年経《た》とうが、真剣に向き合ってくれているのはわたしの周りであなただけ。だから、本気で姉を憎むところまではいかなかった」

そう言って言葉を切り、彼女は桐ヶ谷のほうへ顔を向けた。

「主人はもともと古い考えの人だったから、気ままで楽天的な姉とは合わなかったのね。いつも姉を押しつけがましいと言っていた。笑顔が宗教じみているとね。老後の面倒なんかうちでは見ないぞ……っていうのが口癖だった。そのうえ格好もおかしくなったのよ。全身緑色の洋服を着たり」

「ご主人は、お姉さんの過剰な笑顔や服装が不気味だと思っていたわけですね」

桐ヶ谷がまとめると、光子は小刻みに何度も頷いた。

「あの格好を見れば、だれだっておかしいと思うわ。わたしは心配したの。認知症とか心の病気かもしれないって思ったから」

「そう考えるのが普通だと思います。服装の変化についてなんですが、お姉さんから何か聞いてはいませんか？　急に緑色の洋服を着はじめたようなので、きっかけが気になっているんですよ」

桐ヶ谷の隣で、小春も身を乗り出している。光子は少しだけ考え、首を傾《かし》げて低いトーンの声を出した。

「昔は黒とかグレーとかシックな色が好きだったはずなの。結婚式場で働いていたときなんて、見るからにキャリアウーマンみたいで憧《あこが》れたもの。垢《あか》抜《ぬ》けていてとても粋《いき》だった。でも、退職してからどんどん変わっていったと思う」

光子はまた考える時間を取った。服装の変化については、警察捜査での重要度が極めて低かったのはわかっている。おそらく満足な聞き取りすらもしていないだろう。八木橋は手帳に光子の言葉を書きつけ、南雲も眉根を寄せて彼女の言葉を聞き漏らさない構えを取っていた。

「事件に遭《あ》う二ヵ月ぐらい前に姉と食事をしたの。そのときの服装ときたら、全身緑色で爪まで緑に塗っていたわ。わたしは咄嗟《とっさ》に病気だと思ったから、病院へ行こうって言ったのよ。でも姉は聞かなかった。これが自分の求めていたものなんだって」

「だれかに勧められたとか、たとえば占い師みたいな者が絡《から》んでいるとか、そんなことを仄《ほの》めかしたことは？」

南雲の問いにも光子は首を横に振った。

「姉は占いとかそういうものを信じない人だったし、人に勧められてすぐ取り入れるような性格でもない。かなり頑固だしね」

するとずっと黙って話を聞いていた小春が、ひとつに束ねた長い髪を払いながら口を挟んだ。

「本村牧子さんは結婚式場に定年まで勤めていたということですけど、ずっと貸衣装を扱う部署だったんですか？」

「ええ、そうです。なんでも定年後も残ってほしいって言われたみたいなの。花嫁さんの雰囲気とか肌色とか目の色なんかを見て、いちばん似合うドレスを勧める目利《めき》きだってね。評価も高くて、色の資格ももっていたと思うわ。確かカラーコーディネーターの一級って聞いた覚えがあるけど」

「カラコの一級？　それってものすごく難易度が高いですよ。今は二段階のレベルになってるけど、昔は一級が取れなくて諦《あきら》める人が多発したって聞いてます。うちの店のオーナーも落ちてるんで」

小春は驚いて目を丸くした。なるほど、被害者は色についてのエキスパートだったことになる。色相環《しきそうかん》や配色のルール、色にまつわる歴史などを徹底的に叩き込まれたはずだ。それなのになぜ、全身緑色というおかしなことをやっていたのだろうか。桐ケ谷はあれこれ考えたけれども、答えが出せずに顔を上げた。

「お姉さんの遺品ですが、見せていただけますか？」

光子は小さく頷き、部屋の奥に置かれた和箪笥の扉と引き出しを開けた。桐ヶ谷はプラスチックの衣装ケースを開け、中身にざっと目を通す。ほとんど緑を基調としたアイテムばかりで、質もそれほどよくはない。ブラウスやジャケットを広げてみたが、特徴的な痕跡やシワはひとつも見つけられなかった。

「昔はシックな洋服を着ていたということでしたが、遺品にはありましたか？」

「いいえ、それがなかったの。わたしも驚いたんだけど、緑っぽい服以外は姉が処分したみたいで」

「そうですか」と桐ヶ谷は神経を尖《とが》らせながら事件の全体像を把握しようとした。おそらくこの趣向の変化が、犯罪を招いたのだろうという予測が確信に変わろうとしている。緑色は犯人へつながる鍵に違いなかった。

重ねてある衣装ケースを下ろしてもう一つのケースの中身を確認していくと、シワだらけのブラウスやスカーフなどが姿を現した。緑色だが色ムラが激しく、とても着用できるようなものではない。

「それは？」

しわくちゃのスカーフに目を凝らしている桐ヶ谷に、南雲が声をかけてきた。

「おそらく自分で緑色に染めたんでしょうね。市販の染料を使ったんでしょうが、洗いが足りないので身につけたら肌も緑色に染まりますよ」

そう言ってから桐ヶ谷ははっとした。もしかしてあれは染料だったのか？

桐ヶ谷は和箪笥へ足を向け、着物を包むたとう紙を開いて中身を見ていった。着物は緑色ではなく、落ち着いたベージュや黒の小紋《こもん》が三枚ほど。しかし、いちばん下の引き出しに入っていたたとう紙を開くと、品のいい鶯《うぐいす》色の着物が丁寧にたたまれていた。小さな梅の飛び柄で、年相応の落ち着いた雰囲気がある。

桐ヶ谷は着物を出して、胸の辺りに散らされた梅の柄をじっと見つめた。続けて、きせのかかっている袖つけの部分を開いて目を凝らす。蛍光灯に近づけて見ていると、小春は仕事で使っている拡大鏡を差し出してきた。それを使って縫い目をじっくりと検分してから、微《かす》かに震える息を吐き出した。すべてが一本の線でつながったからだ。

桐ヶ谷は急くような気持ちで南雲に目を向けた。

「南雲さん、ちょっと車に戻ってもいいですか？　今すぐにお話ししたいことがあるんですが」

ただならぬ雰囲気を察した南雲は、手早く遺品を元に戻して光子に礼を述べた。

「今日はご協力をありがとうございました。またご連絡を差し上げますよ」

端的にそう言うなり踵《きびす》を返し、四人は少し離れた場所にあるコインパーキングへ足を向けた。捜査車両である黒のアコードに乗り込むなり、南雲は助手席から後部座席を振り返った。

「桐ヶ谷さん。まさか何かを見つけたの？」

「ええ。犯人までたどり着けるような気がします」

「うそでしょ！　わたしらまだ装備も育成要素も雑魚《ざこ》レベルなんだよ！　なのにもう犯人にたどり着けるかもって何事なの！」

小春が素《す》っ頓狂《とんきょう》な声を上げ、なぜか悔《くや》しそうに歯噛みしている。八木橋は即座にペンを握って手帳を開いていた。

「おそらく事件の根底にあるのは『色』です。本村牧子さんは究極の癒《い》やしを求めて緑色にはまったんじゃないかな」

桐ヶ谷は疑問符を浮かべる三人へ順繰りに目を向けた。

「まずお話ししておきたいのは、色にはさまざまな効力があるということです。人にストレスも与えるし癒やしも与える」

「そりゃあ、どぎつい色に囲まれればストレスになるけども」

怪訝な面持ちで口を挟んだ南雲に、桐ヶ谷は首を横に振った。

「南雲さんがおっしゃっているのは、色を目で見たときのネガティブな感情ですよね。僕が言いたいのは、実際に視覚から入る色ではなく、物体で反射した色の光線から人体は無意識的に影響を受けているということですよ。つまり、たとえ目が見えなくても色があれば筋肉に収縮が起きるんです」

「本当に？　そんな理屈は生まれて初めて聞いたねえ」

「理屈自体は事実としてあります。これはトーナス変化と呼ばれるもので、色ごとに筋肉の状態が数値化されているんですよ。僕はスポーツメーカーとも取引があるんですが、スポーツウェアは、だいたいこのトーナス変化を意識して作られます。筋肉を興奮状態にもっていくのなら数値の高い赤、逆に冷静でいたいなら青といった具合に」

八木橋は背中を丸め、手帳に桐ヶ谷の言葉を殴り書きしていた。

「被害者はカラーコーディネーター一級の資格をもっていた。おそらく、このトーナス変化を深く理解していたはずです。結婚式場という失敗が許されない仕事柄、プライベートでも好き勝手な格好は控えていた。でも、退職後は自分の思うように心地よく生きようとしたんじゃないかな」

「それが緑色なの？」

「そうだと思う。普段の筋肉の状態を二十三とすると、緑の数値は二十八程度。青よりも収縮が強く、赤よりも弱い。ちょうどいい刺激があるのは緑色なんですよ。まあ、これらをかなり調べたことがありましたが、ライト・トーナス値についての論文はまだありません。科学的根拠が出ないところを見ると、未だに研究が進んでいないんでしょう」

南雲は腕組みして眉間に三本のシワを寄せた。

「となると、被害者はトーナス変化とやらに囚われた結果、全身緑色で固めるというおかしな方向へ突き進んだ。癒やしのためだけにかい？」

「僕はそう思います。交友関係が広くて社交的だったとはいえ、彼女は独身で貯蓄も少なかった。将来の不安はあったはずで、それを色でまぎらわせようと考えたとしても不思議ではありません。なんせ彼女は色のプロですから」

桐ヶ谷は言い切った。およそ三十七年もの間、本村牧子は訓練された完璧な笑顔の許で生きてきた。明るく元気をもらえる好ましい人柄という他者からの評価も、実際のところはわからないだろう。たったひとりで不安に苛《さいな》まれていたとすれば、極端な行動に走ったとしてもおかしくはない。

南雲は汗の浮かんだ禿《は》げ上がった額をタオルでぬぐい、マスクをつまんで引き上げた。

「あなたの見解はわかった。いつものごとく思いもよらないものだったし、実に桐ヶ谷さんらしい見立てだよ。でもねえ、そこに殺人犯がどう絡んでくるのかは謎のままだ。それどころか、さらに事が難しくなったじゃないの」

「確かに。緑色に癒やしを求めたところから、どうやって殺しに発展したのか想像もつきません。過去の職場の人物はすべて洗っていますし、同業者に怪しい者はいませんでした。宗教関連もゼロですよ」

八木橋も資料に目を走らせながらいささか困り顔をしている。しかし小春が水を差すような軽い口調で言った。

「まあ、警察もここらで頭を切り替えなよ。結果を出せなかった過去にしがみついてもしょうがないんだしさ」

「あなたは人に恨まれないように気をつけなさいよ」

南雲がしみじみと口にすると、八木橋が素早く反応した。

「それはもう手遅れかと。動画配信の登録者は百万人に届きそうですが、現場はもはや無法地帯ですから」

桐ヶ谷が笑いを押し殺していると、小春がひと睨《にら》みしてから先を続けた。

「遺品のなかに気になるものがあったんだよ。一枚だけ鶯色の小紋があったよね。あれ、本村牧子さんの持ち物のなかではかなりのレアアイテムだからね。江戸友禅《ゆうぜん》の渋い飛び柄は粋だし、古くなればなるほど価値が上がる。たぶん、名の知れた友禅作家の訪問着だと思うよ」

あの短い時間で、小春は的確な鑑定をしたらしい。さすがとしか言いようがない。

「小春さんの言う通りだよ。遺されていた着物のなかに、鶯色の小紋がありましたよね？　最後に僕が開いたものです」

「ああ、確かにあったね。それが？」

「あの着物は染め直されています。縫い目を開いてみてわかったんですが、元はごく薄いベージュ色の小紋ですよ。本村牧子さんは、自分でも衣類を染めた痕跡があった。ブラウスとかスカーフとか、いくつか緑色に染色して失敗しています」

「でもまさか着物は染められないよね。しかも仕立てられたものを染めるとか、素人《しろうと》には絶対に無理だよ」

小春の指摘に、桐ケ谷は頷いた。

「あの着物はプロが浸染《しんぜん》したものだよ。まず間違いない。襟裏《えりうら》は広範囲でシミ抜きしてあったし、胸のあたりにある梅模様は柄《がら》足しがしてあった」

「すみません、柄足しとはなんでしょう。詳しくお願いします」

言葉を書き取っている八木橋が顔を上げた。

「絹地《きぬじ》を仕立てて作る着物は、シミに気づかないまましまうとおかしな色に変色してしまうんですよ。年月が経ってシミ抜きができない場合に、柄を描き足してごまかす昔ながらの方法があるんです」

「なるほど」

「被害者は手持ちの高価な着物を鶯色に染め直して、これから着ようとしていたんでしょう。徹底的に緑色にこだわった。ただ、一連の修復にはかなりの料金がかかったはずですね。最低でも二十万」

「高すぎる。暮らしぶりに合わなくない？」

小春が即座に指摘した。まさにその通りで、経済的な余裕がなければ着物を染め直したりはしまい。

すると、一点を見つめて話に耳を傾けていた南雲がおごそかな声を出した。

「桐ヶ谷さんは、着物がホシに直結していると思っている。そういうわけだね」

「ええ、そうです」

「だが根拠がないしいささか唐突だ。被害者の交友関係に着物にかかわる者はいなかった。我々の捜査とはまるっきり嚙み合わない予測だよ」

「それが完璧に嚙み合うんですよ」

桐ヶ谷は納得できない面持ちの警部を見つめた。

「草木を始めとする緑色はそこらじゅうにあふれていますけど、色素としては脆弱《ぜいじゃく》で昔から緑色の染料はありません。特に薄い緑は水に流すと消えてしまうので、現在でも単独で染めて定着させられる染料は世界中どこを探してもないんですよ。そのために色を固定する媒染剤《ばいせんざい》というものが必要になってくるわけで」

まったくぴんときていない刑事二人は、ますます訝しげな顔をした。

「本村牧子さんが殺された現場の茶の間から、木を燃やした灰が見つかっていましたよね。炭酸カリウムが含まれた灰です」

「ああ、そうだ。微量だったがね」

「それが重要な鍵だったんですよ。炭酸カリウムが含まれた灰は、おそらく椿《つばき》を燃やしたものではないかな。昔から染め物と灰汁《あく》は切っても切れない関係で、その中でも最高級の媒染剤と言われるのが椿の灰なんですよ」

「なんだって？」

南雲と八木橋は同時に身を乗り出した。

「ここからは僕の推測です。本村牧子さんは、みずから何かを緑色に染めようと思っていた。いくつかの失敗作が遺されていましたが、自分だけの緑を作りたいと考えた可能性があります」

「まさか、それに精通してる人が犯人？」

小春の言葉を受け、桐ヶ谷は目を合わせて肯定を示した。

「専用の薬品ではなくわざわざ椿の灰汁から抽出したものを媒染剤に選んだとすれば、草木染め、しかもかなり古典的な染めを熟知している者なのは間違いないでしょう。被害者の着物を染め直した職人、悉皆屋《しっかいや》が事件にかかわっているのでは？」

「悉皆屋？　初めて聞く職業だね」

「着物のシミ抜きや染色補正、友禅の描き直しなどを請け負う着物の修復職人ですよ。修復された被害者の着物を見た限り、相当腕の立つ職人なのは間違いない」

「待ってください！　その線ならすべてのブツの説明がつくじゃないですか！」

声を上げた八木橋に頷きかけた。

「地域に染洗《せんせん》協同組合というものがありますので、そこへ問い合わせればすぐに人物は特定できると思いますよ。和泉の方角に住む、小柄で小太りの男性職人がいるはずですから」

南雲は八木橋に鋭い目配せを送り、前に向き直ってシートベルトを着けた。

4

十五年ぶりに事件が進展した旨《むね》の一報は、何気なく点《つ》けたテレビのニュース番組から飛び込んできた。世田谷《せたがや》の代田橋《だいたばし》駅近くで三代続く染洗張《そめあらいはり》店の主人が、うつむきながら捜査車両に乗せられている映像が流される。

桐ヶ谷は思わず立ち上がり、テレビの前に陣取った。警官に確保されている年老いた男を検分するまでもなく、事件当時の防犯カメラが捉えた人物と同一であることがひと目でわかった。大雨のなか、脇目も振らずに自転車を漕《こ》いでいた姿が思い出される。当時よりもかなり太ってあちこちに老化現象も見られるが、首を前に出した姿勢や骨格は変わっていなかった。

「動機は調査中か……」

桐ヶ谷はテレビの前に突っ立ったまままつぶやいた。容疑者は本村牧子殺害を認めたらしいが、背景はわかっていない。家宅捜索が進んでいるようで、段ボール箱を抱えた警官が店から出てくる姿が流れていた。

事件が解決してほっとした反面、この男がなぜ殺意を爆発させたのかが気にかかる。被害者は人に元気を与える性格だったということだが、この男にだけはマイナスに作用した。

別のニュースに変わったと同時にテレビの電源を落とし、頭を切り替えて取引先との交渉を始めようかとノートパソコンに向き合った。そのとき、傷だらけの裁断台に置かれたスマートフォンが着信音を鳴らし、桐ヶ谷は画面に目をやった。南雲の名前が表示されている。

通話ボタンを押して耳に当てるやいなや、いつもの陽気な声が鼓膜を震わせた。

「どうも、どうも。桐ヶ谷さん、今ちょっといい？」

「ええ。ちょうど今、ニュースを見たところですよ。染洗張店の主人が逮捕されたようですね」

「あちゃー。先にそっちを見ちゃったわけね。報告が前後して申し訳ない。ちょっと署内がバタバタしてたもんだから、連絡ができなくてねえ。ホントにごめんなさいね」

南雲は足音を響かせながら歩き、少しだけ静かな場所へ移動したようだった。

「逮捕されたのは熊野《くまの》正造《せいぞう》、七十五歳の独身。桐ヶ谷さんの推測通り、悉皆《しっかい》という職業の男だよ。昔ながらの小さい店を構えていて、だれにも真似できない技術だけで生き抜いてきた職人だ」

桐ヶ谷の胸の奥がざわついた。先祖代々悉皆屋を営み、この男は一流の技術を引き継いだ。柄足しの繊細な筆使いを見ても、世界に通用する才能が間違いなくあっただろう。それもここで途絶えるが、人の人生を奪った代償には遠く及ばない。

南雲が咳払いをして先を続けた。

「被害者が例の着物の染め直しを熊野に頼んだことが出会いだよ。本村牧子のケータイにこの男の番号が登録されていた。クリーニング屋で登録されていたから、捜査線上に挙がらなかったんだな」

確かに着物のクリーニングには違いない。

「本村牧子は社交的だったから、熊野はたちまち勘違いして好意を抱いたようでね。独身同士ということもあって、結婚を望んだと言っているよ。だが、被害者にはそんな気がさらさらなかった」

「一方的な愛憎ということですか……。でも、短絡的すぎませんか？」

「そうだねえ。もはや死人に口なしだが、熊野は本村牧子に利用されたと言っている。着物の染め直しとか柄足しとか、そういうものも無償で提供したようなんだよ。

これはあなたも指摘していたけど、例の着物の修復は高額なものだったが、熊野は金を取っていない。そのほか、染めのアドバイスやら染め粉《こ》の提供やら、いろんなものを渡していたみたいでね」

還暦まで独身を貫いた生粋《きっすい》の職人に、興味や敬意をもって親しげに接してくれる女性が現れれば勘違いをするかもしれない。熊野は被害者に好かれたい一心で、自分の技術を総動員して尽くしたということか。

なんともやり切れない思いで黙っていると、南雲は淡々と事実を口にした。

「大雨の降ったあの日、熊野は被害者にプロポーズをしに行った。本村牧子が望んでいた特別な緑色に染めるための椿の灰を持ってね。だが、彼女は熊野を笑い飛ばした。この歳で結婚なんて冗談じゃないと。あんたはいったい何を考えているんだと」

「その話が事実かどうかはわかりませんが、少なくとも熊野という人物はそう受け取ったわけですね。思わせぶりな態度で着物の修復をさせ、ほしいものを貢《みつ》がされたうえに嘲笑《ちょうしょう》されたと感じた」

「そうなんだろうねえ。熊野は本気で所帯をもちたいと思っていたそうだよ。仕事ひと筋で生きてきた人生にやっと光が当たったと。だが、すべてのプライドをずたずたにされたと感じて発作的に首を絞めた」

ため息しか出てこない話だ。南雲の聴取に男の反省の弁がないのだから、十五年経った今でも本村牧子への怒りがくすぶっているということなのだろう。凶悪事件にかかわるというのはこういうことだ。桐ヶ谷は胃のあたりを無意識にさすった。自分の能力は事件の解決に使うべきだと確信しているけれども、炙《あぶ》り出される事実はいつも生々しく重い。悶々《もんもん》としながら押し黙っていると、南雲が場違いなほど明るい口調に変えた。

「桐ヶ谷さん、今回もご協力を感謝するよ。現場に落ちていた単なる灰と緑色を関連づけられる者は警察にいない。科捜研ですら成分を特定するに留まったからね。あらためて、服飾分野から犯人を追い詰める可能性を感じたよ」

「はあ、どうも」

桐ヶ谷が気の抜けた返事をすると、南雲はとぼけた声を出した。

「あなた、もしかして早くも捜査協力から足を洗いたいと思ってない？」

「いや、思っていませんよ。僕は日本の法の隙間で苦しんでいる子どもを見つけ次第、行動に移せるコネがほしいわけです。利害関係ですね。南雲さん、そのときはぜひよろしくお願いしますよ」

「あなたもなかなかしたたかだねえ。まあ、実績を積めば警察の上層部も耳を貸さないわけにはいかなくなる。僕はすでにあなたの信奉者だけども」

桐ヶ谷が噴き出して笑うと、南雲はいつもの言葉をつけ加えた。

「ところで桐ヶ谷さん。あなた警察の採用試験を受ける気はない？」

ルーティンの痕跡

1

水森小春が住むタイル張りのこぢんまりとしたマンションは、高円寺北《こうえんじきた》四丁目にあった。陽《ひ》当たりのよい二階の角部屋で、窓が多く開放的な造りだ。そのうえ緑豊かな馬橋《まばし》公園に隣接しており、窓を開ければ木々や土の濃密な匂いが風で運ばれてくるという羨《うらや》ましい立地でもあった。

桐ヶ谷京介は、ベランダの柵から身を乗り出してマスクを外した。せみしぐれが街の喧騒《けんそう》を掻き消しており、目を閉じればどこかの避暑地を訪れているかのような感覚に陥る。八月に入ってから都内の暑さは尋常ではないありさまだが、この場所は湿度が高いながらも清々しさがあった。

桐ヶ谷は安らぎを感じる風を胸いっぱいに吸い込み、ひとつに束ねている長い髪を後ろに払った。

「ねえ、桐ヶ谷さん。来た早々、犯罪現場で和《なご》まないでくれる?」

背後から不満げな声をかけられ、桐ヶ谷は名残惜しさを感じながら振り返った。小春は腰ぐらいまであるまっすぐの長い髪を無造作に三つ編みにし、パッチワーク柄のブラウスに色の浅いジーンズを合わせている。身につけているのはすべて古着にもかかわらず、今日もノスタルジックななかにも新しさを感じさせるという絶妙な雰囲気を醸《かも》し出していた。ヴィンテージにおいては目利《めき》きの彼女だからこそ作れる、なかなか難易度の高い組み合わせだと言える。

小春は汗で額に貼りついた前髪を指で梳《す》きながら、エアコンのリモコンを取り上げて温度を二度ほど低く設定し直した。

「しかし、どうしようもない暑さだね。うちの店に出してる薄手の服が七月前半には完売しちゃってさ。まだ早いけど全部秋物に入れ替えたんだよね」

「服が売れないこのご時世なのに、なかなか景気がよさそうだね」

「常連さんのおかげだよ。でも、うちだって売り上げは落ちてるからね。当分は海外への買い付けにも行けないから、今は仕入れも現地のバイヤーに頼るしかなくてさ。質を保つのが難しくなってる」

小春は顎《あご》に引っかけていたマスクを外し、形のいい唇で小さくため息をついた。

「桐ヶ谷さんの仕事もウイルスの影響受けてるんでしょ？」

「そうだね。地方の小さい工場なんかはテレワークできない老人が多いし、かといってこっちから出向くのも躊躇《ちゅうちょ》する。海外の取引先でも、廃業に追い込まれたところがいくつもあるよ」

「まったく、最近はやりきれないことばっかだわ」

「確かに。服飾界隈《かいわい》はどこも厳しいよ。ところで話は変わるんだけど、最近は女性の服装を褒《ほ》めただけでセクハラに抵触するらしいね」

桐ヶ谷が出し抜けに言うと、小春は訝しげな面持ちをした。

「急になんなの……。そんなの一概には言えないでしょ。セクハラの定義なんて曖昧なものだしさ。なんでもかんでも当たり判定してたら、告発者が必ず勝つっていうチート連発することになるわけじゃん。ゲームの構成要素的にあまりにもいびつだよ」

「ゲームではないけど、言わんとすることは伝わったよ」

「言葉ってその意味の通りじゃないことが多いからさ。普通のこと言ってても、実は褒めたりけなしたり慰《なぐさ》めたりセクハラしてたり真意はばらばら。日常のゲーム性は侮《あなど》れないんだわ。いきなりゲームオーバーになる初見殺しがありすぎて」

小春は身振りを交えながら持論を捲《まく》し立てた。ヴィンテージショップの古物鑑定士でありながら、ゲーム実況というまったく異なる分野でも恐ろしいほどのチャンネル登録者数を誇っている。一般的な二十六歳とは異なる独特の目線は突拍子もないけれどもおもしろく、彼女を観察することは桐ヶ谷の趣味にもなっていた。

小春は華奢《きゃしゃ》な腰に手を当て、桐ヶ谷の顔を見返した。

「もしかしてセクハラ訴訟でも起こされた？」

「起こされてない。京都にある刺繍《ししゅう》工場の社長に相談されたんだよ。パート従業員の服装を褒めたら、セクハラだって騒がれたらしい」

「それはドンマイとしか言いようがない」と彼女は首を横に振った。そして再び真っ向から切れ長の目を合わせてくる。

「申し訳ないけど、今そんな話はどうでもいいんだよ。刺繍屋の社長には、褒めるんなら服じゃなくて仕事を褒めなって言っといて。それよりも桐ヶ谷さん、なんか摑《つか》んだ？」

彼女は期待に満ちた目を光らせている。桐ヶ谷は苦笑した。

「見ただけで何かが摑めるなら、もう警察は必要ないでしょ」

「その通り。警察は必要ないどころか、使いものにならないんだよ」

小春はカラフルなキリムラグの上で軽く地団駄《じだんだ》を踏んだ。

「ブツもきっちりと保管して提供したのに、それっきりなんの音沙汰《おとさた》もないんだよ。信じられる？　カンシキも呼ばないし指紋もＤＮＡも採らない。わたしの話を適当にメモっただけで去っていったわ」

よほど心ない対応を受けたと見える。小春の怒りを耳に入れつつ、桐ヶ谷は再びベランダへ目を向けた。何度見ても異様な光景としか言いようがない。物干し竿《ざお》やステンレス製の物干しハンガーなど、どこのベランダにも大抵あるような生活用品が赤いビニールテープで雁字《がんじ》搦《がら》めにされている。白っぽい柵にも幾重にも巻きつけられ、まるで現代アートの世界と見まがうばかりだった。

「まるで何かの儀式だな……」

桐ヶ谷は思わずつぶやいた。昨夜に届いた小春からのメッセージにも、このベランダの写真が何枚も添付されていた。ファイルを開いたときは、あまりの禍々《まがまが》しさにぞっとしたものだ。

「初めに言うけど、僕はなんの役にも立たないと思うよ。現場を見ただけで犯人を特定できるのは超能力者ぐらいだろうし」

「桐ヶ谷さんも、じゅうぶんその分野の人間だよ」

「いや、まったく違うから。でもまあ、詳細は聞かせてもらったほうがいいかな」

「もうおまわりはあてにならない。わたしがこの手でこいつを成敗しようと思ってる。ほかの女子が被害に遭う前にね」

小春はぐっと顎を引いてにやりと口角を上げ、ベランダの窓を閉めて小振りのソフアーに手を向けた。

　彼女の部屋を訪れたのは初めてだが、すっきりとしていて物が少ない印象だ。扉が開け放たれている二つの部屋には必要最低限の家具しか置かれていないものの、すべてが質のよいアンティークなのはひと目見ただけでわかった。物の少なさが、かえって古物の持ち味や品性を際立たせている。

　彼女はいかにも価値のありそうなカットワークのレースカーテンをざっと引き、二つのグラスに麦茶を注いでテーブルに置いた。

「わたしは朝起きたら洗濯機をまわして干してから店に向かう。で、店を閉めて夜の七時半ごろ家に着いてから洗濯物を取り込むの。これが毎日のルーティンだよ」

「勤めていれば、同じような人は多いだろうね」

「そう、ごく普通のことだよ。それが！」

　小春は麦茶に口をつけて怒りを嚙《か》み殺した。

「忘れもしない八月四日。三日前の話だよ。家に着いて洗濯物を取り込もうとしたら、なんかへんなものが洗濯バサミについてんのに気がついた。干した覚えのないものだよ。そしてよく見たらなんと、お、男物のトランクスだった……」

　怒りで肩を震わせ、小春は麦茶を一気に飲み干した。

「もうさ、わけがわかんないよ！」

「それはわけがわからない」

「気持ち悪いから自分の洗濯物だけを外して取り込んだんだけど、そのときにまた気がついた。わたしの下着がなくなってたんだよ！　人生で初めて下着ドロにやられたわ！」

小春はたびたび怒りを再燃させながら喋《しゃべ》り、ベランダのほうを睨《にら》みつけた。

「すぐ警察に通報したら大柄なおっさん警官と若手がチャリで来てさ。たぶん駅前交番にいる連中だと思う。で、さっき言ったみたいにろくな捜査もしないで、『洗濯物は干しっぱなしにしないように』ときたもんだ！　逆に注意されたわ！」

「まあ、自衛するにはそれがいちばん簡単だから」

「あのさ、ここは二階だし下着ドロは柵伝いによじ登ってきてんだよ。危険極まりない！　下着云々《うんぬん》以前に、やたらフットワークの軽い変態が野放しになってんのが問題でしょうが！」

テーブルから身を乗り出して力説する小春に、桐ヶ谷は両手を上げてなんとかなだめた。

彼女のマンションにはオートロックがあり、二階のベランダは楽に侵入できるものではない。しかも公園に隣接しているため人通りもそこそこある。陽が落ちてから犯行に及んだにしろ、目撃されるリスクや労力を顧みない大胆さは危険だと思えた。小春が危惧《きぐ》するように、別の罪を犯す可能性がある。

桐ヶ谷は麦茶に口をつけ、興奮で頬を赤く染めている小春に目をやった。

「交番の警官が帰ったあとは、何も行動しなかったの？」

「した。満足な捜査がされなかったって杉並《すぎなみ》署に苦情を入れたよ」

「それで？」

「事実を調査するってさ。それで終わり」

これでは確かに不信感を募らせるのは当然だ。桐ヶ谷は束ねた髪を払ってグラスを口に当てた。

「南雲さんと八木橋さんに相談は？」

「してないよ。だいたいあの二人は未解決事件専従捜査対策室の所属だし、この一件とはなんの関係もない。だけどわたしが相談したら無視できないだろうから、余計な仕事を増やすことになる。そんなことは望んでないんだよ」

「きみはなんだかんだ言っても律儀《りちぎ》だよね」

桐ヶ谷は笑った。彼女は埒《らち》が明かないからこそ自分にメッセージを送ってきたのだろうし、できれば力になりたいとは思う。しかしさすがに今の状況では手の出しようがなかった。

「僕の意見としては、南雲さんと八木橋さんには相談するべきだということだよ。別の部署とはいえ同じ所轄なわけだし、口添えしてもらえるだろうから」

「そういうあからさまなコネみたいのは嫌いだな」

「いや、いや。コネはこんなときにこそ使うものでしょうに。それに、彼らにはもろもろの貸しがあるのも事実だからね」

桐ヶ谷が含みをもたせてそう言うやいなや、小春は急に噴き出して笑った。

「前から思ってたんだけど、桐ヶ谷さんって誠実そうに見えて実はものすごくしたたかだよね。いい意味でいろんなことを計算してる。涙もろいけど絶対に感情には流されないしさ」

「なんの交渉でも精神的に優位に立てるかどうかが肝《きも》だからね。小春さんだってヴィンテージの買い付けでは情け容赦ないはずだけど」

「当然だね。自分で言うのもなんだけど、相手のミスとか気の弱さには徹底的に付け込むタイプだよ」

小春は堂々と宣言し、スマートフォンに手を伸ばした。

それから二日後の夕方。二人の刑事と桐ヶ谷は小春宅のベランダを凝視していた。物干しハンガーや柵には依然として真っ赤なテープが巻かれ、外れかけた一部が音を立てて風になぶられている。このせいでマンション全体の雰囲気が不気味なものと化しており、ほかの住人から苦情がきやしないかと桐ヶ谷のほうが気が気ではなくなっていた。

「これはこれは、厳重な現場保存だねえ。捜査の基本を知っているようだ。だけどあなたの部屋のベランダなんだから、こうまでしなくても部外者が立ち入ることはないでしょうよ」

杉並警察署の警部である南雲隆史は、鼻の下までずり落ちたマスクをつまんで定位置に戻した。そしてくしゃくしゃのハンカチでこめかみや首をぬぐい、小春のほうへ振り返った。ワイシャツには背中から脇の下にかけて大きな汗染みが広がっており、丸い赤ら顔が一層上気して心配になるほどだ。確か痩《や》せると宣言していたはずだが、今のところ大きく突き出たビール腹に変化は見られない。

一方、若手の八木橋充巡査部長は白いTシャツにジーンズというシンプルな出で立ちで、いつものように周囲に爽《さわ》やかさを振りまいていた。今日もむさ苦しい上司との対比が鮮やかだ。

南雲は扇子《せんす》で顔を扇《あお》ぎながらしばらくベランダを見まわしていたが、ひと息ついてから小春に向き直った。

「水森さんのやったこれは、言ってみれば現場を破壊する行為だからね」

「ちょっと、さっきから犯罪被害者に向かって言う言葉がそれなの？」

小春は気色《けしき》ばみ、なぜか寝室を検分しようとしている八木橋を見つけてさらに声を荒《あら》らげた。

「ねえ、勝手に人の部屋を嗅《か》ぎまわんないでよ。下着ドロは家には侵入してないって言ってんじゃん。明らかに警察の越権行為だよ」

「いや、誤解しないでください。盗人《ぬすっと》も越権行為も関係なく、純粋な興味から見ているだけですから」

「なおさらおかしいだろうが！」

小春は長い髪を振り乱してがりがりと頭を掻きむしり、刑事二人を順繰りにねめつけた。

「ホントに何しに来たわけ？　ただの見物？　ていうか二人とも刑事の視点で現場を見てないよね？　やじうまと化した一般人だよね？」

「小春さん、ちょっと落ち着いて」

たまらず桐ヶ谷が割って入ったが、南雲は我関せずの調子で開け放たれていた窓を閉めた。

「現場破壊については事実を言ったまでだよ。でもまあ、確かにこの一件を担当した警官の対応は雑だったみたいだねえ。ごめんなさいね」

「人生で初めてこの言葉を使うときがきたわ。ごめんで済めば警察はいらないんだよ。南雲さんに八つ当たりしてもしょうがないけどさ、もちろん下着ドロの目星はついてるんだよね？」

「その件について、少し話そうと思って来たわけだ。とりあえずみんな座ろうね」

南雲は生成《きな》り色のソファーに勢いよく腰を下ろし、八木橋も華奢な曲げ木の椅子に座った。憮然《ぶぜん》としている小春は寝室から二つのクッションを持って戻り、ラグの敷いてある床に置いて桐ヶ谷に手を向ける。そしてさっと翻《ひるがえ》ってキッチンへと向かい、麦茶を人数分用意して三人の前に置いていった。

そのとき、あいかわらずきょろきょろと目を動かしていた八木橋が出し抜けに言った。

「水森さん、ひとつ質問いいですか？」

「なに」

「この家にはゲームの気配がないですね。まずそれに驚いたんですよ。パソコンもモニターも見当たらない。いったいあの実況動画はどこで配信しているのか。かなりの設備が必要なはずですが、まさか真の実況者は別に存在するんですか？」

彼はあからさまな疑いの目を向けていた。確かに小春の家は上質なアンティーク家具で統一され、無機質で機械的なものが極端に少ない印象だ。

腕組みしていた彼女は無言のまま隣の部屋へ行き、クローゼットの扉を全開にした。とたんに八木橋が嬉しそうな歓声を上げている。そこには白木《しらき》の長机が設置され、半円状に四つものモニターが並べられていた。棚にはさまざまな形のコントローラーやVRゴーグルをはじめとするゲーム関連の機材とマイクなどが所狭しと収納されている。

「もともとサイバーっぽい雰囲気が苦手だから、全部ここに収納してるんだよ。ゲーミングチェアなんかもいかにもってデザインしかないし、これから独自に企画して売り出そうと思ってるわけ。女子ウケするゲーム部屋のアイテムは市場の穴場だからね」

小春は野心を語ってから桐ヶ谷の隣に座った。そして正面にいる南雲に目を据《す》える。

「さて、ゆっくりと聞かせてもらうからね。わたしの下着を盗《と》ってった変態はどこのだれ？　ここで聞いた情報は絶対に漏らさないから安心してよ。わたしが確実に始末をつける」

「何言ってんの」と南雲は手をひと振りした。「よくも刑事相手にとんでもないことを言えたもんだ」

すると八木橋が急に口を挟んだ。

「いや、室長。考えようによってはありかもしれません。なんせ彼女には百万人に届く勢いの信者がいますからね。彼らになんらかの情報を与えてやれば、あっという間に特定できるんじゃないでしょうか。ネットは侮れません」

警官にあるまじき発言をした巡査部長を見やり、小春は鼻で笑った。

「ねえ、八木橋さん。ネットでつながってる百万の戦闘力なんて幻みたいなもんなんだよ。それを自分の力だと錯覚してる配信者を心底軽蔑してるしね。わたしは自分で仕留めたくてうずうずしてる。今の気持ちは新規ゲームに挑むときに似てるよ」

「きみらはなんの話をしてるんだか」

南雲は汗で貼りついたワイシャツをつまんで扇ぎ、麦茶を一気に半分まで飲んだ。

どことなく、先ほどから何かを言い出しにくそうにしているのは思い違いではないだろう。南雲自身、考えに整理がついていないように見える。

桐ヶ谷は気が立っている小春を流し見て、あくまでも暢気《のんき》な調子をよそおっている警部に顔を向けた。

「もしかして、この件で何か進展があったんですか？　すでに犯人には目星がついているとか」

「いや、なんの目星もついていない。うそでもなんでもなくね」

「そうですか。今日の南雲さんはどこか歯切れ悪く感じたもので」

遠慮せずに口に出すと、南雲は眉尻《まゆじり》を下げて困ったように笑った。

「桐ヶ谷さんにはそう見えるの？　もしかして僕の服のシワとか姿勢にそれが出てた？」

「いえ、なんの根拠もない予想ですよ」

南雲はとぼけたように肩をすくめ、黒革のセカンドバッグから手帳を取り出した。

「この一件について、ちょっと盗犯係の連中から詳しい話を聞いたんだよ。そしたら急に桐ヶ谷さんと水森さんに会わせてほしいと言い出してね。ぶっちゃけると、三年ぐらい前から杉並署管内で下着ドロの被害が急増したんだよ。二百件近く出ている。

だが、まったく解決の糸口が摑めていないわけだ」

「二百？」

小春が素《す》っ頓狂《とんきょう》な声を上げた。

「みんな同じやつの仕業なの？」

「同一人物の犯行と確定しているものはその中の五十九件だ。あなたのところにも残されてたでしょ？　古びた男性用下着が」

小春は鼻の付け根にシワを寄せて嫌悪感をあらわにした。

「盗犯係も必死に追ってるんだが、とにかくこいつが神出鬼没で実体がまったく摑めないでいるんだよ」

「この手の犯罪は、現行犯以外で逮捕するのはなかなか難しそうですね」

「そうだねえ。別件でも引っかかってこないし、ＤＮＡの登録もないそうだ。こいつの活動範囲が広いせいもある。犯行の件数はうちの管轄がいちばん多いんだが、池袋《いけぶくろ》とか代々木《よよぎ》とか、八王子《はちおうじ》のほうでも同じ手口の下着ドロが発生していてね。とにかく管轄外での犯行も相当あるんだよ」

南雲は手帳から顔を上げた。

「盗犯係がきみらと会いたがっているのは、藁《わら》をも摑む状態だからだろう。しかも今回の被害者は水森さんとくる。連中にしてみればいいタイミングだった」

「なるほど。でも、南雲さんは会わせることに後ろ向きだと？」

桐ヶ谷の言葉に、彼はマスクの位置を直してため息をついた。

「きみらの採用は慎重であるべきだし、まだまだ土台作りの真っ最中だ。かかわる人間が多くなればなるほど当初の趣旨がねじ曲がってくる。未解決専従以外の捜査に思いつきで介入させるのははっきり言って反対だよ。我々組織のためにも、きみらのためにもね」

南雲の不安は納得できた。二つの未解決事件は運よく解決までたどりつくことができたが、これは南雲がじっくりと向き合ってくれたからこそ結果につながったにすぎない。その態勢も信頼関係もないまま、便利屋のごとく依頼が増えれば精度が落ちるのは目に見えていた。そうなれば自分たちの採用にも疑問の声が上がるだろうし、早々に失敗の烙印《らくいん》を捺《お》されてもおかしくはないだろう。南雲はこのあたりを危惧しており、自分たちを消耗《しょうもう》させまいとしているようだった。

南雲は首をぐるりとまわして派手に音を鳴らし、桐ヶ谷と小春に目をやった。

「まあ、決めるのはきみたちだよ。この事案は水森さんも絡《から》んでいるわけだし、僕も受けるなとは言えないからね」

「もちろん、下着ドロ担当とは会わないわけにはいかないね」

小春が目を光らせながら言い切った。

「でも、南雲さんの言ってることもわかってる。要は桐ヶ谷さんの能力を安売りしたくないってことでしょ？　わたしも同じ考えだから安心してよ。マネージャーとして仕事の質は吟味《ぎんみ》するつもりだからさ」

「マネージャー？」

桐ヶ谷は思わず聞き返したが、小春は堂々と胸を張っていた。

2

盗犯係の主任だという男を真っ先に紹介されたが、それよりも目の前に広がる光景が強烈すぎて何も頭に入ってこなかった。

桐ヶ谷と小春は杉並警察署の会議室に通され、長机にずらりと並べられたものに目が釘付けになっていた。チェックやストライプ、動物のキャラクターや日本の古典柄など、さまざまな色柄の男性用下着が一枚一枚丁寧に広げられている。どれも使い古されてゴムが伸び切っており、裾がボロボロに裂けているものも目についた。さすがの桐ヶ谷も、あまりの異様さに背筋が寒くなった。

するとと小春は長机に一歩近づき、右端に置かれている下着をおもむろに指差した。

「……これだよ、これ。うちの洗濯ハンガーに吊るされてたトランクス。よれよれのくすんだマドラスチェックで、これ系の柄が全部嫌いになりそうだわ」

怒りを燻《くす》ぶらせている彼女は、高い位置で束ねた長い髪を払って捲し立てた。確かに、こんなものが予告なく干されていれば薄気味が悪くてしようがない。

開け放たれた窓から湿ったぬるい空気が流れ込み、会議室をなおさら不快なものにしていた。黒縁の角張った眼鏡《めがね》をかけた盗犯係の刑事は、灰色のマスクをたびたび指で整えながら桐ヶ谷と小春に近づいてきた。

「先日は申し訳ありませんでした。捜査員のエラーで不愉快な思いをさせてしまいまして」

「捜査員のエラー？」

小春が軽々しい語感に即座に反応したのを見て、桐ヶ谷は慌てて話に割って入った。

「ええと、ひとつ質問なんですが窃盗の場合は指紋を採らないんですか？　彼女の自宅は、そういう鑑識的な捜査がされなかったようなので」

桐ヶ谷は盗犯係刑事の名前を忘れ、最初に交換した名刺に目を落とした。笹本浩史《ささもとひろし》とあり、役職は係長だ。四十代の前半ぐらいだろうか。小柄だががっしりとした筋肉質の体軀《たいく》であり、両耳が極端に変形して潰れている。日々、柔道の過酷な稽古に励んでいるようだった。ブレのない体幹からしてかなりの高段者なのは間違いないだろう。

笹本は再びマスクに手をやり、つぶらな目をまっすぐ桐ヶ谷に向けた。

「住居に侵入する空き巣の場合は指紋を採取しますが、それでも特別な捜査はしません。もちろん、地域パトロールは強化しますがね。下着泥棒はよほどのことがない限り聞き取りだけになりますよ」

「なんで」と小春は間髪《かんはつ》を容《い》れずに問うと、窓際で腕組みしていた南雲が緊張感のない声を出した。

「ぶっちゃけると我々にも余裕がないからだよ。もちろん、別件でしょっぴいた人間は余罪を調べるけどね。とにかく洗濯物を外に干さないとか防犯カメラをつけるとか、そっちを徹底したほうが合理的だし注意喚起できるのは事実だよ」

小春は憤りを嚙み殺すように細く息を吐き出し、「了解」とひと言だけで終わらせた。桐ヶ谷も到底納得できるものではなかったが、何度か南雲たちと行動をともにしたことで、捜査には莫大な手間暇や心労がかかることは承知していた。小春もそれをわかっているだろう。限られた人員でまわすためには、重大な犯罪に比重を置かざるを得ない。

桐ヶ谷は並べられた男性用下着に目を戻した。

「なんというか、被害者にしてみれば怒りのもっていき場がないですね。これだけの窃盗が起きているのに特別な捜査はされないわけですから」

手帳を開いていた八木橋が「水森さんを入れてちょうど六十件です」と発言したとたんに、笹本は声をかき消す勢いで咳払《せきばら》いをした。そして桐ヶ谷と小春を値踏みするように見まわしてから、ワックスで固めた頭をわずかに下げた。

「今日はご足労をありがとうございました。お二人のお噂《うわさ》は聞いています。すでに二件の未解決事件を解決に導いたそうですね」

「謙遜《けんそん》はしませんが、解決はそれまでの捜査の賜物《たまもの》だと思いますよ。そのベースと柔軟な対応があったからこそ、いろいろな提案ができたわけなので」

桐ヶ谷の言葉に笹本は小さな目をすっと細め、鷹揚に微笑《ほほえ》んだだけで終わらせた。自分たち二人に、ほとんどなんの期待もしていないことが全身からひしひしと伝わってくる。おそらく今回の件は、彼の上役からの指示なのではないだろうか。

そのとき、むっつりと黙り込んでいた小春が口を開いた。

「社交辞令ほど無駄なことはこの世に存在しないので、そろそろ本題に入りましょう」

一瞬にして笹本の顔が強張《こわば》ったのがわかり、桐ヶ谷はひとりあたふたとした。それなのに窓際では南雲が微《かす》かに肩を震わせ、含み笑いを漏《も》らしている。これだけでも笹本との関係性がわかるというものだ。おそらくお互いにそりの合わない人間なのだろうと思う。のらりくらりとしていて他者への干渉も少ない南雲と、いささか神経質で他人の立ち位置には敏感であろう笹本。そして南雲がもっとも不安視しているのが、今回のように現場の意に沿わない捜査協力だということもわかった。これでは互いに士気が上がらない。

笹本はマスク位置を直してまた咳払いをし、長机に置かれていた分厚いブルーのファイルを開いた。

「ここに並んでいる男性下着は計六十枚。すべて被害者宅に残されていたものです」

「盗んだ下着の代わりに吊るしていったブツですね？」

小春が念押しすると、笹本は肯定を示して彼女と目を合わせた。

「ほとんどの場合は、洗濯バサミで留めてありました。三件のみ窓ガラスにガムテープで貼りつけられていましたが」

意味がわからないという面持ちをした桐ヶ谷と小春に、笹本は一本調子で説明を続けた。

「洗濯バサミが劣化で壊れたから、苦肉の策で窓に貼ったというわけですよ」

「どこまでも迷惑なやつだな……」

忌々《いまいま》しげな小春のつぶやきになんの反応も見せず、笹本はファイルのページを機械的にめくった。

「このガムテープから指紋が検出されましたが登録はなし。DNAも同様です。この男の犯行には規則性があり、自分の穿《は》いていたとおぼしき下着を脱いで被害者宅に残していく性倒錯者ですよ」

「ちょっと待った」

小春が笹本を遮《さえぎ》った。

「自分が穿いていたもの？　まさか、ベランダでパンツ脱いで吊るしていったってこと？」

「そうだろうと思われます。そしておそらくは、脱いだ下着の代わりに被害者のものを身につけて帰っていると我々は見ています」

「いや、ホントに待ってよ！　とんでもない変態なんだけど！　ああ、ダメだ、記憶から消し去りたい……過去最高にぞっとした。気色悪いにもほどがある」

小春はその場で足踏みしながら両腕をこすり上げ、よろめいて桐ヶ谷の腕を摑んだ。もはや慰める言葉も見つからない。

すると南雲が扇子で顔を扇ぎながらいつもの声を出した。

「心中お察しするよ。この手の輩《やから》は捕まるまで犯行をやめない。いや、やめられないんだな。数をこなして下手に自信をつけているから、今後ますます行動が大胆になることが予想される。下着にとどまらないかもしれない」

「やっぱりここで確実にとどめを刺す必要があるわけだね」

小春が刑事たちにぐるりと目を向けると、笹本は黒縁の眼鏡を人差し指で押し上げながら一本調子の声で言った。

「ぜひご協力をお願いしますよ」

これほどおざなりなお願いを聞いたのは久しぶりだ。桐ヶ谷は苦笑いが込み上げた。さっきから壁にかけられている時計を何度も盗み見ており、顎周りの強張りに苛々《いらいら》がはっきりと表れていた。その様子に小春ももちろん気づいているだろうが、気分を害したふうでもなく笹本に向き直った。

「ひとつ質問なんですけど、下着がこれだけボロボロなのは保管状態が悪かったからですか？」

「いいえ、一定温度に保たれた倉庫に保管しているので、証拠品の劣化はありません」

「だとしたら、この惨状は何事なのかな……」

小春はわずかに眉根を寄せて証拠品に目を据えた。どのトランクスもシワだらけで色もくすみ、生地が裂けて大穴が空いているものも少なくはない。

笹本はファイルをめくってしばらく書面に目を這《は》わせ、やがて顔を上げた。

「確実にＤＮＡを採取できたのは、不衛生な下着の状態があったからこそです。科捜研の見立てだと、ホシは下着を一度も洗ったことがないということですよ」

とたんに小春の顔が引きつった。

「窃盗の周期はだいたいひと月に一度ないしは二度。ここからは推測ですが、新しい下着を身につけて一度も洗わずに過ごし、頃合いを見て窃盗を決行する。そして現場に汚れた下着を置き去りにし、また新調することがホシの生活様式なんでしょう」

「……なるほど、ずいぶん規則正しく生きてるんだね。薄汚れたトランクスを発見した被害者を思い浮かべて、ひとりニヤついてるんだろうな」

小春の闘争心がこれ以上ないほど刺激されているようだった。今さっきまで瞳に浮かんでいた怒りや戸惑いが消えている。

「わかった。八木橋さん、手袋があったら貸してもらいたいんだけど」

「了解です。少々お待ちを」

ラフな服装の八木橋はさっと翻《ひるがえ》り、数分で舞い戻ってきた。そして白い手袋を小春と桐ヶ谷に差し出してくる。

正直なところ、これは今までになく難しい案件だ。桐ヶ谷は手袋を着けながら証拠品に目を凝《こ》らした。トランクスという下半身の一部分だけを覆うアイテムの場合、深いシワや生地のヨレなどがあってもそこから全身の特徴を推測するのは容易なことではない。ざっと見たところ特徴的なシワはあるけれども、一度も洗濯せずに穿き潰したことがどう影響しているのかがわからなかった。

桐ヶ谷と小春が下着から糸口を見つけようとしているとき、笹本が捜査で知り得た情報を淡々と追加していった。

「これらの男性用下着はほぼ中国製かベトナム製の量産品なので、販売店は絞り込めていません。いわゆるコンビニなんかにも置いてあるものです」

桐ヶ谷は耳を傾けながら証拠品にあらためて目を走らせた。一度も洗濯されたことがないという無数のトランクスは、見れば見るほどひどい様相だった。くすんだ色味は元々の色でも退色でもなく、汗や皮脂などの汚れが蓄積された結果だ。どういう並びなのかはわからないが、特に汚れと劣化が激しいものは夏場に穿いていたものだろうと予測できる。脇の縫《ぬ》い目などは生地が薄くなっていて芯地が透《す》けて見えるほどだった。

小春はそんなひどい状態をものともせずに、一枚一枚じっくりと時間をかけて検分していく。そしてふいに顔を上げたかと思えば刑事たちに目を向けた。

「このブツを並べ替えてもいい？」

「ええ、かまいません」

笹本が言うなり、小春は長机の周りを行き来しながら次々とトランクスを回収しはじめた。それは茶色やカーキ、ベージュなど地味な無地の下着で、どれもこれも使用感が半端ではない。しかし彼女は顔色ひとつ変えずに、触るのも憚《はばか》られるような証拠品を八木橋が引きずってきた机に載せた。

トランクスの後ろ側にはおのおのにシールが貼られ、押収した日時と番号が振られている。小春はピックアップした下着をおもむろに裏返し、顔を近づけて裾のあたりにプリントされている繊維の混用率と洗濯絵表示を凝視した。

「ぱっと五枚だけ目についたんだけど、このトランクスはデッドストックものだよ」

「デッドストック？　下着にもそんなものがあるのかい？」

南雲の問いに、小春は大きく頷《うなず》いた。

「海外に古着を仕入れに行くと、下着類も大量に売り出されてる。凝ったディテールやアンティークレースが希少な女性用下着がメインなんだけど、男用のトランクスとかブリーフもかなりあるんだよね」

「そんなものを買う人間がいるの？　下着なんていくらでも安く売られてるのに、わざわざ新古品を買うかね。希少性が高いなら別だけども、こんなどうでもいい男の下着に価値はないでしょう」

確かにその通りで、桐ヶ谷も男性用下着のデッドストックが売られている場面になど出くわしたことがない。しかも小春がピックアップしたのは無地で特徴のないデザインで、希少性や価値があるようには見えなかった。

小春はポケットから愛用のルーペを出してトランクスの細部まで丹念に見ていった。もはやいつもの騒がしい雰囲気はなく、完全に古物鑑定士の鋭い顔に変わっている。かなりの時間をかけて何かを探っていたが、やがて確信のこもった声を出した。

「前立ての比翼仕立てと後ろの広幅マチ。生地は質のよくない綿で、かさかさした刺激のある肌触りが特徴。で、お尻側の生地裏にクオリティーがプリントされてある。このスタンプみたいなフォントには見覚えがあるね」

「ほう、何か特殊なものなの？」

南雲の問いに、小春はわずかに首を傾《かし》げた。

「ある意味特殊。これは八〇年代に米軍で配られてたトランクスだよ」

ずっと話を聞き流していたであろう笹本が、初めてまともな反応を見せて小春に目を向けた。

「米軍？」

「そう、支給品ね。軍人がそういうものを古着屋に売るのはありふれてる。払い下げもね。日本にも米軍アイテムを専門に扱ってる店がある。ミリタリーものは世界的に見ても値崩れしないし、愛好家も多いんだよ」

「とすると、この下着ドロはミリタリーマニアですかね。なんせ八〇年代の米軍トランクスを買うほどなんだから」

八木橋が高速でメモを取りながら顔を上げたが、小春は神妙な面持ちをした。

「そこは直結できないような気がする。市場に流れる米軍放出品が多いとはいっても、トランクスのデッドストックはアメリカでしか見たことないんだよね。しかも八〇年代のものは安くない。たぶん、向こうで買い付けて日本で売るとしたら一枚三、四千円ぐらいにはなると思う」

　桐ヶ谷は、かつて米軍で採用されていたというトランクスを引き寄せた。平織りの綿生地は驚くほど粗悪で、肌触りは麻のようなシャリ感がある。下着という直接肌に触れるアイテムにはもっともふさわしくない素材だった。軍用にするならまず耐久性が求められるはずだが、そのあたりもいい加減だ。縫製も雑で見るべきところがない。

　桐ヶ谷は証拠品を机に戻した。

「なぜかアメリカ人は素材感や着心地に無頓着なところがあるんですよ。衣服を消耗品として捉えているのでね」

「そう、そう。ある意味、ＴＰＯがはっきりしてる。日本人は普段着でもオシャレを目指すけど、向こうはそうじゃないから」

　桐ヶ谷は頷きながらその他のトランクスに目を走らせた。

「ここにある証拠品はどれも安物の量産品。犯人は下着なんかにはお金をかけない、かけたくないというタイプだと思います。そういう人物が軍事用品のマニアだったとして、トランクス一枚に三、四千円も出すでしょうかね」

「そうなんだよ」

小春も同意した。

「ミリオタでコレクターなら、せっかく手に入れたアイテムを雑に穿き潰して捨てることは考えにくい。性的嗜好だって言われればそれまでだけどね。わたしがピックアップしたこの五枚のトランクスだけが、ほかの証拠品とは意味合いが違うんだよ」

すると黙って話に耳を傾けていた笹本が、軽く咳払いをしてから一重まぶたの小さな目を合わせてきた。

「水森さんが選んだ五枚のトランクスは、米軍採用のもので間違いないんですか？　しかも見ただけで八〇年代と限定していますが」

「自信をもって間違いないと言わせてもらいますよ。さっきも言いましたけどトランクスの作りと素材、それにクオリティーのプリントが鑑定の決定打です。心配なら、よその鑑定士に見てもらったらどうですか？　セカンドオピニオンみたいな感じで」

「もちろん、そうします」

笹本は猜疑心《さいぎしん》を隠そうともせず、鑑定に圧倒的自信を覗《のぞ》かせる小春をじろじろと見た。そして傍観している南雲と八木橋にも目をくれ、意味ありげに眉根を寄せている。どうやら彼は、小春の突飛な指摘を面倒だと感じているようだった。かなり保守的な性格なのだろう。小春の独特な意見には興味らしい興味を示しておらず、犯人逮捕に結びつく可能性を頭から除外している。

3

終始煮え切らない笹本にたまりかねたらしい八木橋は、小春が選び出した五枚のトランクスにつけられたシールに目を落とした。記載されている事件発生年月日を手帳に書き取っていく。

「このトランクスが犯行現場に残されていた時期ですが、ちょっと興味深いですよ。一年前の六月から八月までの三ヵ月間に集中しています。この時期、ホシはなぜか連続して米軍採用のトランクスを穿き潰していたことになりますね」

「発生場所は？」と南雲がすかさず問うた。

「杉並署管轄内が三件と、よそが二件です。ほかのブツもうちの管内がほとんどですから、ヤサがこの地域にあるのは間違いないでしょう」

「そうなんだろうけど、下着ドロの置き土産《みやげ》のなかに米軍関連のものが交じってたって事実は、何やら事を複雑にするねえ。まず、今まで思い描いていた犯人像が変わる。そうでしょう？　笹本さん」

南雲が急に笹本へ話を振ると、いかつい体格の刑事は首を横に振った。

「犯人像はそう変わらないでしょう。だれであれ異常性癖の持ち主ですよ」

「それは大前提だろうが、米軍支給の下着を着けている人間がそこらにうようよいるとは思えない。しかも八〇年代に採用されていたものらしいからね。水森さんがさっき指摘したように、マニアならばこんなぞんざいな扱いはしないと思える。じゃあ、コレクターでもマニアでもない人間が、古い米軍のトランクスを穿いていた理由はなんなのか」

順序立った南雲の問いかけに笹本は何かを言おうとしたが、結局は口をつぐんだまま考え込んだ。ただ偶然に、米軍採用の下着を身につけていたということではないはずだ。これは犯人につながる重要な手がかりに違いないものの、笹本は依然として本腰を入れようという素振りさえも見せなかった。

桐ヶ谷は再び証拠品と向き合い、しきりにマスクの位置を直している笹本に尋ねた。

「できる範囲で教えていただきたいんですが、警察はどういう人物像を犯人と想定しているのか聞かせてもらえませんか？」

笹本は出すぎた連中だと言わんばかりに眉をピクピクと動かし、ブルーのファイルを開いて書類を荒っぽくめくった。どうやら短気でもあるらしい。

「年齢は四十代から五十代の間。下着のサイズがMであることから中肉中背だと予想。マンションやアパートの二階でしか犯行に及ばないことから、鳶《とび》職や造園業など比較的高所で働く身軽な人物の可能性がある。都内のあちこちで同一人物の窃盗が起きているのも、現場各所へ赴くこれらの職業の特徴と合致している」

桐ヶ谷は頷きながら人物像を反芻《はんすう》し、ひとつ質問をした。

「犯人が四十代から五十代の間とのことですが、それはどこから導き出したんでしょう」

「下着の形ですよ」

笹本は即答した。

「トランクスを愛用しているのが四十代から上ではないかという意見が多くてね。若者はボクサーパンツというものを穿いているようだから」

「なるほど」と桐ヶ谷は言葉を出した。その事実だけでは根拠が薄いが、ほかに年齢を推測できる材料がないのだろう。

「桐ヶ谷さんは何か気づいたことはないの？」

小春が米軍支給品のトランクスを元の長机に戻しながら言った。

「わたしが自信をもって言えることはこの五枚のルーツだけ。あとは桐ヶ谷さんがどこまで犯人に迫れるかだよ」

「うーん。特徴がかなりあるのは間違いないんだけど、それが犯人に迫るだけの材料になるかどうか……」

桐ヶ谷は長机に並べられた下着のなかから一枚を取り上げた。小春宅に残されていたマドラスチェックのトランクスだ。

「一ヵ月間、穿きっぱなしの下着を見たのは初めてですよ。見た目の損傷が激しいのは夏場の証拠品に集中しているようですし、劣化具合が日本の四季と合致しているのがなんとも興味深いですね」

「日本の風情《ふぜい》みたいなこと言ってんじゃないよ」

小春が手をひと振りした。

「わたしは仕事柄古い衣類を山のように見てるけど、たったのひと月でここまでのダメージを負ったってことが信じられないんだよ。いくら汚れてるとはいえ、経年劣化するほどの時間は経ってないわけだから」

「その通りだよ。どんな穿き方をすればこうなるのか、ずっと考えてるんだけど答えが出なくてね」

桐ヶ谷は、くすみを極めたマドラスチェックのトランクスを丁寧に広げた。裾と脇がほころんでいて臀部《でんぶ》の部分は今にも裂けそうなほど生地が薄い。前は鼠径部《そけいぶ》に沿って斜めジワがくっきりと刻み込まれている。まるでジーンズのダメージ加工のようだった。ウエストのゴムは前側の上部だけが波打つように伸び、後ろ側には縦に引っ張られたような数本のシワが走っている。ほかのトランクスにも似た形状のシワが残されているが、証拠品全体に目を走らせているとき桐ヶ谷はあることに気づいてはっとした。まったく異なる損傷のものがいくつかまぎれ込んでいるではないか。

「この証拠品ですが、時系列で並べ替えてもらえませんか?」

桐ヶ谷が言うやいなや、八木橋がさっと前に出てトランクスを裏返しはじめた。シールに書かれている日時を見ながら大雑把《おおざつぱ》に振り分けていく。事件が発生した順番に並べることすらしていないのは、このトランクスから得られる情報はもうないと踏んでいるからだろうか。登録データ上にＤＮＡの適合者が存在しなかった今、警察はこれらの証拠品に興味を失っているように見えた。

それから会議室にいる五人は、黙々と証拠品を並べ替えていった。臭いこそ感じないが、目から入るさまざまな情報にみな不快感を募らせていた。

「しかし迷惑な盗人もいたもんだ。女の下着を盗るだけでもどうしようもないのに、そのうえこんなものを置いていくんだからねえ」

南雲がたまらず口にすると、小春が手を動かしながら妙に明るい声を出した。

「もちろん最悪の変態なのは間違いないけど、今はむしろこれを置いてってくれたことにありがとうと言いたいね。わたしの家に吊るしていったことを心底後悔させてやる」

小春は低い笑い声を漏らして、細めた目を光らせた。怒りというより、もはや謎解《なぞと》きを楽しんでいる風情《ふぜい》さえある。そして並べ替えが終わったとき、無数の証拠品にはある特徴がはっきりと浮かび上がっていた。

南雲はハンカチで汗を拭きながら目を丸くし、長机からわずかに距離を取って全体に視線を這《は》わせた。

「これは、これは。また奇妙な事実が浮かび上がってきたじゃないの」

笹本も黒縁の眼鏡を押し上げ、目の前に広がる光景に言葉を失っている。今日、初めて見せる驚きの表情だ。しばらく固まったように動かなかったが、やがて中ほどにあるトランクスを素早く取り上げ日時を確認した。

「二〇二〇年、七月三十日。現場は成田《なりた》西《にし》四丁目の集合住宅」

笹本は、目の前に突きつけられた事実に心底動揺しているようだった。

「これはいったいどういうことだ……。この日を境にトランクスの損傷箇所が変わっているように見える」

八木橋も目をみはっており、スマートフォンで何枚も写真を撮っている。今まで、捜査員はシワの変化という観点に目がいかなかったようだ。

一年前の七月三十日より前に押収された証拠品は、見るからに薄汚れて使い込まれているが、生地自体のダメージはそれほどない。最近のものに見られる特徴的なシワも見当たらず、単なる着古した下着に過ぎなかった。しかし七月三十日から今回までのものには、明らかな共通点がある。前の鼠径部に刻まれている深い斜めジワと、縦方向に出ている後ろのシワ。そして前側のゴム、しかも上部だけがおかしな伸び方をしているという三点に加え、ダメージが大きいという点だ。これだけを見れば証拠品すべてが同一犯のものとは思えないが、科学捜査がそれを裏づけている。となると、こうなった要因はひとつだった。

「生活スタイルががらっと変わったとしか思えませんね」

桐ヶ谷の言葉に、笹本はすぐに振り返った。

「生活スタイル？　それだけで目に見える変化が下着に出るとは思えませんが」

「布地についたシワなどの痕跡は偽装できません。少しずつ時間をかけて、身につけていた人間の行動すべてがプリントされるも同然なんですよ。しかもこの犯人は半月から一ヵ月間も下着を替えていない。この条件だったから、より克明に記録されたんでしょうね」

「たとえそうだとしても、ある日を境に下着につくシワが変わるほど生活が一変するなんてことはないでしょう」

「あります。たとえば病気や怪我などは、動きを確実に制限するものですよ」

桐ヶ谷の指摘に、笹本は口をつぐんだ。

「このトランクスの持ち主は、その前の事件から七月三十日までの間に腰を痛めたのかもしれないと思ったんです。前ウエストのゴムの伸びと後ろの中央に残る縦ジワは、前屈みになると現れるものなので。ただ、さすったり叩いたりした痕跡がまったく残されていないのが不思議なんですが」

腰痛持ちには必ず見られるシワがある一方で、患部をさするという無意識の行為の跡がないのには違和感がある。体に痛みがある場合、その場所を触らずにはいられないのが生き物の特徴だからだ。そして何より、このトランクスの持ち主の最大の謎がこれだった。桐ヶ谷はトランクスに斜めに刻まれた深いシワを指でたどった。

「脚の付け根、鼠径部に沿って斜めに走るシワ。これの意味がまったくわからないですね。シワというより、繊維が折れて傷になっていますから」

「確かにそこだけ色も褪《あ》せて損傷が激しいねえ。ちなみにこれにはどんな意味があるの？」

南雲は素朴な質問をした。

「ここまではっきりとした痕跡を残すには、頻繁《ひんぱん》に体を折り曲げていたとしか考えられません。それこそ下着の繊維が摩《ま》耗《もう》するほどですから相当なものですよ」

「こういうことっすか？」

八木橋が脚の付け根から体を折って前屈の体勢を取った。桐ヶ谷は頷いた。

「そうですね。その形なら、ここにある証拠品と同じダメージになるはずです。毎日何時間もその体勢を取る必要がありますが」

「すべてが現実的じゃない」

笹本が焦《じ》れたように声を押し殺した。

「桐ヶ谷さんは腰痛持ちの人間が痛みに耐えきれずに、たびたび体を折り曲げていたと言いたいんですか？」

「それもなきにしもあらずです」

「そんな人間が、毎月のように集合住宅の二階によじ上って窃盗を繰り返す。体を折り曲げなければならないほどの痛みなら、とてもそんなことはできないはずですよ」

「ええ、その通りです。現実に起きている行動と、トランクスに残された痕跡が合致しないんですよ。特に、鼠径部に残るシワの説明がつかなくて困ってるんです」

桐ヶ谷が苦笑いを作って頭を搔くと、腕組みして話を聞いていた小春が顔を上げた。

「健康体だからこそ、三年間も下着ドロを満喫できたわけでしょ。そして今から半月後か一ヵ月後にはまたどこかで次の被害者が出るはず。しかし、こんだけ大量の手札があっても犯人像が浮かび上がってこないって、桐ヶ谷さんも未だかつてないんじゃない?」

「小春さんはなんだか嬉しそうだね」

桐ヶ谷の言葉に、小春は恥ずかしげもなく言い切った。

「もう、さっきから嬉しくてたまんないよ。桐ヶ谷さんを出し抜くターンがこっから始まるかと思うとね」

「出し抜く?」

「その通り。申し訳ないけど、今回の勝負はわたしがもらうよ」

今こそこの決め台詞《ぜりふ》を使いたかったらしい小春は、小生意気に顎を上げてマスクの下から不敵な笑い声を漏らした。

「ずっと考えてたんだけど、犯人は米軍基地で働いてたんじゃないかと思ってる。証拠品のラインナップを見ても、とてもミリオタとは思えないからね」

「米軍基地？」と南雲と八木橋は同時に口にした。

「五枚だけあった米軍支給のトランクス。これは個人輸入とかミリタリー専門のショップで買ったんじゃなくて、基地で投げ売りされてた可能性があるよ」

小春は身振りを交えながら先を続けた。

「古物にかかわる者ならだれでも知ってるけど、基地の倉庫はお宝の山なんだよ。それこそ希少なデッドストックが埋もれてるし、喉から手が出るほど欲しがってるバイヤーは多い。それなのに、頻繁にガレージセールみたいなことをやって叩き売りしてるらしいんだよね。もちろん部外者は入れないんだけど、基地で働く日本人ならば買えるよ」

小春の顔を凝視していた笹本の表情が、なぜか青褪《あおざ》めて強張っていた。まさかと言わんばかりに目をみひらき、次の瞬間にはファイルを開いて書類をばさばさとめくっていく。そして手を止め、ごくりと喉仏《のどぼとけ》を動かした。

「昭島《あきしま》でも二件の被害が出ている……」

「昭島？　ていうと横田《よこた》基地の近辺だね」

南雲のほうへ顔を向けた笹本は、小刻みに何度も頷いた。

「犯行年月日が二〇二〇年の六月と七月。しかも、昭島で押収されたトランクスは水森さんが指摘した米軍支給のものだ」

とたんに小春が目を細めてにやりとした。

「ほら、ちょっとずつ姿を現してきたよ」

「まさにピンポイントじゃないっすか！　鳥肌もんですよ！」

八木橋が出し抜けに声を上げた。

「杉並区での犯行が圧倒的に多いということは、この地域に住んでいるのはまず間違いないでしょう。もしかしてこいつは基地でバイトしてたんじゃないですかね。僕も学生のとき米軍基地でバイトしたことがあるんですよ。職種が多くて給料もいいんで、基地専門にしてる同級生もいましたし」

「これは本当に急展開かもしれない。二〇二〇年の七月三十日を境にトランクスに変化が現れたのは、基地のバイトを辞めたことに関係しているのでは？」

何を聞かされても反応が鈍かった笹本が、今は真剣に小春の仮説と向き合っていた。そして頭を整理するような長い間を置き、眉根をぎゅっと寄せながら考えを口にした。

「うちの管轄以外で起きた同一犯による窃盗は、都内の十八ヵ所にのぼる。規則性がないことから足がつかないように故意に場所を変えている、もしくは現場へ出向するような仕事に就いているという線が濃厚だった。だがそうではなく、単に職を転々としていたのかもしれないいな」

「ということは、去年の七月三十日からはずっと同じ職場に勤めてるってことだよね。桐ヶ谷さんが指摘した鼠径部にある斜めジワが、うちに残されてたトランクスにもはっきり残ってるんだから」

そういうことになる。そして残された痕跡が物語っているのは、たとえ出向先がまちまちだったとしても仕事内容自体は同じ……ということだ。それが鼠径部のシワにつながっている。

するると南雲が扇いでいた扇子をパチンと音を立てて閉じ、風で舞い上がっていた薄い前髪を手櫛《てぐし》で整えた。

「ホシは横田基地で働いていたかもしれないが、その裏を取るのは容易なことではないねえ。なんせ在日米軍に日本の法令は適用されないわけだから」

「ええ、現時点での捜査協力は難しいでしょうね。根拠は一般人お二人の推測に過ぎないですから」

笹本は腕組みして薄汚れた証拠品を見つめた。桐ヶ谷と小春に対する抵抗感は払拭《ふっしょく》できていないものの、だからといって切り捨ててしまうには惜しい推測だと思いはじめているのがわかった。そのぐらい、この事件についての情報は少ないようだ。

そのとき、スマートフォンで何かを調べていた八木橋が画面に目を走らせながら右手を挙げた。

「話を変えますがいいっすか？　さっき桐ヶ谷さんが指摘した鼠径部に残る斜めジワなんですけど、ホシは体を折り曲げる仕事をしてるんじゃないでしょうか」

「なんだい、体を折り曲げる仕事ってのは」

訝しげな南雲を見やり、八木橋は先を続けた。

「すぐ思い浮かんだのはお辞儀ですよ。何かの営業職とか、武道とか茶道なんかも礼に始まり礼に終わりますよね」

「ああ、そういう類《たぐい》のものではないですよ」

桐ヶ谷はそう言い、トランクスを取り上げ鼠径部のシワに沿って折り曲げて見せた。一本のシワの重なり部分が二センチにもなる箇所があり、折り山の繊維が激しく摩耗している。

「一般的なお辞儀とか会釈では、ここまで深いシワはできません。たとえ九十度に体を曲げても、この痕跡にはならないんですよ。これはお腹《なか》と太腿《ふともも》がべったりつくぐらいの屈曲、しかもそれを毎日長時間続けた結果できたシワです」

「そんなのは人間業《わざ》ではないじゃないの」

南雲が首を横に振りながら戸惑いを見せた瞬間、小春が急に天井を見上げて馬鹿笑いをした。会議室にわんわんと反響するほどの音量だ。あまりの唐突さに男たち四人はそろってびくりと肩を動かし、南雲が胸のあたりをさすりながら恨めしい顔をした。

「あなたねえ、心臓発作でも起こしたらどうするつもりなの」

「ああ、ごめん、ごめん。確実な勝ちが見えたから高ぶっちゃって」

まだ勝ち負けにこだわっているらしい。小春はわずかに赤くなった顔をみなに向け、腰に手を当てて瞳をギラつかせた。

「このトランクスのシワの原因は土下座だよね。お腹と太腿をぴったりつけて折り曲げる。それを毎日何時間もする仕事がひとつだけあるよ。ずばり、謝罪代行業」

「謝罪代行？」

笹本が繰り返すと、小春は嬉しそうに頷いた。

「ゲーム仲間にこの仕事をやった人がいるんだよ。バイトで入って一週間で音《ね》を上げて辞めたんだけど、とにかくどんな謝罪も請け負う謝罪のプロ集団が存在するの」

八木橋はすかさずスマートフォンで検索し、「本当にありました……」と驚きながら画面をみなに向けてきた。初めて聞く仕事だが、ある記事では、謝罪代行スタッフは全国に千人以上の登録があると謳《うた》っている。

「なんだいこれは。謝罪ぐらい自分でやらないでどうするんだか。実に嘆かわしい時代になったもんだねえ」

「時代はもう南雲さんを置いてずっと先まで行っちゃってんだよ。諦めて」

小春はさらりと失礼な言葉を吐き出した。

「ゲーム仲間の話では、不倫絡みで寝取られ夫に土下座しにいく仕事が異様に多かったらしいよ。離婚を阻止したい妻からの依頼で、浮気男になり切って全力で謝罪する。玄関先で許してもらえるまで土下座するんだって」

「聞いただけで胃が痛くなるな……」

桐ヶ谷はその絵を想像して気持ちが落ち込んだ。

「客が細かい注文をつけることが多いから、わたしが謝罪ファッションを監修したこともあるんだよ」

「謝罪ファッションって、地味なスーツにネクタイみたいな格好？」

「違う違う。謝罪するターゲットの反感を買わない容姿が謝罪代行者には求められる。イケメンでも美女でもダメだし、ダサくてもオシャレすぎても相手の怒りに触れる。ちょうどいい感じってなかなか難しいんだよ。それでいて、二、三日経ったら顔も思い出せないような薄い印象が最高峰だから」

奥は深いが、闇も深そうな仕事だ。笹本は腕組みしながら神妙な表情で固まっていたが、やがて顔の筋肉を緩めて笑みらしきものを作った。

「実に奇想天外な発想の連続だ。古物の知識とトランクスについたシワから、思いも寄らない推測を繰り出してくるんだから」

「そうでしょう？　この二人の見解は、我々捜査員からはまず出ないものなんだよ。当たりハズレにかかわらず、自分たちの考え方の幅も広がるからねえ」

「これが当たりだったらすごいことだと思いますよ。当たりだったらね」

笹本は重ねてそう言い、小春は挑発的な笑みを作った。

「ともかく、犯人が謝罪代行の仕事をしてるとすれば、トランクスのシワを見てもかなりの売れっ子なのは間違いないね。聞いた話だと、引っ張りだこのレジェンドが会社ごとにいるみたいだからさ。まさに謝罪神だよ。業界では間違いなく知れ渡ってるはずだよ」

笹本は小春の言葉を真剣に書き取り、桐ヶ谷に意味ありげな視線を送ってきた。

「なかなかおもしろい見世物でしたよ。あなた方の見解が見当ハズレでも、時間を無駄にしたとは思わないぐらいの価値がありました」

ひどい言われようだが、皮肉の裏に期待が見え隠れしているのは確かだった。

4

香炉《こうろ》から立ち昇る甘い香りは、いつものごとく眠気を誘ってくる。ここは昼間なのに薄暗く、壁にかけられたおびただしい数の鳩時計にももう慣れた。それどころか重なり合った秒針の音さえ心地よい。小春の店は常に現実世界とは切り離されており、桐ヶ谷は通ってお茶を飲むことが日課になっていた。

渋みの出てきたアッサムティーにミルクを加え、小春はひとさじのブラウンシュガーを入れて軽くかき混ぜた。

「ホントに今日電話かかってくんの？　なんか、このまま有耶無耶《うやむや》にしそうじゃない？」

小春はツヤのある直毛の髪を後ろに払い、ティーカップに口をつけた。

「だいたい、あの笹本とかいう刑事。人はあそこまで無礼になれるもんかと呆れたよ」

「彼はああいう性格なんでしょ。最後のほうは茶目っ気があったしね」

「どこが」

小春は別珍のソファーにもたれて唇を尖《とが》らせた。ケーブル編みのチルデンニットを着ているせいか、五〇年代の学生のように見える。

「ザ、刑事って感じだったよね。でも、ああいう堅物を攻略するのは興奮するよ。見てな、最後には『自分もパーティーに入れてください！』って懇願することになるから」

「小春さんは誰に対しても同じ向き合い方で尊敬するよ」

「それはそうと桐ヶ谷さん。今回は巻き込んじゃってごめんね。ホントはひとりで解決すべきだったんだけど、やっぱり桐ヶ谷さんを頼ってよかったよ。ありがとう」

率直な感情表現に桐ヶ谷は笑顔で応えた。小春はどの感情に対しても忠実であり、しかもそれを出し惜しみしない。受け止める側には体力気力が必要となるが、それでもマイナス方向の感情をもったことは一度もなかった。つまり、桐ヶ谷との相性はかなりいいことになる。

そのとき、テーブルの上でスマートフォンが振動しながら音を鳴らした。画面には南雲の名前が表示されている。桐ヶ谷はスピーカーモードで通話ボタンを押した。

「南雲さん、お疲れさまです」

「どうも、どうも。遅くなってごめんなさいねえ。いつものことながら取り込んでてね」

「南雲さん、下着ドロはどうなったのさ」

前置きもなく小春が言うと、電話の向こうから含み笑いが聞こえてきた。

「あなたもいたのね。当事者だから気を揉《も》むのもわかるけども。じゃあ、結論から言ったほうがいいのかな。三年間にも及んだ女性下着窃盗事件に目処《めど》がついたよ。今朝、ある男に任同《にんどう》をかけたんだがあっさりと供述しはじめたみたいでね」

「よし！」

小春が立ち上がって拳《こぶし》を握りしめた。

「名の知れた謝罪神だった？　そうだったでしょ？　ねえ、もったいぶってないで早く教えてよ」

再度ソファーに腰を下ろした小春は、いつにも増してのんびりとした口調の南雲をせっついた。

「そんなに慌てなさんな。あの日、水森さんが推測したすべてが当たりだ。米軍基地から謝罪代行業までね」

小春にむりやりハイタッチを求められ、桐ヶ谷は仕方なくそれに応じた。

「一発でステージクリアできてよかったよ。ハズしてたら、重課金して装備固めてから出直そうと思ってたからね。わたしらうっかり初期装備のままフィールドに出ちゃったから、攻撃によってはセーブポイントの手前で力尽きるとこだったんだよ」

「まったくわけがわからないけど、なんとなく意味だけは通じるからきみの言葉はいつも不思議だねえ」

南雲はしみじみと口にした。

「下着ドロは山内正樹《やまうちまさき》、三十四歳。偶然にも桐ヶ谷さんと同い年だよ」

「複雑な気持ちですよ」

「この男はもう五年も下着ドロを続けていて、絶対に捕まらないと思っていたそうだ。ただし、自分の下着を現場に残していくスタイルは三年前に確立されたらしい。男のヤサにガサをかけたんだが、まあ、女物の下着の山だそうだ」

テーブルを挟んだ向かい側で、小春がわずかに身震いした。

「水森さんが予想した米軍支給のトランクスもその通りで、基地でバイトしたときに買ったそうだよ。で、二〇二〇年の六月いっぱいで辞めて、七月から謝罪代行会社に登録した。トランクスに出ていた痕跡の通りだよ。これはみんな驚いていたね」

「犯人はそれから毎日が謝罪漬けだったと」

桐ヶ谷がなんともいえない気持ちで言うと、南雲はそうだ、と返してきた。

「謝罪代行会社への聴取によれば、山内はとにかく土下座ひとつで丸く収める天才だったと言っている。謝罪に失敗すれば余計に事がこじれて収拾がつかなくなるんだが、山内の安定感は不気味なほどだったらしい」

「まさに選ばれし謝罪神だな。下着ドロなんかやってなければ伝説になれただろうに」

小春は腕組みしながら難しい面持ちをした。

「僕も男をちらっと見たんだが、とにかく印象に残らない風貌だ。中肉中背で顔立ちは平凡、特徴を挙げろと言われても思いつかないんだよ。水森さんが指摘したように、謝罪には向いているのかもしれない。要は相手をまったく刺激しないんだな」

「かなりの売れっ子だった?」

「そうだね。特に不倫とか離婚とか破談とか、そういう男女のもつれ的な案件に強かった。依頼者の兄とか弟を名乗って謝罪したり、時には謝罪の付き添いなんかも請け負っていたようだ。二ヵ月前から登録社員の指導も任されていた。この業界のエリートだな」

ある種の職人とも言えるが、穿いていた下着が擦《す》り切れそうなほど土下座をする日常というものが想像できない。いくら仕事とはいえ、気持ちとの折り合いをどうつけているのかが疑問というより心配になるほどだった。

「尋常ではないストレスがかかりそうな仕事ですが、そのあたりも犯行の動機ではあるんですかね」

桐ヶ谷が問うと、南雲はため息交じりに返答を寄こした。

「山内がいた会社の話によれば、派遣登録してもみんな数ヵ月で辞めていくそうだ。それはそうだろうね。ひたすら頭を下げて罵倒《ばとう》されることが日々の仕事なわけだから、初めはよくても少しずつ精神が削られるだろう。でもまあ、山内は謝罪屋になる前から下着ドロに手を染めていた。ストレスはあったにしろ、それとは別だろうね」

南雲の話にじっと耳を傾けていた小春は、冷めたミルクティーを飲み干して小さく吐息を漏らした。

「この男がやったことは卑劣極まりないし許せないけどさ。刑事罰だけを与えてもしょうがない気がする。そういう欲望を抑えることができないから犯罪に手を染めるんだろうし、罰だけで更生するのかね」

「あなたぐらいの歳の女性から、そういう意見が聞けるとは意外だねえ」

「いや、わたしだって山内を極刑に処してほしいほどハラワタ煮えくり返ってるよ。被害者は置き去りにされてるし、警察ですら訴えをまともに取り合わない。ふざけんなと思うね。でも、何かが違う気がしてる」

「返す言葉もないよ。この手の事件は、事後対策よりも加害の抑止が重要だ。まあ、実際にR3という治療プログラムがあるにはあるんだが、犯罪者の数に対して体制が追いついていないのが現状だね。法務省もがんばってはいるけども」

　性犯罪が報道されるたびに、桐ヶ谷も思っているところではあった。子どもが犠牲になる場面も多々あり、しかも性的虐待などに対する刑罰も軽すぎるうえに根本的な解決にはなっていない。街中でふいにその痕跡を見つけてはダメージを受けている自分は、恥ずかしくなるほど無力だった。警察との伝手《つて》をなんとか確立させたはいいが、いざそういう子どもを見つけたとき、どこまで食い下がることができるだろうか。犯罪捜査や事件にかかわるたびに、自分にできる限界点というものがちらついて嫌になる。

悶々《もんもん》と考え込んでいる桐ヶ谷をよそに、南雲は話の締めに入っていた。

「ともかく、突発的な要請だったのに引き受けてくれたことにお礼を言うよ。しかもまたもや期待を裏切らない結果を残してくれた。僕も鼻が高くてねえ。今回は水森さんのヴィンテージの知識が際立っていたよね。あなた方と出会えて本当によかったと思ってるよ」

「どうしたんですか？　急に褒めすぎだと思いますが」

「そんなことはないよ。きみらは今すぐにでも表彰されるべきだし、現にそれを上にも打診してるとこだから」

「いや、冗談抜きで賞状とかいらないから」

小春が話を遮った。

「うちの店はイメージをいちばん大事にしてるんだよ。私生活を感じさせないミステリアスなキャラ作りで売ってんのに、よりにもよって警察に表彰されてる姿が新聞にでも載った日には、もういろんな意味で終わりだね」

「あなたは警察をなんだと思ってるんだろうねえ」

電話越しで南雲がぼやいたが、その語尾に重ねて小春はさらに言い募った。

「ひとつ確認しようと思ってたんだけどさ。山内のヤサから押収した大量の女性下着。これ、ゴールデンタイムに全国のニュースで流すんじゃないだろうね？　警察がアホみたいにきれいに並べて撮影してる映像をよく見るけど、あれはいったいなんなの？　盗まれたうえに全国に晒《さら》されるって、なんでこっちが辱《はずかし》めを受けてんの？」

「あれは真っ当な捜査の流れだよ。道場に並べて、ブツを山内にひとつひとつ確認させるわけだ。それをテレビで流すかどうかは報道する側の問題だからね」

「堂々とはぐらかしてんじゃないよ！」

小春は長らく抑えていた憤りを再燃させ、テーブルに置かれたスマートフォンに顔を近づけた。

「明らかにゴージャスな下着を中央に並べてんのは知ってんだよ！　テレビ映りを気にしてね！　警察の並べ師はだれなの！　まさか、こないだの笹本さんじゃないだろうね！」

「ああ、笹本といえば、きみらにあらためてお礼をしたいと言っていたよ。彼も思うところがあったようで、きみらがかかわった未解決事件の報告書を隅々まで読んだらしいからね」

小春がたびたび話を遮ろうとするも、南雲はのらりくらりと見事にかわしていた。

「えーと……。おや、あっちでだれか呼んでるみたいだな。それじゃあ、今回も本当にありがとうね。ご協力を感謝します。はい、またよろしくお願いします。はい、ごめんください」

「待ちなよ！」

小春がテーブルからスマートフォンを取り上げたときには、すでに通話が終了していた。この状況をすべて桐ヶ谷に丸投げするとは南雲も人が悪すぎる。

桐ヶ谷はソファーに座り直して怒《いか》れる小春に言った。

「ちょっと調べてみたんだけど、盗まれた下着は結審後に返してもらえるみたいだね。それに関してはひとまず喜んでもいいんじゃないかな」

「喜んでもいいんじゃないかな？　今そう言った？」

小春は片方の目許を引きつらせ、桐ヶ谷を睨みつける勢いで真っ向から目を合わせてきた。どうやら言葉選びを間違えたらしい。

「さすがに喜ぶことはできないか。ええと、ああ、そうだ。戻ってきた下着を見せてもらえれば、犯人が穿いたかどうかわかると思うよ。おそらく回数なんかもね」

そう言ったとたんに、小春の顔が歪《ゆが》んだのがわかった。桐ヶ谷は慌てて言葉を重ねてみたけれども、どれも彼女の苛立ちを加速させる燃料にしかならなかった。

攻撃のSOS

1

日暮里《にっぽり》の繊維街を物色したあと、桐ヶ谷は池袋《いけぶくろ》にある画材屋をまわって注文しておいたカーボン芯のスケッチ用鉛筆を買い込んだ。そしてたびたび自宅にやってくる隻《せき》眼《がん》の猫の好物であるにぼしを探し、露店で安く売られていたブルーの茶碗をじっくりと吟味した。

ここ最近はほとんど近所しか出歩いていないため、いざ少し足を延ばすとあれもこれもと買い込むことになる。桐ヶ谷は両肩にトートバッグをかけて手には紙袋を下げ、ぎこちない動きでスマートフォンのメモ帳アプリを開いた。

「あと必要なものはなんだったか……」

衝動買いばかりで肝心のものには手つかずだ。そろそろ移動したほうがよさそうだった。

桐ヶ谷は人波に逆行しながら目的の店を目指し、駅前のロータリーを足早に進んだ。が、ちょうど中高生の下校時間に当たってしまったようで、さまざまな制服姿の子どもたちに行く手を阻まれる状況に陥った。広場にある時計に目をすがめると、午後四時半を指している。気づけば陽もずいぶん傾き、十月の乾いた風が強くなっていた。

この調子では日暮れまでに帰れそうにはない。桐ヶ谷はひとつに束ねた髪を払って小さくため息をついた。ペース配分を完全に間違えたうえに、いちばん避けたかった時間帯に重なってしまうとは。

いくつかのグループになった子どもたちが歩道いっぱいに広がり、じゃれ合いながら駅へ向かっている。これは考えている以上に時間がかかりそうだ。桐ヶ谷は子どもたちの間隙《かんげき》を縫《ぬ》うようにのろのろと進んでいたが、小走りに脇をすり抜けていった女子中学生の集団が視界に入ったとたんに、心臓がひときわ大きな音を立てた。

桐ヶ谷は足を止めて反射的に振り返り、駅へ向かうセーラー服姿のグループに目を据えた。四人は楽しそうに話を弾ませ、埃《ほこり》っぽいビル風を受けては舞い上がる髪を押さえて笑い合っている。その光景はどこから見ても屈託がなく、親しい四人組なのだろうという感想しか浮かばない。ある一点を除いては……。

彼女らの後ろ姿を目で追っていた桐ヶ谷は、落ち着くよう自身に言い聞かせて大きく息を吸い込んだ。そして買い物の予定をすべて取り消し、翻って駅へと足を向ける。少女たちは慣れた様子で人を避けながら構内を進み、ＪＲの改札へ向かっているようだ。桐ヶ谷は四人を見失わないように歩調を速め、彼女らが通った改札を抜けて山手線《やまのて》内回りのホームへの階段を駆け上がった。

四人の右端を歩いている少女から目が離せない。ムードメーカー的な存在なのだろうか。先ほどから明るい笑い声を上げて常に友人へ話題を振っている。色白で小柄、そしてすっきりと細い目にきりりっと上がった眉。マスクのせいで顔半分の造作がよくわからないが、目許《めもと》の印象だけでも凛《りん》とした雰囲気をもつ少女なのは間違いないだろうと思われた。そして不思議なのは彼女の視線だ。

桐ヶ谷は、気取《けど》られないよう注意しながら少女を盗み見た。友人たちとの会話に興じながらも、常に周囲を窺《うかが》っている節がある。気のせいではなく、周りの人間に対する目線がひどく冷ややかで不安になるほどだった。

柱の陰に身を寄せて少女の視界に入らないようにし、桐ヶ谷は一挙手一投足を注視した。やはり、左側の脇腹をかばうような仕種《しぐさ》が見られる。それに右の肩甲骨《けんこうこつ》付近とその下の広背筋《こうはいきん》には動きの制限が見られ、同じく右側の肘脇にある腕橈骨筋《わんとうこつきん》が強張っていた。ひどい炎症を起こしているため、痛くて右手ではカバンを持てないのだろう。彼女は通学カバンや紙袋、サブバッグなどすべてを左手に重そうにぶら下げている。

そのとき、電車が入るアナウンスが流れて緑のラインが入った車体が轟音《ごうおん》を上げながらホームに滑《すべ》り込んでくる。彼女らが喋《しゃべ》りながら山手線に乗り込むのを確認してから、桐ヶ谷も隣のドアから同じ車両に乗車した。電車内は学生で埋め尽くされており、窓が開いているのに蒸し暑いほどの熱気だった。桐ヶ谷はドア付近に立って窓の外へ顔を向け、座席を介して右側に立っている少女を視界の端に収めた。

彼女は日常的な暴力の犠牲者だ。桐ヶ谷は手すりに寄りかかって友人たちと話している少女から目が離せなくなっていた。暴力を受けていることを周りに悟られぬよう、努めて明るく振る舞っているように見える。いや、友人に何かを指摘されたらどうしようという不安が、口数を多くしているようにさえ感じられた。そして友人の話を聞くときに現れる、過度に頭を傾《かし》げるような仕種。どうやら耳も聞こえづらいようだ。

心がここにないのに楽しさをよそおう姿が胸に迫り、桐ヶ谷の涙腺がたちまち緩みはじめた。体の軸が左側に傾いていることから、脇腹や背中の痛みが相当なのがわかる。本当は、学校に通えるような状態ではないのではないか？

桐ヶ谷は、気持ちを立て直すため下腹にぎゅっと力を入れた。感情の制御が難しくなりはじめたとき、電車は新宿駅《しんじゅく》に到着した。髪をふたつに束ねた少女は友人に手を振って電車を降り、桐ヶ谷も慌てて後に続いた。

そのとき、トートバッグのなかでスマートフォンが着信音を鳴らした。桐ヶ谷は人波に流されながら電話を引き出し、窮屈な体勢のまま通話ボタンを押した。耳に当てると同時に聞き慣れた声が聞こえてくる。

「桐ヶ谷さん、小春だけど。こないだ言ってたコートのお直しの件で聞きたいことがあるんだけどさ。今大丈夫？」

「いや、大丈夫じゃない。今新宿駅にいるんだよ。家に着いたらかけ直すから」

「新宿？　こんな時間に行ったの？　めちゃくちゃ混んでない？」

「混んでる。悪いけど切るよ。ちょっと人を追ってるんだ」

そう言うやいなや、水森小春は即座に食いついてきた。

「ちょっと待った。人を追ってるって何さ。新宿で？　いったい何事が起きてんの？　手配犯でも見つけた？　もしかして高額賞金首？」

電話口で目を光らせている姿が見えるようだった。

「とにかくまたあとで。じゃあ」

興味を隠そうともしない小春との通話をむりやり終了し、桐ヶ谷は少し伸び上がって少女の位置を確認した。夕方の新宿駅は尋常ではないほど混みはじめており、エスカレーターや階段付近は人でごった返している。少女を見失わないようじりじりと階段を降り、彼女と同じく中央線のホームへ行った。どうやら帰り道は同じのようだ。

彼女とじゅうぶんな距離を保って立ち止まり、桐ヶ谷はどうするべきかをめまぐるしく考えた。少女が虐待被害者なのはまず間違いないが、ここからは自分の行動が結果を左右する。ミスは何ひとつ許されなかった。

感情の昂《たかぶ》りと同時に過去の苦々しい記憶が頭の中を埋め尽くし、桐ヶ谷はうつむきながら震える息を細く吐き出した。

「いい加減にちょっと落ち着け……」

口の中でそうつぶやき、こめかみににじんできた汗を肩口になすりつけた。

自分は今まで、何人もの子どもを見殺しにした。暴力の痕跡を目の当《ま》たりにしながらも次に打つ手が見つからず、各所への通報もすべてが無駄に終わったからだ。暴力を示すシワが洋服にはっきりとついている、あるいは筋肉が炎症のために強張って体幹が崩れている。そのほかにも思いつく限りの特徴を訴えたが、だれにも相手にされないどころか迷惑行為と認定される始末だった。

桐ヶ谷は次々に浮かんでくる犠牲者の顔を、目を背《そむ》けずにしっかりと受け入れた。彼らは助けられた命だ……いや、なんとしてでも助けなければならなかった命だ。

桐ヶ谷は顎《あご》を引いて視線だけを少女へ向けた。友人たちと笑い合っていたときの雰囲気は消え、今の彼女にはなんの感情も浮かんではいない。ただまっすぐ前を見つめている姿がひどく痛々しく映った。

やがて電車が到着し、桐ヶ谷は少女が乗った隣の車両に乗り込んだ。幼い子どもとは違い、いきなり声をかけても事がややこしくなるのは必至だ。まずは彼女の自宅を突き止め、その先はまた考える。

ほどよく混んでいる電車は緩やかに走り出し、窓の外の見慣れた風景が刻々と移り変わっていく。彼女は中央線沿線から池袋付近の学校へ通っているのだろう。桐ヶ谷は連結部のドアの窓から隣の車両へたびたび目をやった。中野《なかの》を発進した電車はやがて桐ヶ谷のホームタウンである高円寺《こうえんじ》に着いたが、少女はドアにもたれながら降りる気配はない。そして次の停車駅である阿佐《あさ》ケ谷《や》でドアが開いたとき、彼女はなんの前触れもなくすっと一歩踏み出して降車した。

桐ヶ谷は網棚に上げていた大荷物を慌てて下ろし、ドアが閉まる寸前になんとかすり抜けた。普通、降りる駅の近辺では、ほとんどの人間になんらかの反応が表れるものだろう。荷物を持ち直したり、視線を進行方向へ向けたり。しかし少女にはそれがなく、立ち居振る舞いが静かすぎる。友人たちとはしゃいでいるときとの落差が激しく、桐ヶ谷はある種の不安に襲われた。

　彼女はわずかに体を左側に傾けたまま、左手に持った荷物を揺らして階段を降りていく。桐ヶ谷は彼女が下まで降りるのを待ち、距離を取りながら後ろ姿を追った。

　もう日暮れが近い。夕焼けが駅前を茜色《あかね》に染めていた。南口にあるビルやドラッグストアなどの看板には電気が灯《とも》りはじめており、ロータリーにはバス待ちの長い列ができている。高円寺と同じく商店街には活気があり、ごちゃごちゃしているけれども住みやすそうな街だった。

　そんななかでも少女は脇目も振らずに歩き、広場を抜けて中杉《なかすぎ》通りをすぐ右に折れている。住宅街のほうへ向かっていた。

　先ほどよりも風が冷たくなっており、桐ヶ谷はまくり上げていたシャツの袖を下ろした。とにかく彼女の家を確認することだ。そして慎重に計画を立てる必要がある。

　彼女とは数十メートルほどの距離を取りながら家が立ち並ぶ裏通りを歩き、この辺りの地形を頭に入れていった。キンモクセイの濃密な香りが漂い、いささか胸が悪くなるほどだ。無意識にマスクを着け直したとき、少女は急に道を逸《そ》れて小さな公園の脇にある電話ボックスに入った。桐ヶ谷はぎょっとし、慌ててコインパーキングへ身を隠した。

あの年頃の少女が公衆電話？　桐ヶ谷は首を傾げながら通りの先を窺った。彼女は受話器を耳に当てており、数分で電話ボックスから出て再び歩き始める。そして角を左に曲がり、さらにその先も左に曲がったのを見て桐ヶ谷はなおさら違和感を覚えた。すぐスマートフォンを取り出して現在地の地図を表示する。案の定、さっきから同じ区画を歩いているではないか。

彼女の行動は不可解すぎる。桐ヶ谷が警戒して歩調を緩めたとき、背後でサイレンが鳴り響いて飛び上がるほど驚いた。勢いよく振り返ると、赤色灯を回転させたパトカーがすぐ後ろに停止している。そしてがたいのいい制服警官が助手席から降りてきて、桐ヶ谷の目の前に立ち塞がった。身長が百九十センチ近くはありそうだ。

「おたくはここで何やってるの？」

運転席から姿を現した若手は、肩口に着けられた無線で本部とやり取りをしている。雑音の合間に「子どもをつけまわしていた不審者」という言葉がはっきりと耳に届いて冷や汗がにじんだ。これはまずい状況だ。桐ヶ谷は表情のない警官と相対し、無駄だとわかりつつ言い訳を試みた。

「ええと、これにはいろいろと事情がありまして」

「事情？」と大柄な警官は語尾を上げ、桐ヶ谷の全身に目を走らせた。「中学生をつけまわす事情がおたくにはあると言う。とにかく身分証を出して」

　二人の警官は有無を言わせなかった。制服警官と間近で接したのは初めてだが、制服の下には常に防刃《ぼうじん》ベストを着用しているらしい。上半身は厚みがあるうえに硬質で、銃や警棒で武装している姿は威圧感の塊《かたまり》だ。桐ヶ谷はトートバッグから財布を取り出し、素直に運転免許証を差し出した。

「桐ヶ谷京介、三十四歳」

　上背のある警官が名前を読み上げると、若手がすぐに照会しにかかった。

「高円寺南在住ね。仕事は？」

「服飾関係ですよ」

「その大荷物の中身は？」

「いろいろと買い物してきたもので」

「見せて」とひと言で終わらせた大柄な警官に、桐ヶ谷は従順な態度で中身を見せた。すると無線でやり取りしていた若手が、「マエはなし」と上司に報告している。ガタいのいい警官は覆《おお》いかぶさるように桐ヶ谷を見下ろし、気の済むまで存分に威嚇《いかく》した。

「で、あの子どもに何するつもりだったの？」

「もちろん、危害を加えるようなことはしません」

「じゃあなんでつけてたんだ？　匿名《とくめい》で通報があったんだよ。池袋からずっと子どもをつけまわしてる男がいるとね」

なるほど。桐ヶ谷は日暮れ間近の薄暗い空を仰《あお》いだ。少女はわざわざ公衆電話を使って通報したらしい。それに池袋の時点で自分を認知していたとは、なかなか目敏《めざと》い少女だった。常に周囲へ目配りしていると思ったのは気のせいではないようだ。それどころか通報後も桐ヶ谷をじゅうぶんに引きつけていたのだから、相当肝《きも》が据《す》わっているのは間違いない。

桐ヶ谷は薄暗くなってきた住宅街で頭を巡らせた。ひどい虐待を受けて怯《おび》え切っている少女と、冷静に事態を把握したうえで行動を起こした少女。このふたつがどうも重ならない。過去に出会った被虐待児たちはあらゆることに余裕がなかったし、日々をやり過ごすことでせいいっぱいだった。

また胸の奥がじくじくと痛みはじめ、こんなときだというのにこぼれ落ちる涙を止められなくなっていた。情緒不安定にもほどがある。

慌てて目許をぬぐっていると、二人の警官が呆れと嫌悪のにじむ表情をした。

「まさかいい歳して泣けば許されると思ってるのか？」

「いえ、これはそういう感情ではなく……なんというか涙もろい質《たち》でして」

「おたくの性格なんかどうでもいい。泣きたいのはつけまわされた子どものほうだろうが」

まったくもってその通りだ。そしてこの場で少女が虐待されている可能性を示唆《しさ》してみても、なんの足しにもならないことは過去の経験から承知している。

桐ヶ谷は大きく息を吸い込み、大柄な警官と目を合わせた。

「今は何も話せません。申し訳ありませんが、杉並《すぎなみ》署の南雲隆史警部に連絡を取っていただけないでしょうか？」

「ああ？」

警官はぎゅっと眉根を寄せて角張った顎を上げた。

「警官に知り合いがいれば、罪を揉《も》み消してもらえるってか」

「違います。ここでは話にならないんですよ。だれもが理解できるような単純な事情ではないもので」

絶望的に言葉を間違えたような気がしたが、訂正するにはもう遅かった。二人は不穏な空気を醸《かも》し出して目を細めている。桐ヶ谷はあたふたして言葉を重ねた。

「ああ、すみません。あなた方では話にならないという意味ではないんですよ。お二人が理解できないのはその通りなんですが」

言えば言うほど不利になっているような気がする。桐ヶ谷はスマートフォンを出してみずから南雲に電話しようと思ったが、それはあっさりと遮《さえぎ》られた。

「少女へのつきまといと警察官を侮辱したかどで同行を求める。拒否はしないほうがいい。おたくにかけられている容疑はかなり深刻なものだ」

若手の警官が無言のままパトカーの後部ドアを開けている。逮捕までの要件は満たしていないと見えるが、ここでさらなる反感を買うのは得策ではない。桐ヶ谷はいくつもの荷物を手に、不本意ながらパトカーへ乗り込んだ。

2

杉並警察署の取調室は、相も変わらず無機質で殺風景だった。灰色と薄汚れた白で構成され、蒼白《あおじろ》い蛍光灯がなおさら辛気臭さを煽《あお》っている。壁の時計はすでに夜の七時半を指しており、拘束時間の長さにさすがの桐ヶ谷も音《ね》を上げそうだった。

目の前に座る細面《ほそおもて》で顔色の悪い刑事は、書類に目を落としてかすれた声を出した。

「あなたは下校途中の女子中学生に対して不埒《ふらち》な感情を抱き、池袋からあとをつけた。子どもに対するつきまといを繰り返しており、以前より阿佐ケ谷駅周辺で起きている痴漢行為にも関与している。間違いないね？」

「いや、間違いだらけですよ。それにさっきよりも容疑が増えていませんか？」

桐ヶ谷はうんざりして吐き捨てた。

「少女のあとを追ったことは認めますが、それは犯罪目的ではありません。お話しした通り、彼女はなんらかの暴力の被害者なんですよ。助けが必要な状態です。そのあたり、未解決事件専従捜査対策室の南雲警部と八木橋巡査部長が事情を知っていますので、ぜひ話をさせてください」

これを申し立てるのは何度目だろうか。目の前に座る生活安全課の刑事はまるっきり耳を貸そうとはせず、戯言《たわごと》だとばかりに延々と一方的な取り調べを続けている。このまま逮捕に持ち込みたい警察の思惑をひしひしと感じていた。

最初のうちこそ暢気《のんき》に捉えていたが、南雲との面会が叶わなければ最悪の事態に陥るのではないだろうか。桐ヶ谷はいよいよ追い込まれ、パイプ椅子をきしませながら身じろぎをした。警察が縦割りなのは承知していたが、それはかなり徹底されている印象だ。別部署の南雲は、今ここに桐ヶ谷がいることすら知らないだろう。そして自分が少女を尾行したのは事実であり、申し開きができないということもある。

どうしたもんかと頭を抱えているとき、部屋の外から馴染みのある声が聞こえてきた。

「ああ、八木橋さん。こっちこっち。なんか、桐ヶ谷さんが女子中学生ストーカーの容疑で逮捕されたみたいなんだけどさ」

小春も誤った情報を手に入れたらしい。

「逮捕はされてないですよ。任同《にんどう》で引っぱられてはいますが」

八木橋の言葉を聞いて、桐ヶ谷は力が抜けるほどほっとした。どうやら、今の状況は彼らに伝わっているらしい。

小春はいつもの調子で喋り続けた。

「なんだ、ただの任同か。警察からいきなり電話かかってきて、桐ヶ谷さんのことをいろいろと聞かれたんだよね。常日頃の行動とか性格とか仕事のこととか」

「なるほど、そうでしたか」

「最初は警察を騙《かた》った詐欺《さぎ》だと思ったんだけどさ。どうもホントに取り調べられてるみたいなんだよ。でもわたしが下手なこと喋ったら裁判で不利になるかもしれないし、一応、桐ヶ谷さんのヤバい面は隠し通したわ。これぐらいだったらギリ共犯にならないよね?」

警察署のど真ん中で何を言っているのだろうか。あいかわらず、どんな場面であれかまわず空気をぐだぐだにできる天才だ。マスクの上から顔をこすり上げると、調書をとっている痩《や》せぎすの刑事が呆れ果てた顔をした。

「今廊下で喋っているあの女性。あれがもしものときは身元引受人を頼みたいと希望した人物ですか」

「ええ、まあ」

「桐ヶ谷さん、あなたの見識にはかなり大きなズレがありそうですね」

「そのようです」

「ともかく、あなたが未解決事件の捜査に協力していることは知っていますが、それとこれとは話が別ですから、取り調べはこのまま続行します」

そっけなく言い切った刑事は再び尋問に移った。この言葉を先に聞かされていれば、気持ち的にはずいぶん楽だったはずだ。が、これが警察のやり方なのだろう。繰り返し同じ問いを投げかけられるということが、これほどのダメージになることを初めて知った。

調書にサインして解放されたのはそれからさらに数十分後で、桐ヶ谷はあまりの疲労で頭痛に襲われていた。壁の時計は九時近くを指している。疼《うず》くこめかみを強く押しているとき、閉塞《へいそく》感のある部屋のドアが開いてずんぐりとした男が入ってきた。

「どうも、どうも。長い時間お疲れさん。ここからは僕が代わるからね。桐ヶ谷さん、あなた大丈夫？　顔色が悪いようだけども」

南雲はいつものようにだらしなくネクタイを緩め、大きな赤ら顔にずり落ちたマスクを着けている。頭頂部の薄い髪が綿毛のように舞い上がっており、外はかなり強い風が吹いているのだな……とどうでもいいことが頭をよぎった。

「こんなとこで桐ヶ谷さんに会うことになるとはねえ。しかも子どもへのつきまといときたもんだ」

南雲がけたたましくパイプ椅子を引いて向かい側に腰掛けると、チェックのネルシャツを腰に巻いている八木橋が斜向《はすむか》いに収まった。

「水森さんには帰ってもらったからね。身元引受人に指名されて張り切ってたよ。自分が責任をもって桐ヶ谷さんを更生させると」

桐ヶ谷は深いため息をついた。

「身内や知人にはまさか中学生をつけまわしていた……なんて話はうそでも聞かせられないですからね。その点、小春さんはもろもろの事情を知っているし、こういうことを喜びそうでもあるので」

「ああ見えて彼女は義理人情には厚い人ですからね。ゲーム実況にもそのあたりが表れているから支持されるんでしょう。先週も、鼻持ちならない輩《やから》を一瞬で黙らせていましたよ。思わず僕も投げ銭をしてしまいました」

八木橋が親指を立てながら誇らしげに頷《うなず》いた。彼は完全に小春の信奉者と化しており、彼女のライブ配信は必ずと言っていいほど視聴している。小春に押し切られて動画に出演するのも時間の問題だと思われた。

桐ヶ谷は差し入れされたペットボトルの水を飲み、あらためて二人の刑事に頭を下げた。

「今日はお騒がせしてすみませんでした。そしてありがとうございます。『桐ヶ谷さんが少女のあとを追ったことは、あらかじめ報告を受けていた』。このひと言がなければ、僕は逮捕されていたでしょうから」

「いやいや、初犯だしたった一回のつきまといで逮捕されることはないからね。まあ、その他のわいせつ事件の容疑者にはなったようだけども」

本当に危ないところだった。桐ヶ谷は、再びペットボトルに口をつけてマスクを着け直した。南雲はねずみ色の机の上で手を組み、いつも以上に心が読めない目を合わせてきた。

「あなたは池袋で虐待被害者と思われる少女を見かけた。これはいつものあなたの特技からわかったということでいい？　服のシワとか体つきとか」

「ええ、そうです」

「それで少女の自宅を突き止めようとした。まあ、桐ヶ谷さんを知っている人間からすれば、このあたりはわからないでもないよ。あなたもさんざん経験している通り、まず通報したところでどうにもならない案件だからね」

南雲はそう言いながら書類に目を走らせた。老眼鏡を忘れたようで、細かい活字を読むのに難儀している。紙面を遠くに離して眉根を寄せた。

「通報したのは子ども本人だろうが、わざわざ公衆電話を使ったわけか。桐ヶ谷さんの尾行に気づき、しかも通報後も逃さないように引きつけてから姿をくらました。パトカーの到着を見届けてからね」

「本当に驚きましたよ。あまりにも落ち着き払った行動だったもので」

「中学生だから、まだ自分のスマホを持っていないのか。それとも警察に通信記録を残したくなかったのか」

南雲はのんびりとした口調で言った。もちろん前者の理由が常識的だろうが、桐ヶ谷には履歴を残さないための行動に思えてならなかった。つきまとわれている当事者だということを告げず、目撃した第三者として通報していること。警察の到着と同時に姿を消したこともそうだ。

南雲は書類を机に投げ出し、首を左右に曲げて派手に音を立てた。

「スマホは非通知設定にしていても、一一〇番に通報すれば番号は筒抜けになる。まさかそれを中学生が知っていたとも思えないが、何やらいわくありげだねえ」

「いずれにせよ彼女が暴力を受けているのは確かです。率直にお尋ねしますが、今の段階で警察ができることは？」

「ない」

南雲は即答した。

「まず被害者本人が警察に虐待の告発をしていない。中学生ともなれば、それを訴え出ることはできるはずだよ」

「いや、むしろ世の中をわかりつつある年齢だからこそ、人に相談したりできないものでしょう。暴力をふるっているのが家族だった場合は、なおさら口には出せないはずですよ。世間体《せけんてい》やしがらみというものを意識せざるを得ない歳です」

「まあ、難しい年頃なのは確かだけどね。当人が告発しないとなると、あとは暴力行為を見聞きした第三者からの通報があれば自治体も動くことができる。隣人や友人、学校関係者なんかも異変に気づく可能性があるから」

「今の時点でだれも気づいていないなら、それが今後も続くだけです。あの少女は日常生活を演技で乗り切っているんですよ」

桐ヶ谷は勢い込んで真っ向から否定した。

「子どもがいつ死んでもおかしくない暴力を受けているのに、それでも親許へ帰すのが今の日本の現状です。事件化するたびに騒がれてはいますが、この国は未だに同じことを繰り返している。いいですか？　これまで僕が見殺しにした子どもの数は四人です。確実に救えた命ですよ。だれかが声を上げるのを待っているだけでは、この最悪の状況は終わらない」

感情が昂《たか》ぶって息苦しいほどだが、なぜか涙が流れる気配はない。自分の不甲斐なさを嚙《か》み締めているからだ。南雲は斜に構えて長いこと桐ヶ谷を見つめており、色素の薄い目を逸らさなかった。

「これはいつか言おうと思ってたんだけどね」

南雲は机の上で手を組んだ。

「過去に虐待死した子どもたちは、あなたが見殺しにしたわけじゃない。彼らは救えた命ではなかったということだ。だから死んだ」

「やめてくださいよ。刑事がそれを言いますか」

桐ヶ谷が語尾にかぶせて反論すると、南雲はあくまでも静かに先を続けた。

「むしろ刑事にしか言えないことだ。僕は長いことこの仕事をしているけどね。どの選択肢を選んでも、その先には死しかなかったなんてことがざらにある。おそらく、自治体の体制を強化してもこのあたりは変わらない。加害者がすぐ順応して抜け道を探し出すからだよ。そして、我々は法の範囲内でしか手出しすることができない」

南雲の目にはこんなときですらなんの感情も浮かんではいなかった。理想論だけで立ち行かないことはわかっているし、だれかを守るためには根拠と証拠が何よりも重要になってくるのもその通りだ。しかし、そうしている間にも状況は悪化するだろう。目と鼻の先に虐《しいた》げられている者がいるのに、手を差し伸べるどころかこのままでは過去と同じ轍《てつ》を踏む。

桐ヶ谷がやり場のない憤《いきどお》りに翻弄《ほんろう》されていると、南雲が淡々とした調子で言った。

「あなたの特殊な才能は犯罪捜査との相性が抜群にいい。そして、犯罪を未然に防ぐことのできる技術ももっている。そう、まさに特殊能力ではなく技術ってところを僕は買ってるんだ。だが、今の警察組織には桐ヶ谷さんを使いこなす術《すべ》がない」

「それは遠まわしに、今回の件の協力はできないとおっしゃってるんですかね」

桐ヶ谷が落胆しながら吐き出すと、南雲は目尻を下げた柔和な笑みを浮かべて緊張感を吹き飛ばした。

「まず桐ヶ谷さんの詳しい見立てを教えてもらえる？　あなたが感情に流されて冷静さを見失ってるかもしれないでしょ。過去の亡霊に取り憑《つ》かれてね」

「自分を見失うほど愚かではないつもりです。過去の亡霊の件はその通りですが」

桐ヶ谷は半ば睨《にら》むように南雲と目を合わせた。

「少女は左側の脇腹が炎症を起こしていました。制服に目立ったシワ等はありませんでしたが、その部分を常にかばっていたので左の肋骨《ろっこつ》にひびが入っているかもしれません。あとは背中と腕。右腕はカバンも持てないほどのダメージを負っています」

八木橋がメモ帳を開いて桐ヶ谷の言葉を書き取った。

「あと、耳が聞こえづらいような仕種が見られましたね。何かを聞こうとするとき、彼女は必ず首を傾げる」

「それも暴力を受けたからそうなったの？」

「いえ、見た限り頭部や顔に外傷はありませんでした。おそらく、幼いころから言葉の暴力にも晒《さら》されているんでしょう」

桐ヶ谷の胸がまたざわつきはじめたとき、南雲はいささか怪訝な面持ちをした。

「暴言で耳が聞こえなくなるなんて話は聞いたことがないねえ。耳を塞《ふさ》いでしまいたいっていう精神的なものなの？」

「いいえ、違います。子どものころから日常的に暴言を浴び続けると、大脳皮質の側《そく》頭葉《とうよう》にある聴覚野に影響が出ることがわかっています。ここがやられると聴覚に異常が出るだけでなく、言語機能にも障害が現れるんですよ。暴言は、体の表面を傷つけないだけで心や脳を傷だらけにするので見逃すことはできません」

南雲は腕組みしてパイプ椅子にもたれかかった。

「虐待と脳の関係性か……。そのあたりはあまり馴染みがないね」

「いや、この問題に警察は日々かかわっているはずですよ。子どもが変死した場合、解剖医は最終的に脳の容積を見て虐待を判断しますからね。身体的暴力は前頭葉、暴言は側頭葉、両親のＤＶなどを目撃していた子どもは後頭葉の視覚野に痕跡が残される。虐待というのは、目に見えるおぞましさ以上のものを脳に刻み込むんです」

桐ヶ谷は努めて無感情に言い切った。体に残される暴力の痕と同時に、ダメージを受けた脳の指令によって不可思議な仕種《しぐさ》が出る子どもは多い。少女に見られた頻繁《ひんぱん》に首を傾げるという行動もそれで、すべての暴力は必ず可視化されるのだった。

八木橋は顔を曇らせながらペンを走らせ、眉間《みけん》に深いシワまで寄せた。

「桐ヶ谷さんの見立てには常に根拠があります。少女は虐待を受けている。警察への通報を警戒しているのは、加害者に伝わることを恐れているからでしょう。虐待しているのが親だとすれば、当然知ることになりますから」

桐ヶ谷は頷いた。ただ、それだけでは片付けられないような、妙な収まりの悪さを感じている。すると何かを考え込んでいた南雲が、話をまとめるように念を押した。

「桐ヶ谷さんは少女を追尾して自宅を特定しようとしていた。そういうことだよね？」

「今すぐにできることはそれしかないので」

「うん、うん。その先は？」

そこがいちばんの問題だが、桐ヶ谷は堂々と宣言した。

「先のことは考えていません」

南雲はふふっと空気の抜けるような笑い方をした。

「臨機応変に対応するしかないというわけかい？　確かに、少女が暴力をふるわれている現場にでも居合わせない限り、周りにできることはない」

「そうです。僕が南雲さんや警察の捜査に協力することを決めたのは、今のような事態になったときを想定したからですよ。つまり、国家権力の後ろ盾が欲しい」

「それは難しいと言ったら？」

「未解決事件捜査も含めてすべてから手を引きます。はっきり言いますが、事件が起きなければ動かない体制にはいい加減うんざりなんですよ。例の少女が死んでから、あらためて出直してこいということなんでね。僕には何ひとつメリットがない」

桐ヶ谷は下腹に力をこめて決別を表明し、同時に、迷宮入り事件の解決を待ち続けている被害者や遺族に心の中で謝罪した。無理難題なのは承知しているけれども、どちらかを選ぶということが桐ヶ谷にはできない。

南雲は半ば威圧するような視線を絡《から》ませ、八木橋はなんとか事態を収めようと発言の機会を窺っている。しばらくだれも口を開かなかったが、小太りの刑事はパイプ椅子をけたたましくきしませながら顎を上げた。

「僕が駆け出しの警官だったころ、命に順位をつけるような警察のやり方が気に食わなくてねえ。子どものころからずっと思い描いていた正義を執行する職務ではなかったよ」

南雲はずり落ちてきたマスクをつまんで直した。

「桐ヶ谷さんが言っていることはもっともだ。だが、甘い。仕事はなんでもそうだが、結果が出ないとわかっていることには着手しないものだ。あなたもそうでしょう？　脈がない者を相手にするだけ時間の無駄になる」

「それとこれとは……」

話が違うと息巻いたが、南雲は両手を上げて桐ヶ谷を窘《たしな》めた。

「まあ、落ち着きなさいよ。今回の件をいくら上に訴えてみても答えはわかり切っている。だから、そこに時間を使うのは無駄だと言ってるんだ。あなたがいくら僕らを脅《おど》してみても始まらないからね」

「何かが始まることはないでしょうね」

「うん、うん。だから、桐ヶ谷さんにできることはひとつだよ。勝手にやる。それしかないよねえ」

飄々《ひょうひょう》と言い切る南雲を不躾《ぶしつけ》なほどじろじろと見て、桐ヶ谷は頭を掻いた。

「勝手にやった結果が今なわけですが」

「少女へのつきまとい容疑ね。まあ、あなたが見つからなければいいだけの話なんだけども、それはそんなに難しいことなの？」

桐ヶ谷が脱力して笑うと、南雲は八木橋に目配せをして引き揚げ時を示した。

「暴力に晒されているかもしれない子どもの見守りをあなたにお願いするよ。これは特別な任務じゃなく、市民の義務みたいなもんだ」

「南雲さんが後ろ盾になってくださるということで？」

「盾になれるかどうかはあなた次第だよ。だれにも気づかれないように女子中学生をつけまわす。簡単なことでしょ？　じゃあ、そういうことで。今日はご苦労さん」

南雲は立ち上がって豪快に伸びをし、体の節々を鳴らしてから大仰《おおぎょう》に部屋を出ていった。

３

薄暗い店でスケッチブックに鉛筆を滑らせ、池袋で出会った少女を紙の上に再現していった。涼しげな細い目は中学生とは思えないほどの落ち着きを宿し、きりっと上がった眉が聡明《そうめい》さを物語っている。何度思い返しても、あれほどの暴力に屈しない強さのようなものがどこからきているのかが疑問だった。確固たる心の支えが存在することは間違いなさそうだが、果たしてそれだけで自分を保てるものだろうか。

桐ヶ谷は滑らせていた鉛筆を止め、出来上がった半身の肖像画を作業台の上に置いた。まっすぐ前を見据える少女のスケッチに表情はない。あの日見た彼女は、作り笑いと無表情の二つしか顔をもたなかった。

「これが例の中学生……」

アーガイル模様のカーディガンを肩に引っかけている小春は、スケッチブックにじっと目を落とした。

「マスクしてるから顔はわかんないけど、どこか冷たいようなイメージがあるね」

「そう。耳のつき方と首にある胸鎖乳突筋《きょうさにゅうとつきん》を見ても、顔全体が引き締まっていると思うよ。かなりシャープな顔立ちだろうね」

「なるほど、クールビューティーか」

小春は描かれた少女の肩口を指でとんとんと叩《たた》き、いささか神妙な顔を上げた。

「これは東京女子御三家のひとつの制服だよ」

「女子御三家？」

「その通り。私立雑司《ぞうし》が谷《や》女子学園中等部。古典的なセーラー服の短めリボンが特徴で、制服マニアの間じゃ五本の指に入るレアものだよ。こういうお嬢様学校の制服は市場には滅多に出まわらない」

桐ヶ谷はスマートフォンを取り上げて学校名で検索すると、すぐに同じ制服姿の生徒たちの画像がヒットした。ざっと見ても制服を着崩している子どもはおらず、スカート丈からソックスの長さまで定規で測ったかのようにみな同じだ。

「なんというか、自分とは生きてる世界が違う感じがするな」

「まあね。わたしが中学生のとき、雑女《ぞうじょ》の偏差値は七十を軽く超えてたと思う。何を血迷ったのか、父親がここを受験しろって騒いだ時期があってさ。娘の頭の出来をよく考えてから言ってほしいよ。受験者の歴代最低点を大幅に更新するところだった」

桐ヶ谷は噴き出して笑った。小春の性格上、たとえ入れたとしてもこの集団に馴染むことはできないだろう。個性を徹底的に消し去った品行方正は、見ていてあまり気持ちのいいものではない。

小春は似顔絵をじっと見つめ、まっすぐの長い髪を耳にかけながらわずかに首を傾げた。

「超難関校に通う子どもがひどい虐待を受けてるって、あんまりぴんとこないな。雑女はお金がかかる学校でもあるから、ここに子どもを通わせる家は富裕層で間違いないし」

「確かに今までとはちょっと違う……いや、何もかもが違うな。今までに出会った虐待被害者は、子どもの全身から家の内情が透けて見えるような感じだった。暮らしぶりや所得なんかがね。でも彼女は何ひとつわからない」

「確実なのは暴力を受けていることだけか……」と言い、小春はふうっと息を吐き出した。「とにかくこの子のヤサを割ろうよ」

簡単に言いすぎる。桐ヶ谷が曖昧な笑みを浮かべると、小春は腰に手を当てて桐ヶ谷の全身に目を走らせた。

「ただ、桐ヶ谷さんは面《めん》が割れてるからもうダメだな。使いものにならない」

「念入りに変装しようと思ってたんだけど」

「無理。たとえ坊主にしても見破られるよ」

桐ヶ谷はひとつに束ねた髪に思わず手をやった。

「いいかい？　こういうお嬢様学校に通う子っていうのは、いつも周りを警戒してるもんなんだよ。盗撮だったり変態のつきまといだったり、その手のろくでもない犯罪に遭遇する率が跳ね上がるからね」

そうとも言える。しかし、あの少女の警戒心はそういう類《たぐい》のものだろうか。桐ヶ谷は顎に手を当ててひとしきり考えたが、すぐそうではないという結論に達した。行動のひとつひとつに違和感がありすぎる。

「なんとなくだけど、性犯罪者を警戒してるのとはちょっと違う気がする。彼女の行動は攻撃的なんだよ」

この表現がしっくりときた。ストーカーに怯えて警察に助けを求めたのではなく、明らかに桐ヶ谷を引きつけてから嵌《は》めた。自身が姿を消すまですべてが計算ずくであり、その過剰な攻撃の意味がわからない。

ずっと黙り込んでいる桐ヶ谷に焦《じ》れたように、小春は言い切った。

「ともかく、わたしにまかせなよ」

「なんだか自信がありそうだけど、店は？」

そう言ったとたんに小春は大げさに首を横に振った。

「うちのお客さんは年齢層が高いから、来店は完全予約制に変えたんだよ。オンラインサロンと二段構えにしてる。うちで感染者なんて出したら大事《おおごと》だし、客同士がバッティングしなければリスクは下がるからさ。これはオーナーからのお達しでもある」

「要するに暇なんだね」

桐ヶ谷の言葉に、小春は堂々と頷いた。

「わたしの追尾には定評があるからね。索敵《さくてき》もほかを寄せつけない華麗さだよ」

「それは現実世界でも有効なの？」

「わたしをネトゲ廃人みたいに言わないでくれる？　彼女がつきまといを警戒してるんだったら、おのずと女への目配りは手薄になる。わたしもそうだけど、無意識に同性は危険人物から排除するようなところがあるからね」

不安は絶えないが、小春の言うように桐ヶ谷は少女の記憶に刻まれているだろう。ここは彼女を信じてまかせるのが賢明だった。

「それはそうと、もしわたしが見つかってパクられても南雲さんがリスポーンさせてくれるんだよね？」

「リスポーン？」

「蘇りだよ。早めに復活の呪文を使ってくれるように言っといたほうがいいな。取り調べとかさすがにウザすぎるから」

小春は素早くスマートフォンを操作しはじめた。


午後からは風が強くなり、一気に肌寒くなった。池袋の駅前はビル風が縦横無尽に吹き荒れ、埃《ほこり》や枯れ葉が天高く舞い上がっている。あいかわらず人出も多いが、尾行するにはうってつけだと言えた。

桐ヶ谷と小春は柱の陰に身を寄せ、駅に出入りする人波に目を向けていた。まだ下校する学生は見当たらないが、あと数十分もすればこの辺りは彼らに埋め尽くされることになるだろう。

「それにしても、まるで別人に見えるね」

桐ヶ谷は、柱にもたれて周囲に鋭い目を向けている小春に言った。紺色のトレンチコートを着込み、低い位置で髪を団子に結《ゆ》って細いフレームの眼鏡《めがね》をかけている。いつもの華やかさや強烈な個性は皆無で、勤めを終えたＯＬにしか見えなかった。

「きみがリクルートスーツをもっていたのは意外だな」

「ああ、これは従姉妹《いとこ》に借りてきたんだよ。従姉妹は就活中で、第一志望は都内区役所。今はできる限り地味で人の印象に残らない人間を目指してるんだってさ」

「東京では確かに印象には残らない。その格好の女性が多すぎてね」

「でしょ？　わたしは新卒にこの格好を強要する連中を淘汰《とうた》したいよ。このスーツを見るだけで、気分が落ち込んで憂鬱になる就活生は多いだろうに」

小春は雑踏に目を光らせながら言った。確かに同じ髪型で同じ格好の集団は異様に見えるけれども、服装の規定があったほうが気持ち的に楽という一面もある。小春も桐ヶ谷もこのあたりを経験していないため、端から見た推測しかできないが。

乾いた風がひっきりなしに吹きつけ、小春はグレーのストールを首に幾重にも巻いた。西の空は毒々しい赤色に染まり、今日もひと波乱起きそうな気持ちにさせられる。桐ヶ谷が落ち着きなくスマートフォンで時刻を確認したとき、ロータリーの向こう側に制服姿の学生がちらほら姿を現した。

「そろそろだな。ここから一気に増えるよ」

桐ヶ谷と小春は柱に体をつけて正面に視線を向け、瞬《また》く間に増えていく制服集団に目を走らせた。今日はことのほかセーラー服姿の女子生徒が多く、雑司が谷女子学園の制服が埋もれてしまっている。小春はかかとの低いパンプスで伸び上がっていたが、やがて首を横に振りながら情けない面持ちをした。

「桐ヶ谷さん、わたしたぶんあの子を見つけられそうにないわ。ここからじゃ目が滑って顔の判別ができないよ。そっちはいけそう？」

「なかなか厳しいな。でも、なんとか見つけ出すよ」

桐ヶ谷は小春の前に出て、顔の造作や制服といった判断材料を頭から締め出した。見るべきは歩き方や仕種だろう。昨日見た少女の体幹を意識しながら、空間全体を視界に収めるよう努力した。大勢の人間から必ず浮き上がって見えるはずだ。

暮れゆく駅前はおびただしいほどの人でごった返している。桐ヶ谷は周囲の音も聞こえないぐらい集中し、そしてついに少女の姿を視界に捉えた。

「いた。今バスの横を通り過ぎた四人組。右端にいる」

小春はすぐさまその場所へ視線を送り、何度も頷いた。

「ターゲット捕捉。ここからはわたしにまかせて。要所要所でメッセージを送るから、桐ヶ谷さんはそれを見てから動くように。オーケー？」

「オーケー」

桐ヶ谷は少女を目で追いながら返答した。今日も屈託なく笑っているが、抜け目なく周囲を窺っている様子が見て取れる。小春は桐ヶ谷に目配せし、四人の少女を追って東口から颯爽《さっそう》と駅構内に入っていく。桐ヶ谷はすぐさま追いたい気持ちをぐっと抑え、下校ラッシュ時の駅前で小春からの連絡をじりじりと待った。しばらくしてスマートフォンがメッセージの着信音を鳴らし、桐ヶ谷は急いで画面を開いた。

「今から山手線の内回りに乗る」

昨日と同じルートだ。桐ヶ谷は混み合っている構内に歩を進め、小春と少女の足跡を追って山手線に乗り込んだ。

それから何度かの連絡を経て、少女が阿佐ケ谷で下車した旨《むね》がスマートフォンに届けられた。そしてここからが難関だった。人気《ひとけ》の少ない住宅街に入るからだ。

桐ヶ谷は中央線に乗り換えて、祈るような気持ちで次なるメッセージを待った。二日連続で通報される事態は避けたいものの、小春の追尾能力は未知数だ。窓際に立ってひとり焦《あせ》っていると、ポケットの中で着信音が鳴った。メッセージではなく電話だった。

桐ヶ谷は通話を許可してスマートフォンを耳に当てた。

「桐ヶ谷さん？　今電車に乗ってるよね？」

「うん。もうすぐ阿佐ケ谷に着くよ」

周りを気にしながら小声で喋った。

「こっちはなんかおかしなことになってる。あの子は家には帰らないで、駅のトイレで私服に着替えたんだよ。で、まっすぐ空き家みたいなとこへ入ってった」

「空き家？」

「そう。入り口にはロープがかけてあって、見るからにだれも住んでない家。庭木が伸び放題でかなり荒れてる。それに、そこにいるのはあの子だけじゃなくて三人だよ。別の中学の女の子二人と落ち合って空き家に入っていった」

いったいどういうことだ？　予想外の展開に、桐ヶ谷は首を傾げた。

「ともかく桐ヶ谷さんも来てよ。今から位置情報を送るから」

そう言って通話は終了し、すぐに小春の現在地が送られてきた。阿佐谷西《あさがやにし》公園の裏手にいるようだ。桐ヶ谷は阿佐ケ谷で電車のドアが開くと同時に小走りし、ナビを作動させながら住宅街を突っ切った。

　辺りはもう薄暗くなりはじめ、街灯が瞬いて羽虫を呼び寄せている。時刻は午後五時十五分をまわっていた。虫の声に支配されている公園をまわり込むと、建て込む住宅の奥にひときわ禍々《まがまが》しい風情《ふぜい》の家が見えてきた。ブロック塀がたわむほど巨大化した桜の木が道へせり出し、周囲は落ち葉が降り積もってアスファルトが変色している。木造二階建ての一軒家は手入れされずに薄汚れ、二階の窓ガラスにはひびが入っていた。いったいこの廃屋になんの用があるのか？　ますます意味がわからず混乱した。

　そのとき、電柱の向こうにある小径《こみち》から、夕闇に溶け込むような小春が顔を出した。口に人差し指を当てて手招きしている。桐ヶ谷もその路地へ折れ、上がった息を整えた。

「小春さん、見事な尾行だよ。感心した」

「まあね。あの子は隙だらけだったし、片手で狩れる簡単な獲物だったよ」

　小春は不適切なことを口走った。

「今はあのホラゲーみたいな空き家に入って、家の裏側にまわってる。三人はそれぞれ別の中学だよ。制服がばらばらだった」

「幼馴染かな。それに、女子中学生の間では廃屋巡りが流行《はや》っているのか……」

生真面目《きまじめ》に言うと、小春が手をひと振りして一蹴した。

「そんなもんが流行るわけないでしょうが。廃墟なんて女子中学生から果てしなく遠いアイテムだよ。たぶんだけど、彼女らの密会場所なんだと思う。三人ともすごく深刻な顔してたよ」

桐ヶ谷は、廃屋を見た瞬間から妙な胸騒ぎを覚えていた。人目を過剰に警戒し、日の落ちた空き家にこっそり集う少女たち。連絡手段がいくらでもある今の時代に、中学生がこんな場所にいること自体に拒否反応が出るほどだ。いっそ声をかけるべきかと思案しているとき、小春に腕を引かれてはっと我に返った。

「あの子らが出てきた。気配を消して」

二人は街灯の明かりが届かない路地裏に屈み、少女たちが通り過ぎるのを息を殺しながら待った。そして三人が前の私道を横切った瞬間、桐ヶ谷は思わず立ち上がって息を呑んだ。街灯に照らされたのは一瞬だったが、ひと目見ただけでじゅうぶんだった。

「……あの三人は全員が虐待被害者だ」

小春は目をみひらき、眼鏡を外して喉を鳴らした。

「紺のジャケットを着た少女は、腰に後遺症が残るほどのダメージがある。制服の前側、外腹斜筋《がいふくしゃきん》のあたりに深い横ジワが走っているのは、内臓にもなんらかの影響が出ている証拠だ。もうひとりの少女は左膝に可動域制限が出ている。あれは怪我をしたのに治療しないで放っておいた痕跡だよ。急性期はかなりの痛みだったろうに……」

桐ヶ谷は切なさや怒りがないまぜになり、ふいにこぼれ落ちた涙を乱暴に払った。虐待を受けている少女たちがうらぶれた空き家で人知れず会い、いったい何を話していたのか。この世の地獄を吐露《とろ》していたのか。それとも同じ境遇を嘆き合っていたのだろうか。

小春は歯を食いしばっている桐ヶ谷をじっと見つめ、暗がりで震える声を出した。

「わたしたちはどうすべきなの？」

彼女の率直な質問の答えは見つからなかった。

「今の段階で、警察とか児相《じそう》に通報しても取り合ってもらえない。正直、わたしもあの子たちを助けてあげられる気がしない。だれも手出しができない。こ、こんなひどい状況があっていいの？」

小春も怒りに翻弄《ほんろう》されていた。虐待はいつも「家庭」という閉鎖空間が立ちはだかって身動きが取れなくなる。被害者当人の告発があってもなお、民事不介入や改善の兆候有りという曖昧《あいまい》な理由で再び最悪の家庭に戻されるからだ。何ひとつ過去と変わってはおらず、今でも自分は無力のままだという事実を呑み込んだ。

「昨日会った少女と話してみるよ。今は自分の手札がそれしかない」

桐ヶ谷は小春を振り返り、静かに先を続けた。

「今日はありがとう。小春さんは帰って。ちょっと頭の中を整理したいから」

小春は眉根を寄せたまま頷き、桐ヶ谷は彼女らを追って走り出した。

4

阿佐ケ谷の駅付近で三人の少女を見つけたが、雑司が谷女子学園に通う彼女だけが新宿方面の電車に乗り込んだ。桐ヶ谷は迷わず私服姿の彼女を追い、混んでいる隣の車両から様子を窺った。茶色っぽいカーディガンを羽織った少女は通学カバンや制服が入っているのであろう大きな紙袋を肩にかけ、陽の落ちた窓の外へ目を向けている。窓ガラスに映る少女の顔は険しく、マスクの下ではぎゅっと唇を結んでいるように見えた。

中央線は混雑を極めたまま新宿に到着し、少女は大人たちに押されるようにしてホームに降り立った。人の波を避けながら山手線ホームへ移動し、ずいぶん端のほうで柱によりかかる。

ホームに設置されている時計は七時前を指しており、帰宅を急ぐスーツ姿の集団が長い列を作ってドア付近に並んでいた。そこへ勢いよく電車が入ってきたが、少女は柱に張りついたまま微動だにしなかった。次も、その次の電車も見送り、乗車する気配がない。

桐ヶ谷は少し離れた自動販売機の陰から少女を見守った。しきりに周囲を窺っている目は依然として鋭いが、極度の緊張のためか肩が上がって首筋が強張っている。額にはうっすらと汗まで浮かべていた。

桐ヶ谷の頭を嫌な想像が駆け巡っていた。まさかとは思うが、自殺を考えているのではあるまいな……。

桐ヶ谷は意を決して少女のほうへ歩きはじめた。もう黙って様子を見ていることができない。声をかけようとしたとき、彼女が咄嗟《とっさ》に前へ出たのを見て目を剝《む》いた。電車が到着するアナウンスが流れ、遠くにヘッドライトを光らせた車両が轟音《ごうおん》とともにやってくる。桐ヶ谷は人をかき分けて走り出したが、そこで予測もしなかった光景がいきなり目に飛び込んできた。

ステンカラーコートを羽織った男の背後にぴたりと立ち、少女はうつむきがちに男の背中を睨みつけている。そして車両がホームの端にさしかかったとき、少女は男の背中を押そうと両腕を上げた。

「ちょっと待て！」

桐ヶ谷は電車待ちをしている人間にぶつかりながら手を伸ばし、少女が男を突き飛ばす寸前に細い手首を握って引き寄せた。彼女は勢いよく振り向いて目を丸くし、桐ヶ谷と至近距離で視線を絡ませる。その刹那《せつな》、山手線は盛大に埃を舞い上げながらホームに進入した。

汗がどっと噴き出し、胸の鼓動《こどう》が耳に届くほど大きな音を立てている。そして少女の行動の意味を悟ったとき、桐ヶ谷は未だかつてないほどの衝撃を受けて体に震えが走っていた。

「……きみは交換殺人を決行しようとしている。ほかの二人と計画して、互いにとって害になる人間を消そうとしている。違ってたら言って」

その言葉と同時に少女が踵《きびす》を返そうとした。しかし桐ヶ谷はまわり込んで進路を塞ぎ、真剣に語りかけた。

「少し話がしたい。僕はきみの事情を知っている者だ」

「事情……」と少女は目を泳がせながら繰り返した。

「そう、事情。だけど何もできないでいる。今もどうしていいかわからない」

桐ヶ谷は正直な胸の内を告白し、小柄な少女を見下ろした。得体の知れない男から今すぐ離れたがっているのと同時に、秘密を知られてしまった危機感にも翻弄されている。周囲の者たちはまるで二人が見えていないかのように電車を目で追い、やがて乗り降りする人間が少しずつ捌《は》けていった。桐ヶ谷は周りを見まわし、ホームの隅へ少女をいざなった。

二人は薄汚れた柱に背中をつけ、ひっきりなしに到着する電車を見ながらしばらく黙り込んだ。

この少女が警察や周りを常に警戒していた理由は、交換殺人計画によるものだ。ホームから突き落とそうとしていた長身の男は、仲間二人のどちらかの父親だろうか。おそらく電話やメッセージでのやり取りはしておらず、廃屋で計画を練っていたのも足がつかないようにするための工作だ。中学生が警察捜査の攪乱《かくらん》を考えるまで追い込まれ、交換殺人を企てていたかと思うとやりきれなかった。そして彼女を支えていたのが、加害者を殺すという決意だ。これは攻撃ではなく防御だろう。

桐ヶ谷は金属臭い空気を吸い込み、震えを止めようと手を握り締めている少女に言った。

「僕は桐ヶ谷京介という者だよ。ある特技があってね。人の歩く姿や洋服に残されたシワなんかを見ると、その人が今置かれている状況がわかるんだ」

率直にそう話し、自分の仕事やどこに住んでいるかなどの個人情報を包み隠さず伝えた。しかし、少女は顔を上げずに消え入りそうな声で返してきた。

「そんなうそを信じるほどバカじゃありません。あなたは警察なんでしょう？　それとも補導員？」

「どっちも違うよ。でも、警官だったらよかったかもしれない。きみたちを保護する権限をもてるから」

少女はわずかに反応して顔を上げ、目許にわずかな苛立《いらだ》ちをにじませた。

「……偽善者」

桐ヶ谷は彼女の言葉をなんの抵抗もなく受け止めた。少女はこの年齢になるまでに、だれか大人に相談したこともあっただろう。しかし事態は何も変わらなかった。いや、むしろひどくなった可能性さえある。少女が心を許しているのは虐待被害者の二人だけで、その他はみな敵なのかもしれない。

ホームの混みようはピークを迎えているらしく、黄色い点字ブロックまで下がれというアナウンスが大音量で繰り返されている。桐ヶ谷は心を閉ざしている少女にはあえて目を向けず、すし詰め状態の電車を眺めたまま口を開いた。

「きみの左側の脇腹はずっと痛む状態。おそらく肋骨《ろっこつ》にひびが入っているんじゃないかと思う。右側の肩甲骨《けんこうこつ》から背中にかけては重度の炎症。そして右腕。荷物を持って下げると痛みが走る。これは肘下から手首につながる筋肉がダメージを受けているからだよ。腕をひねる動作に制限がかかっている」

できるだけ嚙み砕いて推測できる症状を羅列《られつ》していくと、彼女はうろたえたように身震いし、桐ヶ谷からわずかに距離を取った。気味が悪い、怖い、どこかおかしい、理解できない。このぐらいのことを一瞬のうちに考えたのは想像がついた。

桐ヶ谷は隣に顔を向け、編み地の詰まった茶色のカーディガンに目を据えた。

「そのニットは昨日の夜か今朝も家で着ていたよね。そして、だれかに右の肩口を強く摑まれて突き飛ばされている」

彼女は咄嗟に右肩に手をやり、驚きに満ちた瞳を合わせてきた。図星だろう。桐ヶ谷はできるだけ冷静に、怖がらせないようゆっくりと言葉を送り出した。

「カーディガンの編み地が右肩だけ歪《ゆが》んで、接ぎ目が後ろ側へ流れている。この痕跡はまだ新しい。そこだけ毛羽《けば》立《だ》ちが激しいのは、右肩に強い摩擦《まさつ》が加わったからだよ。普通の日常生活では起こらないダメージで、明らかに人の手によるものだ」

少女は右肩を押さえながら桐ヶ谷を凝視し、つっかえながら言葉を出した。

「い、家の中を盗撮しているの？」

「いや、違うから。さっき説明した通りだよ。衣服には着ている者の情報が漏れなく刻み込まれる。僕はそれを見て推測しているに過ぎない」

そして桐ヶ谷は真剣に語りかけた。ほんの少しでいいから自分に期待してほしかった。

「僕は過去にも虐待の被害者を見つけた。何人もね。でも、子どもたちのその後はいつもニュースで知ることになったよ。彼らはみんな死んだ。ひとりも救えたことがない」

少女は食い入るように桐ヶ谷を見つめ続けた。

「きみに起きていることが手に取るようにわかる。きみに暴力をふるっている人間が左利きなのも、服で隠れる場所しか狙わない卑劣さがあるのもわかってる。だから今すぐに助けを求めてくれないかな」

「助け？」とつぶやいた少女は、目に涙と怒りをあふれさせた。「だれも助けてくれないことはもうわかってる。先生も児童相談所の人もスクールカウンセラーも、話を聞くだけで何もしない。かわいそうな子どもだって同情して、それをそのまま親に報告する。自分の行動が善意だと信じて疑ってない。ど、どういうことかわかりますか？」

「きみに暴力をふるっているのは親なんだね？」

彼女は否定も肯定もせずに桐ヶ谷の目を射抜くように見つめ続けた。

「あ、あの人たちはわたしを支配して、呼吸やまばたきの回数だって指定する。テレビを見ながら、ごはんを食べながら、笑いながら殴りつける。だけど、それをだれも信じない。しょ、証拠を見せても困った顔をするだけ」

「それは、きみの両親の社会的地位が高いからだろうね」

桐ヶ谷の指摘に、彼女はすっと目を細めた。娘を偏差値の高い有名私立中学に通わせ、高額な授業料を納めている親だ。少なくとも、過去に出会った虐待被害者とはまったく異なる家庭環境なのは間違いなかった。

少女はあふれてきた涙を手の甲で焦りながらぬぐった。この慌てたような行動だけでも、泣くことを日頃から禁じられているのがわかる。見るに堪えない光景だった。

桐ヶ谷が言葉を失っていると、少女はけたたましい発車のメロディに掻き消されそうなほど小さな声を出した。

「う、うちの父は大学教授で、母も有名大学を卒業してる。二人とも高学歴だから、娘も当然そうなるものだと思ってる。ま、毎日何時間も勉強させられて、包丁を突きつけられながら勉強して、あ、朝は暗いうちから起こされて勉強して、毎日毎日バカでどうしようもない子どもだと言われて、テ、テストの点数とか偏差値が怖くて……」

「もういいよ、わかったから」

桐ヶ谷は両手で顔を覆い、努めて深呼吸を意識した。そうしなければ、少女の前でみっともなく泣いてしまいそうだった。彼女は典型的な教育虐待の被害者だ。学歴の高い親が子どもを私物化し、自分の経験則が正しいと信じて疑わない。学力のものさししかもたない人間たちだった。

少女は涙がこぼれるたびに急いでぬぐい、「あの二人を殺さないと自分が殺される」と勢いのまま言い放った。これほど切実な言葉を聞いたことがない。家出や通報よりも先に殺人が思い浮かぶほど、彼女らは思考力をも奪われているのだろう。

桐ヶ谷は、必死に感情を消そうとしている少女に言った。

「友達も同じように虐待を受けているんだね?」

彼女は小さく頷いた。

「そして交換殺人の計画を立てた」

彼女はまたこくりと頷いた。桐ヶ谷は電車が通り過ぎるのを待ってからきっぱりと口にした。

「その計画はうまくいかない。きみも知っているだろうけど、駅にはそこらじゅうに防犯カメラがある。目撃者だって相当出るだろう。万が一きみが逃げ果《おお》せても、ほかの二人も成功するとは思えない。それに、警察はきみが考えているほど甘くはない」

少女は、突然突きつけられた現実を反芻《はんすう》するように動きを止めた。

「きみは聡明だ。成功しないことは初めからわかっているはずだよ」

「それでもいい。たとえ見つかっても、わたしたち三人が親を殺せば自由になれる」

悲惨な生活のなかで導き出した答えがこれだ。そして大人を信じていない少女は、桐ヶ谷の言葉を空々しく感じているようだった。とにかく、説得しないまま彼女を行かせるわけにはいかない。

「きみたち三人はまず病院で診断書を取り、それから警察へ行く。今まで親にされてきたことを告発するんだ」

「そんなことをしても、数週間後には家に戻される」

「きみたちの覚悟があればそうはならないよ。本気で親と決別する覚悟があれば」

顔を傾けて桐ヶ谷の言葉を聞いていた少女は、いささか意外そうな面持ちをした。

「親はあなたのためを思っている。いずれ自立するのだから、それまで勉強をがんばればおのずと結果がついてくる。今は辛《つら》くてもいつか親に感謝するときがくる。これはみんな大人から言われた言葉です。あなたみたいに、親と決別しろと言う大人はいなかった」

「どんな人間であれ子どもには親が必要。これは昔から語り継がれている戯言だよ。いかにも想像力のない人間から出た言葉だ。害にしかならない親は世の中にごまんといる」

少女は桐ヶ谷の顔をまじまじと見つめ、わずかに表情を緩めた。

「だからなんですか？　あなたがわたしにかまうのは自分のため。わたしが虐待死か自殺でもしたら気分が悪くなるからボランティアをやっているだけ。今まで死んでいった子どもへの償《つぐな》いなんて自己満足。それにロリコンの可能性もある」

「きみは現実がよく見えているね。でも僕はロリコンではないよ」

桐ヶ谷は苦笑した。

「理由はどうあれ、今回は引くつもりがないんだよ。だから一回だけでいいから僕を信じてほしい。今まできみにかかわった大人よりも、少しはましなことができる自信がある」

少女は猜疑心《さいぎしん》を隠さなかった。桐ヶ谷がどれだけ説得しようが、まるで心に響いている気がしない。しかし、暗い影を落とす瞳になんらかの覚悟が見えはじめているのは思い違いではなかった。

5

わずかに色づいたイチョウ並木が蒼穹《そうきゅう》に映え、青臭い匂いが辺りに立ちこめている。窓から吹き込む風は冷気を含み、こんな場所だというのに秋の深まりを感じていた。

桐ヶ谷は、大理石のローテーブルの向かい側で書類をめくっている男を観察した。痩せぎすで顔色が優れず、二重まぶたのぎょろりとした目がなおさら強調されて見える。歳のころは四十代の半ばぐらいだろう。いかにも値の張りそうな鼈甲縁《べっこうぶち》の眼鏡をかけ、薄い唇をしきりに親指でなぞっていた。

「それで、目的はなんですかね」

男は極めて平坦な声を出した。インテリ然とした物静かな印象だ。どうやら少女は母親に似ているらしい。目の前の男が娘に日々暴力をふるい、人殺しを計画するまで追い詰めた父親には見えなかった。

　桐ヶ谷はソファーに浅く腰掛け、男からひとときも目を離さなかった。

「そこにある診断書の通り、娘さんの怪我は全治二ヵ月です。肋骨にはひびが入り、腕の靭帯《じんたい》にも少なくはないダメージを受けている。打ち身や炎症などは体じゅうに広がっています」

「それはこれを見ればわかる。結論を先に言ってくれないか」

　男は不気味なほど落ち着き払い、桐ヶ谷を見下すように顎を上げた。国際経済学を専門にしている教授は、貿易論の分野では第一人者らしい。非の打ちどころのない経歴で、この地位を得るまでに相当の努力をしてきたことが窺える。つまり、できない者を努力不足だと認識しているタイプなのではないだろうか。ゆえに娘を自分と同一視し、弱音を吐くことを絶対に許さない。

　桐ヶ谷の心は意外なほど凪《な》いでいた。迷いや不安が何もないからだ。

「結論としては、娘さんには今すぐ保護が必要だということですよ。親許から離さなければならない」

　男は鼻をすすり上げるような笑い声を立てた。

「まずは事を整理しましょう。あなたは服飾関係の仕事をしていて、倒産しかけの工場を立て直したり年老いた職人を返り咲かせたりしているという。そんな得体のしれない中抜き業者が突然大学に押しかけてきて、どういうわけか娘の診断書を差し出してきた。警察にも顔が利くという。ここまではいいですか？」

「ええ、その通りです」

「世の中はあなたのような人間を犯罪者予備軍と見るでしょうね。三十過ぎの男が関係のない子どもと接点をもつこと自体が許されない。ましてや保護者の許可なく病院へ連れていって診断書まで用意するとは、未成年者誘拐《ゆうかい》に相当しそうだな」

「抵触するかもしれませんね、確かに」

　桐ヶ谷があっさり頷くと、男は真っ白いマスクを動かしながら先を続けた。

「まず児童相談所なんかに保護されれば、著しく学業に差し障《さわ》りが出る。連中にとっては、娘の将来なんか知ったことではないからね。わたしは娘に何不自由のない環境を提供している。それなのに、あなたはわたしが娘を虐待していると言っているわけだ」

「それ以外に何があるのか教えてもらいたいぐらいですよ」

「躾《しつけ》と教育だ。なんでもかんでも虐待だと騒ぎ立てる今の風潮はどうかしているよ。娘が恥ずかしくない人生を送るためには、今がいちばん重要な時期なんだ。レベルの低い者に合わせる日本の教育が、どれほどの損害を国に与えるのか考えたこともないだろう。あなたがやっているのは偽善だよ。安っぽい正義感で子どもをそそのかすのはやめなさい」

親子にそろって偽善と言われたことに、桐ヶ谷は苦笑いを浮かべた。そしてこの男は頭脳明晰《めいせき》なのだろうが話が通じず、想像力もないに等しいことがよくわかった。ある意味では娘のことをだれよりも真剣に考えている父親だ。しかし倫理観が機能しておらず、考え方をあらためさせることはまず不可能だ。

桐ヶ谷はトートバッグからスマートフォンを出してテーブルに置き、おもむろに音声ファイルを再生した。とたんに聞くに堪えないほどの罵詈《ばり》雑言《ぞうごん》や言葉の暴力の音が流れ出し、向かいにいる男の眉根がぎゅっと寄った。

「この音声と診断書、それに娘さんを連れて警察へ出頭します。あなたになんらかの猶予を与えるつもりはありません。今日はそれを断りにきた次第です」

「恫喝《どうかつ》のつもりか？」

「いいえ、虐待の通報は市民の義務なんでね。娘さんは耐え難い苦痛を強いられていて、家から出ることを望んでいる。今まで両親から受けたおぞましい仕打ちは、詳細な日記に残しているそうです」

男は前のめりになってテーブルに手をつき、上目遣いに桐ヶ谷を睨みつけた。

「縁もゆかりもない赤の他人が勝手なことをするな。今の時期のごたごたは娘に悪影響を与える。しかも警察だって？　娘の経歴に傷がつくだろうが！」

「ご自身の地位や経歴はかまわないんですか？」

「そんなものはどうにでもなる。だが十五の娘は致命傷を受けることになるんだぞ。物事の上辺《うわべ》だけを見て娘の人生をひっかきまわすな！　あんたは娘を助けたつもりだろうが、実際は奈落《ならく》に突き落としていることに気づかんのか！」

声を荒らげる父親と相対した。この男が心から娘を案じていることは間違いない。過去に教師や児童相談所の職員が、彼に言いくるめられている場面が見えるようだった。根底には歪んだ親の愛情があふれており、娘のためを思う気持ちに偽りはないからだ。暴力をふるっても、将来的に学歴や経歴が娘を幸せにするという価値観を疑っていない。

桐ヶ谷は診断書をトートバッグにしまい、先ほどから流れている不愉快な暴言の音声を停止した。

「娘さんはすでに心に致命傷を受けている。早急な治療が必要な状態なんですよ。失礼ですが、あなたにもカウンセリングが必要に見えます」

「知的レベルが違いすぎると、こうも話にならないのか」

「そのようですね。僕はどんな手を使ってもあなたを妨害します」

憎悪や嫌悪の表情を浮かべる男に一礼し、桐ヶ谷は部屋をあとにした。


ウイルスの蔓延《まんえん》のせいか、キャンパス内は閑散としている。桐ヶ谷は校舎を出てイチョウ並木を歩きながら、スマートフォンの登録番号を押した。留守番電話につながるだろうと思っていたが、珍しく三回目の呼び出しでだみ声が耳に入った。

「ああ、桐ヶ谷さん。どうも、どうも。今さっき大学教授から電話がかかってきたんだけどねえ。南雲という刑事に取り次げって、それはそれはものすごい剣幕でね」

「すみません、勝手に南雲さんの名前と所属を出してしまいました。そうしないと会ってもらえない状況だったもので」

桐ヶ谷はスマートフォンを耳に当てたまま頭を下げた。そしてイチョウ並木を逸れて、落ち葉の積もる木製のベンチに腰掛ける。

「先方は、こんな捜査は不当だし無効だと息巻いていたよ。桐ヶ谷さん、あなた何をやったの？」

「少女と話をしました。父親からの暴力を確認して、彼女から助けを求める言葉も聞いています。父親には診断書と暴行時の音声を提示しましたよ」

決定的な証拠を目《ま》の当たりにしても、父親はほとんど動じなかった。信念をもって暴力に訴えていたわけで、あの男を改心させるのは無理だと思われる。

「おそらく、父親は法的手段に出ると思います」

「そうだろうねえ。子どもを虐待している意識がまるでない」

「ええ。ただ時間なら余るほどあるし、僕は地位も名誉ももたない人間なので、たとえ訴えられても暮らしに変化はないと思います。雑用は多少増えますが」

南雲はこもった笑い声を漏らした。

「暴行、傷害、強要。少なくともこの三つで虐待は立件されるだろう。少女を診察した医師からの通報はすでに入っている。両親とも取り調べられるし、子どもは保護されるよ」

ひとまず少女の身の安全は確保されたが先のことはわからない。交換殺人を計画した少女たちは、いずれ親許に戻される日がくるからだ。そこでまた同じことが繰り返されれば、彼女らは抗《あらが》う心を失うだろう。

問題の難しさをあらためて嚙み締めていると、南雲が唐突に言った。

「桐ヶ谷さん。あなた何か僕に隠してない？」

「え？　いや、何も……」

うろたえるほど反応してしまい、桐ヶ谷は急いで咳払いをした。

「ええと南雲さん。あと二件ほどお名前をお借りしてもいいですか？　おそらくまた電話がかかってくると思いますが、ご迷惑は今日程度に収めるつもりでいますので」

すると南雲は割れるような笑い声を上げ、桐ヶ谷は思わずスマートフォンを耳から離した。

「当然、見返りは求めるよ。未解決事件はまだ山のようにあるからね。僕とのコンビ解消の件、もうなかったことにしていいんでしょ？」

桐ヶ谷も笑った。そしてまた連絡する旨を伝えて通話を終了した。まだ終わっていないことがある。ベンチから立ち上がって伸びをしたとき、しまったばかりのスマートフォンが着信音を鳴らした。画面には知らない番号が表示されている。

「もしもし？」

桐ヶ谷が通話を開始すると、電話の向こう側で息を呑むような気配がした。そして消え入りそうな声が聞こえる。少女からだった。

「あの、電話してすみません」

「問題ないよ。きみのお父さんとは話をしたからね。きみはこれから僕と警察へ行く。異論があるなら言ってほしい」

　少女はしばらく黙り込み、小さな声で答えた。

「異論はありません。ただ、ひとつだけお願いがあります。わたしの友だち、交換殺人をしようと決めた友だちも助けてほしいんです。あの子たちを放っておくことができなくて……」

「もちろん、彼女たちを放っておくことはしない。僕が責任をもつから、心配しなくていいよ」

　桐ヶ谷はゆっくりと、しかし毅然《きぜん》として言った。過去にも今ほどの勇気と決意があれば、子どもたちの人生はまだ続いていたはずだ。が、それを悔《く》やむことをやめるときがきたのかもしれない。

　少女は言葉を選ぶようにゆっくりと喋った。

「昨日、あなたが止めてくれなければ、わたしは人を殺していました。正直、今でも殺しておけばよかったと考えるんです。そうすれば友だちが心から安心できるかなって。わたしはおかしくなっていると思いますか？」

「思わないよ。そこまで追い込まれていたんだなとは思う。でももう、きみやきみの友だちの人生を狭めることはやめてほしい。そしてもうひとつ」

桐ヶ谷は言葉を切って、深く息を吸い込んだ。

「きみたちが交換殺人を計画したことは、僕以外のだれにも言わないで」

彼女は再び考える間を取り、ぼそぼそと聞き取りづらい声を出した。

「あなたはどうしてわたしを助けようとするんですか？　わたしに何が起きても、桐ヶ谷さんにはなんの関係もないのに」

少女の桐ヶ谷に対する疑いはまだ晴れないらしい。桐ヶ谷は歩きながら微笑《ほほえ》んだ。

「その答えは昨日きみが言ったよ。ああ、ロリコンってとこだけは違うけどね」

そう返すと、少女は控えめな笑い声を発した。まだ問題は山積みだが、彼女がたどたどしくも笑えたことに桐ヶ谷はひとまずほっとしていた。

キラー・ファブリック

1

桐ヶ谷京介は開け放たれている殺風景な会議室の窓へ目をやり、今にも雨を落としそうな鈍《にび》色の雲に目を細めた。無彩色のくすんだ空は陰気なことこのうえなく、そこに響きわたるカラスの鳴き声が十一月の薄ら寒さを加速させている。少し前まで蒸し暑い陽気が続いていたが、季節は駆け足で冬へと移り変わっていた。

「さてと。二人とも今日はご苦労さん。業務委託の内容は、いつものように書類に目を通しておいてちょうだいね」

杉並警察署警部の南雲隆史が、緊張感のないいつもの調子で目尻を下げた。丸い赤ら顔にはずり落ちたマスクが着けられ、ネクタイをだらしなく緩めてパイプ椅子にもたれている。着古された茶色のジャケットはシワだらけで、ここ数日間の彼の行動がはっきりと読み取れるほどだった。肘《ひじ》の内側に刻まれた深い折りジワと胸のあたりにある横ジワを見る限り、デスクワークに忙殺されていた様子が窺える。そしていつものごとく、頑固な偏頭痛にも悩まされているのだろう。眉間には三本のシワが走り、目の下にある濃いクマが人相をひときわ悪くしていた。

「南雲さん。以前にも言いましたが、頭痛外来で体に合った薬を処方してもらったほうがいいですよ。市販の薬を飲みすぎていませんか？　薬物乱用頭痛というやつです。効きが悪くて一日じゅう頭痛の影につきまとわれているように見えますが」

南雲はつぶらな目をぱちくりさせ、マスクをつまんで定位置に戻した。そして首の後ろ側に手をやった。

「またズバリと事実を指摘してくるねえ。襟の後ろに例のシワが出てる？　首を反らしたときに現れる偏頭痛ジワだっけ？」

「ええ、それもはっきりと出ています。肩凝りと背中の張りが強いので、まずは軽い運動とゆっくり湯船に浸かることをお勧めしますよ。それと……」

そう言いかけた桐ヶ谷を手を上げて遮り、南雲は先まわりして宣言した。

「右下の親知らずはこのまま温存することにしたよ。虫歯でもない健康な歯を引っこ抜くなんてのは狂気の沙汰《さた》だからね。桐ヶ谷さんはいつも抜歯しろと言うけども、聞くところによれば親知らずを抜いた人間が死亡した例がいくつもあるらしいじゃないの」

抜歯を心底恐れている南雲は、都合のいい情報だけを採用して現実から逃避することに決めたようだ。すると隣に座っている八木橋充巡査部長が、上司をしげしげと見つめて軽い調子で言った。

「今の時代、抜歯程度ではそう簡単に死にませんって」

「いや、そんなことはだれにもわからない。だいたい、僕の親知らずは埋まってるような状態なんだよ。抜こうにも抜きようがないわけだ」

「問題はありません。変死体の歯の治療痕に、親知らず抜歯痕が残されてるのもよくあるじゃないっすか。室長と同じ右下の奥は、歯を切断しながらの抜歯になることがほとんどだって解剖医が言ってましたよ。当然歯茎《はぐき》を切開するんで、その特徴から身元の特定が早いのもこのタイプです。つまり、よくある簡単な手術なんですよ」

なんのフォローにもなっていないし、これでもかというほど抜歯の恐怖を煽《あお》っただけではないか。長身の八木橋はいつも通りトレーナーにジーンズというラフな格好で、言われなければ刑事だとわからない端正な顔で無邪気に笑っている。そんな彼を眺めていた水森小春が、桐ヶ谷の隣で頬杖《ほおづえ》をつきながらズバリと指摘した。

「八木橋さんってどっかおかしいよね。前から思ってたけど、今確信に変わったわ」

さも困惑しているという表情を作った八木橋に、小春はなおも言い募《つの》った。

「まあ、その心のなさが刑事向きだとも言えるけどさ。誤解しないでね、これは褒《ほ》め言葉だから。桐ヶ谷さんもそう思ってるよね？」

もちろん思っていないし、ややこしい話を急に振らないでもらいたい。桐ヶ谷は咳《せき》払《ばら》いをして場の空気を戻し、長机の上で手を組んだ。

「ところで、今日の依頼は十六年前に起きた事件だと聞きましたが」

未解決事件の捜査に協力するのはこれで三回目となるが、まったく慣れることができない。前日からそわそわと落ち着かなくなったし、事件の詳細を聞いてもうろたえないように過剰なほど身構えている始末だった。

南雲は地肌が透《す》けて見えるほど薄くなった髪を撫《な》でつけ、ブルーのファイルを八木橋のほうへ滑らせた。

「今から十六年前、平成十七年の十月に起きた事件だ。これがちょっと複雑でね。僕は未だに事件か事故かを決めかねているんだよ。そこで、きみらの意見を聞いてみようと思い立ったわけだ」

「興味深いですね。十六年間もずっと決めかねていたんですか？」

「そういうことになる。まあ、捜査課としては事故だろうとの見解だった。被害者の主婦は食べ物にアレルギーをもっていて、直接的な死因はそれだからね」

南雲は窓から吹き込む冷たい風に目を細め、小さく息を吐き出した。

「被害者は皆口弘美《みなくちひろみ》、死亡当時三十七歳」

そう言うやいなや、八木橋は一枚の写真をすっと差し出してきた。中途半端に長い髪を無造作にひっつめ、そばかすの散った浅黒い顔に化粧気はない。美容には興味がないのか、それとも余裕がないのかはわからないが、一切の飾り気がなく三十七という年齢には見えなかった。肌荒れがひどいのも手伝って、どこか荒《すさ》んだ印象を植えつけてくる女性だ。

「彼女は幼いころから蕎麦《そば》アレルギーがあったそうだ」

南雲が写真に目を落としながら先を続けた。

「死因はアナフィラキシーショックによる窒息《ちっそく》で、これは見た目にも明らかだったということだ。現場へ行った監察医が断言していたよ。外傷はなく、かっと目をみひらいた状態のすさまじい死に様《ざま》だったからね」

「考えただけでもぞっとするよ」

小春は眉根《まゆね》を寄せて首を左右に振り、すぐさま真っ当な疑問を口にした。

「アレルギーが死因だと確定していたのに、警察はなんで事件性を疑ったの？」

南雲はなぜかその質問には答えず、曖昧に頷くだけにとどめた。

「第一発見者は被害者の夫、皆口正信《まさのぶ》、当時四十二歳だ。会社から自宅マンションに帰ってみると、居間で倒れている妻を発見した。すぐに救急車を呼んだが、そのときはすでに死亡していたというわけだ」

「ここまでを聞く限り、おかしな点はないように思えますね」

桐ヶ谷の率直な意見に、南雲はわずかに肩をすくめてみせた。

「とにかく、被害者の夫が納得しなくてね。妻の弘美は重度の蕎麦アレルギーで、口に入れるものには細心の注意を払っていたそうだ。食べる前には必ず原材料を確認していたし、危険だという理由で外食もほとんどしなかった。そんな妻が、不用意に蕎麦を口にするようなことは考えられないとね」

「なるほど、そこまで徹底していたと……」

桐ヶ谷は再び写真へ目をやった。

「この女性は補助治療剤を携帯していましたか？　僕の知り合いにもいるんですが、重度のアレルギーをもっているので常に持ち歩いているんですよ。薬がないと落ち着かないと言ってね」

「ああ、薬ね」

南雲が八木橋に顔を向けると、すぐに「エピペンです」と名称を答えた。

「そうそう、エピペン。この薬は、台所にある棚の引き出しにしまっていたそうだ。それにいつも持ち歩いている鞄《かばん》の中にもひとつ入っていた。使われた形跡はないよ」

「そこまでたどり着けなかったということでしょうか」

桐ヶ谷は腕組みをした。おそらく、アレルゲンを摂取してから症状が出るまでの時間が短かったということなのだろう。しかし、過去に強烈なアレルギー反応の経験があるなら、なおさら収納場所には神経を使いそうなものだ。となるとやはり、自宅は安全という油断が招いた不幸な事故という警察の見解は間違っていないように思える。

桐ヶ谷がひとつに束ねた髪を後ろへ払うと、その仕種《しぐさ》を目で追っていた南雲が口を開いた。

「死亡時に第三者が家にいた証拠はなし。事故以外の結論が下せなかったヤマだ」

「でも、南雲さんは未だに事件性を疑ってるんでしょ？」

小春がそう切り返すと、南雲はひとしきり考え込んでから難しい顔をした。

「被害者の自宅からは第三者の毛髪や指紋が出たが、その中に登録されているものはひとつもなかった。状況におかしな点は見当たらなかったんだよ。でも、とにかく被害者の夫が納得しなくてねえ」

「それは無理もないと思います。朝元気だった妻が夜には冷たくなっていたわけですから。ところで、ひとつ質問してもいいですか？」

桐ヶ谷が南雲と目を合わせると、丸顔の警部は肉づきのいい手を向けて「どうぞ」と発言を促した。

「警察という組織は、遺族が納得しなければ即座に再捜査をしてくれるんですかね。これは個人的な見解ですが、それほど柔軟でフットワークの軽い集団とは思えませんが」

桐ヶ谷の皮肉めいた言葉に南雲はふふっと空気の抜けるような笑い声を漏らし、マスクの位置を直してから長机に肘をついた。

「よほどのことがない限り、一度出した結果は覆《くつがえ》らないよ」

すると小春が訳知り顔で頷いた。

「そりゃそうだよね。だからこそ、変死で片付けられた九割は殺人だっていうのが世の常識になってるんだからさ」

「そんな都市伝説を信用しなさんな」

南雲は軽口を叩く小春をねめつけた。

「我々の捜査に納得のいかなかった被害者の夫が、妻の病理解剖を決行したんだよ。自費でね」

「つまり、遺族がおこなった病理解剖で何かが発覚したと？」

桐ヶ谷が間《あい》の手を入れると、南雲はため息混じりに首を横に振った。

「外傷がなく、毒薬物検査も陰性だった。アナフィラキシーショックによる窒息死を裏付ける結果だったよ。ただ、皆口弘美は死ぬ直前にコーヒーを飲んでいたことがわかったんだ」

「コーヒー？　それがアナフィラキシーショックの原因だと？」

「いや、もちろん違う。胃袋から出たのはただのコーヒーだから」

桐ヶ谷は素早く考えを巡らした。

「ええと……今日の南雲さんはどこか歯切れが悪いですね。今までの話を聞いても、警察が再捜査をする決定打は何もないと思うのですが」

「あなたは我々をよくわかってるじゃないの。まず、事実として被害者はコーヒーを飲んでいた。自分専用のマグカップでね。問題になっているのは、台所の洗いカゴの中に客用のコーヒーカップがあったことだ。洗った状態でね」

南雲が机を指でとんとんと叩くと、八木橋が台所の写真を机の上に置いた。花模様のカップと受け皿が、洗いカゴの中に伏せられている。来客があったことを想像させるにはじゅうぶんだが、ただそれだけの物証だ。

八木橋は続けざまに写真を並べていった。居間とおぼしき部屋には正方形の小さなテーブルが置かれ、チェック柄のクロスがかけられている。被害者のものらしきマグカップが床に転がっているのが確認できるが、それよりも、写真に写る尋常ではないほどのクマのぬいぐるみに目が釘《くぎ》づけになった。八畳ほどの部屋に、所狭しとぬいぐるみが飾られている。しかも花柄やチェックやストライプやレースや、ありとあらゆる生地で作られているものだから、その情報量の多さに頭が混乱するほどだ。

思わず写真から目を離した小春も、目頭を指で押しながら再び写真を見据えた。

「うん、まあ、この人はテディベアが大好きだったんだね。こういうコレクションって、集めたり作りはじめたりすると飽きるまで終わらないからさ。気持ちはわかるよ」

小春の言うように気持ちは理解できるものの、家主は隙間なく物を置くことで空間のバランスを取ろうとする感覚の人間だったらしい。

桐ヶ谷が手作りであろうぬいぐるみ群に目を奪われているとき、南雲は写真に写るテーブルの脇を指差した。

「皆口弘美は、ここに倒れていた」

周囲の物と同化して見過ごしてしまいそうだが、被害者が倒れていた場所にあったテディベアが派手になぎ倒されている。よく見れば広範囲にわたって乱れがあり、この場所で苦しんだであろうことが見受けられた。

「被害者の夫によれば、通帳や財布、貴重品なんかはそのまま残されていたそうです。居間以外の部屋も荒らされた形跡はなし」

八木橋が書類を繰りながら端的に言った。すると南雲が桐ヶ谷と小春を順繰りに見やり、パイプ椅子に座り直した。

「一応聞くけども、この部屋を見て何か気づいたことはある？」

「特別ありません。というより、ぬいぐるみが多くて写真ではよくわかりませんね」

南雲は小さく頷き、小春に顔を向けた。

「あなたは？」

「桐ヶ谷さんと同じ。被害者の女性がテディベアが大好きだったことと、カントリースタイルに憧れてたことはよくわかった。女子ならだれもが一度は通る道だから」

「ほう。女子はみんな田舎暮らしに憧れるわけかい？」

「いや、直訳しないでよ。日本でカントリーといえばアーリーアメリカンだね。アメリカが独立する前に流行ってた建築様式と雑貨は、今でも根強い人気があるんだよ。ロッキングチェアとかパッチワークとかパイン材の家具とか、素朴であたたかみがあって嫌味がないからね」

南雲は小春の言葉をじっくりと吟味し、一枚の写真を二人の前に置いた。

「そのカントリースタイルとやらにこれは関係ある？」

写真に写し出されているのは、メジャーに載せられた黒ずんだ小さな塊《かたまり》だった。干からびたような窪《くぼ》みがあり、大きさは一センチにも満たない。桐ヶ谷と小春がそろって疑問符を頭に浮かべたとき、南雲は充血した目をしばたたいた。

「これはトウモロコシの粒なんだけどね」

「トウモロコシ？」

「そう、トウモロコシ。これが現場に一粒だけ落ちていたそうだよ。被害者の夫が見つけたんだ」

これは意味がわからない物証だ。桐ヶ谷が無言のまま先を促すと、南雲はふうっと息を吐き出した。

「皆口弘美の案件は事故死だと結論が出ていたし、干からびたトウモロコシを署に持ち込まれても困るわけだ。客観的に見ても、事件の証拠である可能性は極めて低いからね。遺族には丁重に説明してお引き取り願ったんだが、彼は納得しなかった。このブツを民間の法科研に持ち込んだよ。DNAやら何やらを検査するために」

「もしかして、その検査で決定的な証拠が出たの？」

小春が思わず身を乗り出したが、南雲はどうも歯切れが悪く首を傾《かし》げた。

「決定的な証拠というより、さらに事が複雑化したと言えるねえ。ええと……」

南雲は書類に手を伸ばして引き寄せ、内ポケットから取り出した老眼鏡をかけた。

「このトウモロコシは複雑交雑されたものであり、そもそも現代の農作物ではない。おそらく一九五〇年前後のアメリカで生産されていた種ではないかと推定される」

「何それ。一九五〇年前後？」

「確かにこれはさっぱりわけがわかりませんね」

桐ヶ谷が相槌《あいづち》を打つと、南雲は苦笑いを浮かべた。

「事件発生からおよそ一年後、協議の結果事件と事故の両面から再捜査されることになった。そのときに再度トウモロコシも詳しく分析したんだが、日本には輸入されたことのない種だということがわかったんだよ。そんなものがひと粒だけ現場に落ちていたわけだ」

四人はひとしきり黙り込んだ。何もかもがばらばらでつながらず、決定的な証拠はひとつもないのにある種の違和感だけが膨らんでくる案件だ。遺族が納得できないのも当然だと言えた。

南雲はマスクの上から顔を両手でごしごしとこすった。

「結局は何の進展もないまま十六年が経った。今回の件はきみらにとっても無理難題だとは思うんだが、被害者の夫の執念に根負けするところがあってねえ」

マスクを着け直した南雲は、疲労の色をにじませた。

「被害者の夫は、十六年前から妻は何者かに殺されたと訴え続けている。週末には駅前でチラシを配ったり情報提供を呼びかけたり、今はネットでも活動をしているよ。再婚もしないでひたすら犯人を捜しているんだ」

十六年もがむしゃらに行動し続けた遺族の強い気持ちが胸に迫り、桐ヶ谷はなんともいえない切なさが込み上げた。事故でも事件でも、納得できる結論が出ない限り時は止まったままなのだろう。

桐ヶ谷は大きく息を吸い込んで胸の疼《うず》きを吹き飛ばした。

「概要はわかりました。皆口弘美さんが着ていた衣類を見せてください」

その言葉と同時に、八木橋は段ボール箱の中から衣服を取り出しはじめた。

2

被害者が死亡時に着ていた服は、どれも古びてお世辞にも質がいいとは言えないものだった。大きめのパーカーは細かい毛玉で覆われ、幅の広いジーンズも生地が薄くなって完全に膝《ひざ》が抜けてしまっている。しかしリメイクに挑戦した痕跡がそこかしこにあり、あまりうまくはないながらも針仕事を楽しんでいた日常が窺えた。

「被害者の女性は手芸が趣味だったようですね」

桐ヶ谷がだれにともなく言うと、南雲も頷いた。

「交友関係も趣味で縫い物をする仲間がほとんどでね。みんな主婦だよ」

「手芸サークルみたいなもんか……」

小春が着衣をじっと見つめながら神妙につぶやいた。桐ヶ谷はねずみ色のパーカーを引き寄せ、全体にざっと視線を走らせた。ひと目見たときからわかっていたことだが、このパーカーには激しいアレルギー反応を起こした十六年前が残酷なほどはっきりと記録されている。目を背けたくなるほどだった。

桐ヶ谷はパーカーを手にしながら小さく吐息を漏らした。

「胸から襟許《えりもと》にかけてかなりのダメージが見られます。波打つような細かい横ジワが走っていますが、これは繰り返し引っ掻《か》いたときに起こる痕跡ですね」

するど小春が身を乗り出し、パーカーの襟許に顔を近づけた。

「確かにあるね。しかもひとつやふたつじゃない」

「そう。これは被害者女性が呼吸困難で苦しんだときに、襟許を掻きむしった痕跡だと思います。地の目が歪《ゆが》んで縦方向に伸びてしまっていますから、かなりの力が加わっている。このレベルだと、体にもなんらかの傷が残されていたと思いますが」

そう言うやいなや、八木橋は書類の束をめくって該当箇所で手を止めた。

「桐ヶ谷さんのおっしゃる通り、鎖骨から胸にかけて十二個の擦過傷《さっかしょう》があったようです」

どれも血がにじむほどの傷だったはずだ。生地を握り締めたときに起こるねじれるような伸びは、かなりの力が加わったことを物語っている。ペンライトで生地を照らした八木橋は、眉根を寄せてごくりと息を呑み込んだ。

「信じられません……本当に無数の痕が残されています。とても十六年前のものとは思えませんよ。昨日つけられたと言われても疑わないほどはっきりしています」

「ええ。素材にもよりますが、布地に刻まれた痕跡が自然に消えてなくなるまでにはかなりの時間が必要なんですよ」

「というと、十六年前でこれなら、だいたい消えるまで四、五十年ぐらいはかかるとみていいっすか？」

「エジプトで発見された古代人の衣服には、着用当時のシワがうっすらと残されていましたよ。四千二百年以上も前のものですが」

八木橋は目を丸くし、すかさず桐ヶ谷の言葉をメモ帳に書き記した。

「被害者の女性は気道が腫《は》れて息ができなくなったんでしょう。エピペンを取りにも行けなかったということは、血圧が急低下して動くこともできなくなったのかもしれない。考えたくはないですが、衣類のシワから見えるのは猛烈な窒息です」

険しい面持ちで耳を傾けていた小春は凄絶《そうぜつ》な最期を想像したようで、ぶるっと体を震わせた。すると先ほどからむっつりと腕組みしている南雲が、くたびれた衣類に目を据えながら口を開いた。

「被害者は想像を絶するほど苦しんでのたうちまわったというわけだね。確かに、赤く腫れ上がった死に顔は人相がわからないほど歪んでいたよ」

その光景をあまり鮮明に想像しないよう、桐ヶ谷は被害者が着ていたジーンズに手を伸ばした。すると八木橋が書類に指を這わせながらわかっている事実を補足した。

「そのジーンズは、遺留品を一度返却したときに遺族が洗濯しています。死亡時に失禁していたようで、そのままにはできなかったということでした」

桐ヶ谷は生々しい事実を耳に入れつつ、ごわごわした洗いざらしのジーンズを検分した。布地に水が通されると、ほとんどの場合シワは上書きされてしまう。特に綿は縮んで地の目が整うために、洗濯でついたシワなのか人がつけたものなのかの判別ができなくなってしまうのだ。このジーンズはシワやダメージが多すぎて新旧の判別がつかなかった。

「申し訳ありませんが、これは洗濯されているので見極めが難しいです」

続けてパーカーの下に着ていたと思われるTシャツを調べ、次に赤いチェック柄の巾着袋《きんちゃくぶくろ》を引き寄せた。そして目を落とした瞬間、頭の中で弱い警鐘が一度だけ鳴った。

桐ヶ谷は手作りらしき巾着袋を食い入るように見つめた。直線縫いだけの単純な作りであり、口を絞《しぼ》るための紐《ひも》が長く伸びていた。

「この袋には何が入れられていたんですか？」

巾着袋に目を落としながら問うと、八木橋は小さなビニール袋をさっと滑らせてきた。中身は補助治療剤のエピペンと処方薬、そして市販の鎮痛剤などの薬だ。桐ヶ谷は巾着袋を裏返し、細かい縫い目を凝視した。紐を通してある端の部分が裂けている。生地の目は斜めに流れており、対角線上の袋の底にも二つの小さな穴が開いていた。

「何か見つけたのかい？」

南雲がわずかに身を乗り出し、桐ヶ谷はさらにじっくりと検分してから顔を上げた。

「この巾着は部屋のどこにありましたか？」

「ちょっと待ってください……」

即座に反応した八木橋が書類をばさばさとめくり、部屋の写真と見比べながら声を出した。

「この写真では見切れていますが、ホトケが倒れていたちょうど反対側に落ちていました。ここですね」

四角いテーブルの端を指差した。

「テーブルを挟んだ反対側です。くだものなんかも下に落ちていますし、苦しんでもがいたときにこれも落ちたのかもしれませんね」

「いや、これは自然に落下したものではありません。僕にはだれかが放り投げたように見えますよ」

「だれかが放ったって、そんなことまでわかる痕跡があるの？」

小春がたまらず口を挟み、桐ヶ谷は頷いた。

「放り投げた痕跡というより、この巾着を摑《つか》んで争った痕《あと》だね」

するといささか声をうわずらせた南雲が、両手を上げながら首を横に振った。

「いやいや、ちょっと待ちなさいよ。まさかとは思うが、被害者がアレルギー反応に苦しみながらエピペンを出そうとしたとき、それを奪い取ってぶん投げたやつがいるとあなたは言いたいの？」

「はい。どの時点で奪ったのかはわかりませんが、状況から見れば南雲さんの言う通りのような気がします。ここを見てください」

桐ヶ谷は手縫いで作られた巾着袋を三人の見える位置に置いた。

「よくある紐で絞る仕様ですが、斜め上方向にかなりの力がかかったために口の部分が裂けています。わかりますか？」

ポケットから仕事道具のルーペを取り出した小春は、紐の出ている箇所を拡大して見つめた。

「ホントだ。チェックだからわかりやすいけど、斜め方向に生地がかなり歪んでるね」

「そう。『斜め方向』というのがポイントですよ。裂けた口の対角線上にも、引っ張ってできたような小さな穴がありますので」

「てことは、こういうことですかね。一方は口のあたりを持って引っ張り、もう一方は袋の底を持って引っ張ったと」

「そういうことです。底にある小さい二つの穴は、爪が食い込んだせいで繊維がたわんだんでしょう」

三人に目をやると、南雲がどこか腑《ふ》に落ちないような顔をした。

「たったそれだけで、なぜ二人の人間が袋を引っ張り合ったと言えるのかね。そのあたりを説明してもらえる？　理由はともかく、ひとりで思い切り引っ張ったのかもしれないわけじゃない。こんなふうに」

そう言った南雲は、くしゃくしゃのハンカチをポケットから引き出した。そして角を持ってぎゅっと引っ張ってみせる。

「だいたい二人で引っ張ったんなら、もっと盛大に破れそうなもんだ。ハンカチだってこのまま力をこめれば簡単に裂けるはずだよ」

「ええ。じゃあ、やってみてください」

桐ヶ谷が無邪気に微笑《ほほえ》むと、南雲は一瞬だけきょとんとしてからハンカチを引き裂かんばかりに渾身《こんしん》の力を入れた。もともと赤い顔がみるみるうちに真っ赤になり、歯を食いしばったせいで額には血管が浮き出してきた。ハンカチはまるで紐のように細くなってぴんと張り詰めていたが、いくら時間をかけても裂ける気配がない。やがて南雲は限界を迎え、息を上げてむせ返った。

「いやはや、なんだいこれは……。こんなに薄っぺらいハンカチ一枚破くこともできないとは、僕の腕力も落ちたもんだ」

「南雲さん、それが自然界の摂理なんだよ。人はみな老いぼれて死んでいく。復活できるのはゲームの中だけ。現実は悲しいね」

「いや、小春さん。老いとこれは関係ないから。ましてや死とも関係ないし」

桐ヶ谷は小春の不適切な発言を即座に訂正し、ことのほか気落ちして見える南雲に慌てて声をかけた。

「これは腕力の問題じゃないんですよ。布地というのは斜め方向の力には強いんです。織りの特性上、縦横方向にはすぐ裂けますが、斜め、いわゆるバイアス方向は地の目が伸びてエネルギーが分散されるのでかなりの力がかからないと裂けません」

桐ヶ谷は巾着袋を取り上げた。

「これは裂けた形状を見ても、引きちぎられるという表現がぴったりだと思います。生地の織り糸が極限まで引き伸ばされて、耐えきれなくなった結果ぶつりと切れた」

「ということは、被害者が最後の力を振り絞って何者かから袋を守ろうとした。エピペンを打たなければ死ぬと確信していたわけですね。そして、その場にいた人間もそれを理解したうえで奪い取った」

八木橋の仮説に桐ヶ谷も同意した。

「直接揉《も》み合ったり争ったりした形跡がないのは、すでに被害者女性にアレルギー反応が起きて倒れていたからかもしれません。そして袋の中からなんとかエピペンを出そうとしたとき、その場にいたもうひとりが阻止しようとした。生地の損傷から、抱え込んだ巾着袋をむりやりむしり取って放り投げたのだと思います」

おそらくはずしてはいないだろう。目の前で苦しんでいる人間を見下ろし、必死に薬を出そうとする被害者から力ずくでもぎ取った光景が浮かんで背筋がぞくりとした。テーブルの反対側にすら薬を取りにいけないほど症状は深刻で、おそらくは被害者は犯人に懇願したはずだ。助けてください、薬を取ってくださいと。

桐ヶ谷は口の中が苦くなったように感じ、ごくりと喉を鳴らした。アナフィラキシーの症状が出るまでは、犯人と和《なご》やかに談笑していた光景が頭に浮かんだ。

桐ヶ谷はトートバッグからペットボトルの水を出して、半分まで一気に喉へ流し込んだ。そしてマスクを着け直していると、新しい事実に困惑している様子の南雲と目が合った。

「被害者の皆口弘美が恨まれていたという証言はゼロ。仲間内でいざこざはあったようだが、言ってみれば子どもじみた喧嘩で殺人に発展するような性質のものではない。桐ヶ谷さんの見立てから想像できる犯人像はまさに鬼畜だが、被害者はそこまでの悪意を引き寄せる性格ではなかったはずなんだ」

しかし、細胞のひとつひとつが皆口弘美への憎悪で満たされていた人間が存在したのだろう。しかも被害者が心を許している近しい人間が、強烈な殺意を胸に秘めていた。

南雲は丸めたハンカチで額の汗をぬぐい、再びポケットに戻した。

「事件を想定した現場検証が遅れたことで、多くの物証が失われたことは間違いない。一年後に再捜査になったはいいが、あっという間に迷宮入りだよ。そして十六年が経った今、桐ヶ谷さんは巾着袋を見ただけで第三者の存在をほのめかしてくる」

南雲はふふっと低い笑い声を漏らした。

「あなた方には一度被害者の夫に会ってもらいたい。我々の捜査がほとんど停滞していた十六年間、あの男は一日も休まずに情報提供を呼びかけていたからね。一昨日も南阿佐ケ谷の駅前でチラシを配っていたそうだ」

「素直にすごいとしか言えません」

「そうだねえ。我々も定期的に街頭での呼びかけはやってきたが、実のある情報はひとつも手に入れられなかった。遺族も同じだが、彼は事件の解決を疑っていない」

南雲はいささか申し訳なさそうにそう言い、伸び上がって首や肩関節を鳴らした。

3

被害者の夫である皆口正信が住むマンションは、成田東《なりたひがし》六丁目にあった。もとは白かったであろう外壁は灰色にくすみ、雨水が垂れた痕が幾筋も黒く沈着している。相当古い建物なのだろう。ベランダにある柵《さく》は所々錆《さ》びて赤茶け、冴えない曇天《どんてん》をさらに憂鬱《ゆううつ》なものにしていた。

「お待ちしていました。今日はご足労いただきましてありがとうございます」

白髪《しらが》交じりの頭を深く下げた男に桐ヶ谷と小春は恐縮し、あたふたとお辞儀をした。事件当時四十二歳だった彼も、現在はもう還暦間近だ。小柄で骨張った体には無駄な脂肪が一切なく、なめし革にも似た黒い顔には折りたたまれたようなシワが寄っている。地味でかまわない服装が年齢よりも上に見せているが、突出気味の目には力強さがあった。桐ヶ谷と小春のことはすでに南雲から説明を受けているはずで、食い入るように見つめてくる目には少なくはない期待がこめられている。

「わざわざ外で出迎えていただかなくても結構ですよ。皆口さんはいつもそうしてくださいますが」

南雲が苦笑いしながら言うと、皆口は硬そうな白髪を振り乱して首を左右に振った。

「いいえ、わたしにはこんなことぐらいしかできませんから」

男は強いまなざしのまま言い切った。ほとんど迷宮入りしているのは承知しているだろうが、嫌味や皮肉ではなく心から出た言葉なのはよくわかった。

「早速ですが、部屋へどうぞ」

皆口は古びた建物へ手を向け、薄暗い階段を前のめりになって上っていった。四階建てのマンションにエレベーターはないらしい。寸詰まりの階段や踊り場には綿埃《わたぼこり》が吹き溜まり、コンクリート剝《む》き出しの壁にはいくつもの蜘蛛《くも》の巣が張っている。このマンションは十六部屋ほどあるはずだが、空き室が多いのだろうと察しがついた。

南雲は禿《は》げ上がった額に汗を光らせ、ビール腹を揺らしながら体を持ち上げている。痩せると宣言してからもうかなりの日が経つけれども、未だ見た目に変化は表れていない。五人は薄暗い階段を四階ぶん上がり、皆口は正面にある色褪《いろあ》せたドアを開けて訪問者を招き入れた。

「狭苦しい家ですがどうぞ」

四人は会釈をしながら窮屈な三和土《たたき》で靴を脱ぎ、まずは通された仏間で代わる代わる焼香をした。四畳半の和室にも弘美が作ったと思われるクマのぬいぐるみがそこかしこに飾られ、仏壇の中の遺影が埋もれてしまっているありさまだ。布製の物が多いせいかひどく埃っぽく、先ほどから小春はくしゃみを連発していた。

焼香が終わると、背後に立っていた皆口がみなに向けて深くお辞儀をした。

「お気遣いくださってどうもありがとうございます」

せかせかと動く家主について居間らしき部屋へ足を向けたとき、再び目を疑うような光景が飛び込んできて桐ヶ谷と小春は同時に足を止めた。昨日、写真で見た現場そのままではないか。くだものを盛っていたカゴがテーブルから落ちて逆さまになり、マグカップが床に転がっている。クッションやクマのぬいぐるみは戸口のあたりに飛ばされていた。とても十六年の月日が経っているとは思えない。現場をできる限り保存したということなのだろうが、この部屋に漂う念のようなものに桐ヶ谷は当てられていた。

絶句している二人を見た皆口は、身振りを交えて説明を始めた。

「十六年前、この部屋で妻が亡くなりました。ここです」

マグカップが転がる場所を指差した。

「自分が夜の九時過ぎに帰宅したときには、すでに息をしていなかったんです。救急車を呼びましたが、すぐ警察に連絡して引き取ってしまってね。そしてすぐに事故死という結論が出ました。そのときわたしはできる限り証拠を残さなければと思ったんですよ。事故ではないことを確信していましたから。そう、事故ではないんです。事故のはずがないんですよ」

話しながら激情の階段を駆け上がっていく皆口を、南雲はやんわりと止めるように口を挟んだ。

「皆口さん。今日の趣旨はお電話でお話しした通りです。この二人は民間人ですが、我々が捜査協力をお願いしていましてね」

「承知しています。服などを見て犯人を透視するんですよね？　超能力を的中させて事件を解決したこともあるとか」

「いえ、超能力も透視も関係ありません」

桐ヶ谷はすかさず訂正した。

「服などに残されたシワや傷、ヨレから生前の行動を推測するだけですよ。特別な能力はありませんので、誤解のないようにお願いします」

「超能力ではない？」

皆口は遠慮がちに桐ヶ谷を見まわした。首を傾けて全身に目を走らせ、ひとつに束ねている長い髪でぴたりと止めている。物腰が柔らかくて優しげなのだが、ことのほか強い圧を感じて思わず身じろぎをした。

「これは失礼しました。わたし自身、霊能者や占い師を訪ねたこともあるんですよ。犯人には行き着けませんでしたが、なんであれ疑う気持ちは毛頭ありません。いろんな方のお力を貸していただければ、きっと事件は解決すると確信していますから」

きっぱりとそう宣言し、桐ヶ谷と小春へ交互に強い視線を送ってきた。正直、十六年間もチラシを配り続けている事実を聞いて、心の均衡が崩れてしまっているのではないかと危惧していた。しかし、それは思い過ごしだ。彼は事件と真っ向から向き合い、人生を懸けても犯人を見つけ出すと決意したのだろう。桐ヶ谷は彼の強い気持ちを受け入れ、些細《ささい》な痕跡も見逃すまいと集中力を呼び覚ました。

するとと南雲が桐ヶ谷のほうを振り返った。

「皆口さんの家に来たときは、だいたいいつもここで立ち話になるからね」

「申し訳ありません。お茶もお出しできなくて」

恐縮して肩をすくめた皆口は、大きく深呼吸をしてからねずみ色のカーディガンの袖をまくり上げた。

「まず、わたしが突き止めた事実を説明させてください」

一同へぐるりと視線を向け、再度息を吸い込んでから話しはじめた。

「警察が事故だと結論を出してから、わたしはあらためて妻のことを考えました。弘美は節約上手で、とにかく無駄を省くことがうまかった。余計なものは買わないし、毎日凝った料理を作るのに原価は微々たるものです。同級生が旅行だのオシャレだのグルメだのに金を使ってるのを横目に、弘美は何も欲しがらずに倹《つま》しく生計を立てていたんです」

皆口はそこまでを一気に喋《しゃべ》り、わずかに苦痛のにじむ面持ちをした。

「もっと年相応の楽しみをさせてやればよかったと思っています。妻にも欲しいものはあっただろうし、ずいぶん我慢させていたんじゃないかなと」

唇を軽く噛み、皆口は素直な後悔を口にした。

「弘美は重度の蕎麦アレルギーをもっていましたから、外出ができなかったというのもあります。口に入れるものから着るものまで、慎重に吟味していたので」

「食べ物はわかりますが、着るものにまでですか？」

「そうです。結婚してすぐのとき、弘美と紅葉を見に奥多摩《おくたま》へドライブに行ったことがありました。山にはアレルゲンがないし安全なのでね。出先で会った老夫婦と意気投合して一緒に遊歩道を歩いていたときのことです。弘美は急に息苦しさを訴えて倒れたんですよ。明らかに蕎麦のアレルギー反応でした」

「山で急にですか？」

小春が念を押すと、皆口はそうだと苦しげな顔をした。

「弁当や水筒も持参したし、出先では何も口にしていない。もちろん、周りに天然の蕎麦が自生していたなんてこともなかった。それなのにアナフィラキシーショックを起こしたんですよ。幸い近くの病院で処置してもらえたので無事でしたが」

皆口は、当時の切迫した状況を思い出したようで小さく身震いした。

「いろいろと調べた結果、原因は出先で仲良くなった老夫婦だということがわかりました。夫のほうは蕎麦打ちが趣味で、ひと月前に蕎麦を打ったらしいんです」

「ひと月前に打った蕎麦粉が衣類についていたと？」

「それしか考えられません。シャツなのかセーターなのか靴下なのか、何かに蕎麦粉がついていたんでしょう。洗濯しても簡単には取れないみたいなんですよ」

皆口はシワを寄せて顔をしかめた。

「レトルトのおでんを食べてアレルギー反応が出たこともありました。メーカーに問い合わせたら、おでんを煮込んでいた鍋で蕎麦を茹《ゆ》でたことが過去にあったらしいんです。もちろん鍋は洗ったはずですが、蕎麦の成分はいつまでも残り続けていた。蕎麦を茹でている湯気ですら反応が出るもんで、妻は怖くて外出ができなくなったんですよ」

「なるほど……湯気でも反応が出るということは、蕎麦のアレルゲンは水溶性で熱でも変質しないわけですね」

「そうです、そうなんです！」

皆口は、理解を示した桐ヶ谷に大きく頷きかけた。

「桐ヶ谷さんのおっしゃる通り、形を変えて襲ってくるんですよ。しかも蕎麦は解明されていないことが多いらしくて、何に交差反応が出るのかもわかりませんでしたから」

桐ヶ谷は顎《あご》に手を当てながら考え込んだ。ゴムにアレルギーをもっていると、バナナやアボカド、栗などでも反応が出るというのは聞いたことがある。この手の交差反応の幅が広いとなれば、怖くて外には出られないというのも当然だった。

桐ヶ谷は素直な気持ちを口にした。

「食品アレルギーは思っていた以上に深刻だということがわかりました。今まで、アレルゲンを口に入れなければ大丈夫だと思っていましたから」

「ええ。大半の人はそう考えていると思います。妻は子どものころに発症しましたから、さぞかし生きづらかったはずですね。でも、アレルゲンを徹底して避けるスキルだけはものにした。それなのに……」

皆口は大きな目に悲しみと怒りをにじませた。しかしそれをなんとか制御しようと深呼吸を繰り返し、胸に手を当ててしばらく目を閉じた。やがてたじろぐほどの強いまなざしを桐ヶ谷と小春に向け、絞り出すような声を発した。

「わ、わたしは妻が死んだときにだれかがいたと確信しています。一緒にコーヒーを飲んだ人間がいたんです。そして、アレルギーを利用して殺された」

桐ヶ谷は伏し目がちに頷いた。解剖の結果、胃の内容物からアレルゲン物質は検出されていない。ということは交差反応が死に関係しているのだろうか。しばらく考えを巡らしたが、わからないことだらけだった。蕎麦の交差反応物質は特定されておらず、それを利用して殺人を企てるのは不可能だ。被害者が蕎麦を含んだ湯気を吸い込んだ線もあるだろうが、故意に仕掛けられたかどうかは疑問だった。

堂々巡りに入り、結局このあたりは自分の領分ではないと考えを引き揚げた。皆口は説明を続けた。

「もうひとつおかしなことがあります。あの日、来客用のコーヒーカップが台所の洗いカゴの中に入っていました。これは、訪問者が証拠隠滅のために器を洗った。南雲さん、そういうことでしょう？」

「そうとも考えられますが、確実ではありません」

南雲はあまり反応を見せずにやり過ごした。

桐ヶ谷は、テディベアであふれ返っている居間にあらためて目を向けた。奥はカウンターキッチンになっており、小さなテーブルの上はビールの空き缶や何かを食べ終えたどんぶりなどが散乱している。十六年間も居間を事件現場として保存している皆口は、台所を主な生活空間にしているようだった。ステンシルの入った椅子には、洗濯したと思われる衣類が山のように積まれている。寂しげな暮らしの一端が垣間見《かいまみ》えて胸が痛んだが、桐ヶ谷は埃っぽい空気を吸い込んで気持ちを落ち着かせた。

「奥さんがいた場所を見せていただいてもいいですか？」

「もちろんです、ぜひお願いします」

皆口は腕を伸ばして四角いローテーブルの反対側を指し示した。

「この場所が弘美の定位置でした。あの日もそこで倒れていたんです」

桐ヶ谷は頷きながら南雲と目を合わせ、被害者が事切れていた場所に足を向けた。

ローテーブルの下にはベージュ色のカーペットが敷かれており、転がったマグカップのあたりが茶色いシミになっている。桐ヶ谷はテーブルの反対側に目を向け、巾着袋が発見された位置関係を把握した。

「アレルギーを抑える補助治療剤はいつもどこに置いていたんでしょう」

桐ヶ谷の問いに、皆口は背中を丸めながら歩いてカップボードの引き出しを開けた。

「エピペンはここにあります。妻は部屋ごとに置いていたんですよ。仏間は簞笥《たんす》の中、寝室は枕許、風呂場やトイレにもありました」

「そうですか。発見された巾着袋にもエピペンが入っていたと聞きました」

「ええ。あれは外出用の薬一式です。出かけるときには、必ずあの袋を持っていましたから」

桐ヶ谷は、頷きながらカウンターキッチン脇にあるカップボードへ目をやった。普段はなんてことのない距離だろうが、激しいアレルギー反応を起こしているさなかに取りに行けるとは思えない。たまたま近くにあったのが外出用の巾着袋だが、それも何者かによって奪われてしまった絶望はどれほどだったろうか。

桐ヶ谷はたびたび頭をかすめる弘美の最期を胸に留め、テーブルの反対側へまわり込んだ。来客があれば、家主の向かい側であるこの場所に座るだろう。片膝をついてクッションやテーブルクロスを丹念に検分する。しかし、目新しい情報は何も得られなかった。

「奥さんはテディベアを手作りするのが趣味だったようですね」

桐ヶ谷が立ち上がりながら、棚やテレビラックなどに並ぶさまざまな大きさのぬいぐるみへ目をやった。すぐに思い浮かぶタイプのテディベアではなく、どれもどこかとぼけた個性的な造形をしている。そばにいた小春が皆口に断りを入れてからひとつ手に取り、まるで鑑定でもするかのように鋭い視線を向けた。

「奥さんは手先が器用ではなかったみたいですね」

確かにその通りだ。しかし、この場で断言することではないだろう。刑事二人はまるで動じないものの、桐ヶ谷は慌てふためいて場を取り繕《つくろ》おうとした。が、小春は片手を上げてそれを制止し、クマに目を落としながら言った。

「手先が器用じゃないっていうのは、この場合、褒め言葉なので気を悪くしないでください。手作り感のある素朴な見た目がこのテディベアの価値を上げているんですよ」

きょとんとしている皆口に、小春は説明した。

「ここにあるテディベアは、すべてメリーソート社のヴィンテージにとてもよく似ています。メリーソートはイギリス最大のテディベアメーカーで、ドイツのシュタイフと並んでマニアが多いんですよ」

「マニア……ですか」

「そうです。奥さんが作ったクマはテディベアの概念を覆した『チーキー』と呼ばれるタイプで、犬のようにも見えて愛嬌がある。大きな耳が顔の真横についていてね」

小春の講釈を耳に入れつつ、あらためてぬいぐるみを見た。すべて手縫いで作られているそれらは、カーブの縫い目はガタガタでお世辞にもうまいとはいえない。しかし、小春が言うようにそれがなんともいえない魅力につながっているのは確かだ。

小春は感心したように言葉を続けた。

「奥さんはすごく研究していましたか？　古いテディベアの写真集を集めたり、試作品をいくつも作ったり」

「いいえ、そんなふうには見えませんでした。気の向くままに作っていると当人も言っていましたし……」

小春はそうだろうと言わんばかりにテディベアを見つめた。そのあたりは桐ヶ谷でもわかるが、アンティークや古いものに興味をもっていた節が部屋や持ち物からは一切感じられないのだ。カントリー調の雰囲気も中途半端であり、はっきり言ってしまえば形だけでこだわりがない。おそらく、このテディベアは偶然この形に行き着いたのだろう。小春の指摘通り、不器用さと知識のなさが、かえって特徴のあるテディベアを生み出したと思われる。

小春は、テディベアに目を落としながら再び口を開いた。

「テディベアは耳のつけ位置とか目の高さによっても印象ががらっと変わる。そして手先の不器用さとチープな生地選びが、かえってヴィンテージを彷彿《ほうふつ》とさせる味になっているレアケースです。実におもしろいですね。ネットで売り出せば、おそらくひとつ十万前後の値がつくんじゃないかな。もちろん売り方にはコツが必要ですが」

「じゅ、十万？　これが？」

皆口は、信じられないと言わんばかりに大量のぬいぐるみに目を走らせた。

「実際、妻はこういう類《たぐい》のものをネット販売していましたよ。でも、そんなに高値はついていないはずです。趣味のサークルみたいなものに入っていましてね」

すると手帳にメモをとっていた八木橋が顔を上げた。

「皆口弘美さんはハンドメイドフェスというものに出品していたそうです。友人関係はその仲間たちがほとんどですね。特に親しかったのは五人」

「そうです」と皆口は頷いた。「五人は何かと集まったりしていたと思います。もともと弘美は倹約が趣味みたいな感じで、昔から打ち込めるものが何もないと言っていました。水森さんがおっしゃるように、不器用だから針仕事も苦手でね。でも、ふとしたきっかけでぬいぐるみ作りを始めてからは、本当に活き活きとしはじめたんですよ。初めてネットで注文が入ったときなんて大喜びして……奮発してパソコンまで買いましたから」

話しながら皆口は寂しげに微笑み、妻の定位置だった場所を見つめた。たちまち涙があふれてくる。しかし思い出や感傷に浸《ひた》ってはいられないとばかりに、何度かまばたきをしてから桐ヶ谷たちのほうへ振り返った。

「弘美と親しくしていた五人には、何度も何度も話を聞きました。本当に申し訳ないですが、アリバイも確認させてもらったんです。弘美のぬいぐるみを買ってくれた客にもいろいろ確認させてもらいました。でも、何ひとつわからないままです。弘美はケータイを持っていなかったもので、固定電話の記録も調べたんですよ。それも空振りでした」

「我々のほうでも調べたが、これといっておかしな点はなかった。マンションの住人も何も見聞きしていなくてね。ここは当時から防犯カメラもついていないし、出入りの人間は一切わからずじまいだよ」

南雲が情報を追加した。完璧なまでの迷宮入りだと思われ、警察や皆口と同じ目のつけどころでは進展は望めないことは明らかだった。では、十六年が経った今は何をいちばんに掘り下げるべきなのか……。桐ヶ谷は自問したが、答えは考えるまでもなくひとつだろう。弘美手作りのテディベア。蕎麦アレルギーのため外出にすら恐怖を覚えていた被害者が、見知らぬ外の世界とつながるためのアイテムだった。

桐ヶ谷は、感情を蒸し返されてひどく沈んで見える皆口に問うた。

「奥さんが作られたテディベアですが、皆口さんは先ほど『ネットで注文が入った』とおっしゃっていましたよね？　受注販売をされていたんですか？」

「ああ、そのあたりはわたしもよくわからないんです。こういったものに興味もなかったし、妻も細かい話をしてこなかったのでね。ただあるとき、指定した布でぬいぐるみを作ってほしいという注文が入ったと言っていたのは覚えています。なんでも、捨てられない思い出の洋服を壊して作ってもらいたい人がいると」

桐ヶ谷は南雲たちのほうへ顔を向けた。

「このあたりのネットログは残っていますよね？　メールも含めてですが」

「はい、ちょっとお待ちくださいね。ネットオークションのスクショもありますので」

八木橋はファイルを出して手荒にめくり、数枚の紙を差し出してきた。十六年前のウェブ画面は驚くほど古めかしく感じる。そこには自作テディベアの写真があり、落札価格は千二百円とあった。そして指定生地で同じものを作製してもらえないかというコメントがつけられている。南雲は横から資料を覗き込んでかすれ声を出した。

「そこに載ってる購入者たちに疑わしき点はなかったよ。そもそも被害者とは面識がない、ネット上だけの関係だからね。九州から東北まで所在地もまちまちだし」

「ええ。そのあたりは警察の捜査がすべてだと思います。僕は皆口弘美さんを取り巻く状況を把握したいんですよ。特にテディベアに関することを細かく知りたいんです。そこに関係のある人間ではなく、生地や縫製や付属品など間接的なことですが」

「何か気になる点があったの？」

「いいえ、今のところは何もありません。ただ、手作りのテディベアそのものは十六年間ノーマークではなかったですか？　詳しい検分はされていないはずです。だれの目も素通りした唯一の遺留品だなと思いまして」

南雲はうなり声を上げ、「確かにそうとも言える」と同意した。その隣で八木橋は書類に目を走らせながらくぐもった声を出した。

「趣味仲間の主婦の話では、ネット販売を途中でやめてハンドメイドフェスに出品することが主流になったようです。年に三回ほど催されるんですが、作品を作り溜めて一気に販売するといった具合ですよ」

「ハンドメイドフェスはかなりの人出があるからね」

小春はあいかわらずテディベアを眺めながら口を開いた。

「手芸だけじゃなくて、お菓子とか木工とか彫金《ちょうきん》とか、ありとあらゆる手作りの作品が出る。日本最大じゃないかな。業界人も多く行くから、そこで声をかけられて有名になる作家もいるしね」

八木橋は頷いた。

「毎回六人でひとつのブースを借りておのおのの作品を販売していたようです。弘美さんはアレルギーの問題で現地へ行くことはなかったですが、仲間に委託するような格好で販売していました」

「そこで人気に火が点《つ》いてなかった？　購入希望者が殺到するほどに」

小春の確信めいた問いに、八木橋は親指を立てて見せた。

「その通りですよ。仲間の話では『ブサカワ』がウケて長い列ができたと」

「なんだい、そのブサカワってのは」

南雲の素直な言葉に、小春がずけずけと返した。

「ブサイクだけどかわいいの意味。このテディベアはヘタウマでもあるよね。このあたりはある種の褒め言葉だよ。南雲さんもそっち側の人間だからさ。憎らしいけどなんか憎めないみたいな」

八木橋が瞬時に全身に力をこめ、笑いそうになるのをぐっと堪えたのがわかった。さらに咳払《せきばら》いをし、小春のさらなる失言を警戒して強引に話を押し進める。

「このフェスがきっかけで受注販売が広がったようです。あなたの思い出の洋服をテディベアとして蘇らせます……みたいな売り文句が当たった。価格設定が安かったこともあって、一年待ちなんてのもあったようですよ」

桐ヶ谷は写真のなかの冴《さ》えない弘美を思い出していた。彼女は着実に自信をつけていったただろう。アレルギーのせいで長年行動範囲を狭められてきた人間が、外出せずとも新しい世界とつながることができた。不器用で針仕事を嫌っていた彼女は、その苦手分野で評価されたのだ。

桐ヶ谷はそのときの様子を想像した。思い出の洋服が続々とこの家に到着し、弘美はそれをテディベアにリメイクしていった。専業主婦だった彼女は手縫いのクマ作りに没頭し、今までにないほどの充実感を覚えていたに違いない。単純に考えれば、そんな弘美をよく思わない者がアナフィラキシーショックを誘発した可能性に行き着くはずだ。巾着袋の生地が裂けるほどの力で、命綱である薬を奪い取った者。五人の趣味仲間という存在が頭をかすめるが、当然、そこは重点的に捜査されたはずだった。

皆口は黙って話に耳を傾けていたが、妻が死んだときから何万回も自問したであろうことを口にした。

「ところで話は変わりますが、みなさんはトウモロコシについてはどうお考えですか？」

彼は妻が倒れていた位置の斜向《はすむか》いから、クマのアップリケがついたクッションを取り上げた。

「このクッションの縫い目に挟まってたんです」

チェック柄のクッションも手縫いであり、しかも針目が粗いためにトウモロコシの粒が入り込んだと思われる。

「こういうものを調べてくれる研究所に持ち込んだら、現代のものではないと言われて戸惑いました。一九五〇年ぐらいにアメリカで栽培されていた品種だとか」

「それに関しては我々も筋の通る見解には至っていません。過去から現在まで日本に入ったことのない農産物ですからね」

「でも、これを何者かが持ち込んだのは確実ですよ。うちにそんなものがあるわけないですから」

皆口はみなの同意を求めるように視線を走らせた。すると小春が腰まである長い髪を後ろへ払い、考えをまとめるようにゆっくりと言葉を送り出した。

「一般的な古着屋は量り売りで大量に仕入れるんですけど、半分以上は売り物にならなくて焼却処分にするんです。そういう古着はほぼ検品されないまま入ってくるから、ポケットに煙草が入っていたり、噛み終わった古いガムが出てきたりする。ドラッグなんかも見たことがありますね」

「なるほど。そのルートなら、本来日本にないはずのものが入り込むということか」

八木橋が目を光らせ、小春は小さく頷いた。

「ジーンズやオーバーオールなんかは農作業で着ていたから、そこに作物の一部が入っていてもおかしくはない。あとはぬいぐるみ」

小春はずらりと並ぶ手作りのテディベアに目を向けた。

「手作りのぬいぐるみとか、買ったぬいぐるみを補修したものとか、そういうアンティーク価値のあるものにも穀物が入ってることが稀《まれ》にある。当時の人は綿を入れ直すときに、藁《わら》とか籾殻《もみがら》なんかでカサ増ししたんだよね。もしかして奥さんは、古いぬいぐるみを手許に置いていたことはないかなと」

桐ヶ谷は小春の説を興味深く聞いた。確かに無理のない筋だし被害者とのかかわりもありそうだ。しかし皆口は首を横に振った。

「弘美が古着とか古道具とか、だれが使ったかわからないものに触れることはありませんよ。新品の衣類でさえ、必ず洗濯してから着ていましたからね」

「うーん……。となると、ますますトウモロコシがどこからやってきたのかわかりませんね」

小春は残念そうに微笑んだ。弘美を殺そうと近づいた人間がいたとして、大昔のトウモロコシを落としていった経緯がわからない。この謎が解けない限り、進展はないだろうと思われた。

4

皆口宅で被害者の衣類や持ち物を見せてもらったが、新たな発見は何ひとつなかった。十六年をかけて調べ尽くしている夫は落胆の色を隠せず、出会ったときと帰り際では大幅に老け込んだようなありさまで桐ヶ谷は責任を感じていた。弘美の持ち物になんらかの糸口があると確信していただけに、今では焦りが首をもたげはじめている。

桐ヶ谷は、被害者宅訪問から二週間ほど服飾ブローカーの仕事にのめり込んでいた。岐阜へ何度も通って喧嘩腰の高齢染色職人を口説き落とし、なんとか海外ブランドとの取引了承にまで漕《こ》ぎ着けたのは奇跡に近い。今回ばかりは交渉決裂を覚悟していたが、職人の家族、とりわけ孫娘からの説得が効いたようだった。

昼前の新幹線で東京に戻り、高円寺南商店街の外れにある自宅への路地を曲がった。家の前には見慣れた三つの顔があり、桐ヶ谷は会釈しながら小走りした。

「すみません、少し遅れました」

いかにも刑事らしいベージュ色のステンカラーコートを羽織っている南雲は、親しげに右手を上げた。

「どうも、どうも。度重なる出張ご苦労さん。忙しいとこ、待ち構えていたみたいで申し訳ないねえ」

「いきなり逮捕されるときって、きっとこんな感じなんだろうね」

小春は軽口を叩き、緩く編んだ長い髪を指先で弄《もてあそ》んだ。目の醒めるようなブルーのカーディガンを着込み、薄ら寒い殺風景な路地裏を華やいだ雰囲気に変えている。

八木橋は体に馴染んだモッズコートにリュックサックを背負い、今日もこのチームはまるで統一感がなかった。

南雲は大通りの方角へ手を向けて歩きはじめた。

「じゃあ、早速車で移動するからね。疲れてるとこ悪いけども、先方にアポを取っちゃってるから」

「大丈夫ですからお気になさらず。今日は被害者の友人から話を聞くんでしたよね？」

桐ヶ谷たちは、捜査車両が駐《と》めてあるコインパーキングへ向かった。

「特に親しかった五人とはもう何回も話してるんだが、皆口弘美の死につながるような情報はだれからも得られていないよ」

「そうですか。皆口さんも聞き取りをしたようですしね」

「まあ、そうだねえ。彼女らも心底うんざりしているんだよ」

「心底うんざり？　警察にですか？」

桐ヶ谷の率直な問いに、南雲はマスクをつまみながらふふっと笑った。

「この十六年間、彼女らを訪ねた回数は五十を軽く超えているよ。初めこそ積極的に協力してくれたんだが、そのうち忙しいとか都合が悪いとか、あからさまに距離を置かれるようになってねえ」

「その気持ちもわかるよ。警察は毎回同じことしか聞かないしさ」

小春が息を弾ませながら言うと、南雲は苦笑いを浮かべた。

「皆口氏が街頭でビラを配ってる姿を見るといたたまれなくてね。解決できない僕らに文句を言うわけでもなく、むしろ心から感謝してくれている。なんとかして糸口を摑みたいんだよ。まあ、ほかの未解決事件も一緒だけども」

南雲はうっかり本心を吐露してしまったようで、咳払いをしていつもの飄々《ひょうひょう》とした彼に素早く戻した。それから一行は捜査車両に乗り込み、ひとり目の友人宅に着いたのはそれからおよそ十分後だった。

中野《なかの》駅近くにあるこぢんまりとしたマンションに住んでいるのは、五十代の半ばと思われる小太りの女性だった。彼女はハンドメイド仲間のひとりであり、皆口弘美とは三年ほどの付き合いだったらしい。桐ヶ谷と小春を紹介されてもさほど反応を見せず、ただ頷いただけで興味なさげだった。

「玄関先ですみません。家の中が散らかってるもので。それに、いつも言ってますがわたしがお話しできるようなことはもうないですよ」

笹井由紀恵《ささいゆきえ》は気だるい感じで喋り、顎の線で切りそろえられた髪を耳にかけた。

「それに刑事さん。前回も言いましたが、これ以上はもうかかわりたくないんですよ。十六年ですよ？　もういいでしょう？」

みなが着いた早々低めの声で言い切った由紀恵は、刑事二人の後ろにいる桐ヶ谷と小春に目を走らせた。そしてバツが悪そうに薄い眉に触れる。

「わ、わたしだってこんなことは言いたくないんですよ。皆口さんは奥さんを亡くされてお気の毒だし、弘美さんもかわいそう。でも、わたしはもう忘れたいんですよ」

「当然だと思います。いちいち気持ちが乱されるのは嫌ですよね」

小春が落ち着いた口調で同意すると、由紀恵はわずかに表情を緩めた。

「弘美さんが亡くなってから、わたしは手作りしたものを売るとかそういうことをやめてしまったんですよ。何をやっても気分がのらなくなって、ハンドメイドフェスへの出品もやめました」

「親しい仲間が五人とお聞きしましたが、みなさんも同じなんですか？」

「そうですね。ひとり、またひとりとやめていって、最後は茅野《ちの》さんひとりになっちゃったみたい。今はネットで売ってるって聞きました。でも最近のことはわからないんですよ。もう十五年は連絡も取っていないのでね」

「それはほかの四人も？」

桐ヶ谷が問うと、由紀恵は花柄のマスクを直しながら首を縦に振った。

「そうだって聞きました。でも本当のところはわからないですね。わたし抜きで関係が続いてるかもしれないわけだし」

彼女が苛々《いらいら》したように吐き捨てたとき、南雲が横から口を挟んだ。

「みなさんの交流はないですよ。電話番号を変えてしまった人もいますからね」

「そうですか……まあ、これでよかったんだと思いますよ。もともと気の合わない人間が集まっていたようなものだから」

「気が合わない？　でもフェスにはみなさんで参加されていたんですよね？」

桐ヶ谷は由紀恵の顔を見た。もう何度も警察と接しているせいか、緊張はなく本音を語ることに躊躇がなくなっているようだ。彼女は花柄のマスクをたびたび整えた。

「フェスの件は山本《やまもと》さんがいきなりもってきた話で、わたしたちはよくわかってなかったんですよ。手作りしたものを売るイベントがあるからって軽い気持ちで出店したんだけど、登録料やら出店料やらで赤字でした。しかも人気のあるお店とそうじゃないお店がはっきりして、なんかこうプライドが傷つけられるというか」

「それでも少しずつ知名度は上がったと思うんですが」

「弘美さんのぬいぐるみだけね」

由紀恵は冷ややかに即答した。

「彼女のぬいぐるみだけが、なぜか人の目を惹《ひ》いた。そのうちそれ目当てのお客さんが増えて、しまいには早朝から並ぶ人も出はじめた。正直、あの不格好なぬいぐるみの何がウケたのかがわからなかったわね」

彼女は辛辣《しんらつ》だが素直な気持ちを口にした。

「そこでちょっとした仲間割れがあったんです。一緒に出店していたなかの三人が納得いかないって言い出したの。弘美さんはアレルギーが怖いからって会場には顔も出さないのに、わたしたちがまるで売り子みたいなことをさせられてたから」

「ええと、それまでは山本さんがグループの仕切り役だったんですよね」

南雲が口を挟むと、由紀恵はさも嫌そうな顔をした。

「今考えると、なんであんな人が偉そうにしていたのかわからない。自分が上じゃなきゃ気に入らなくて、いつもわたしたちを見下して顎で使ってた」

「手芸サークルの発起人的な人ですよね。山本さんはあちこちから有望な人材を引き抜いた目利《めき》きだとか」

南雲の言葉に、由紀恵ははっと笑って鼻白《はなじろ》んだ。

「目利きって、まさかあの人が自分で言ったんですか？　当時、山本さんはネットオークションで手作りしたものを売ってた人たちに声をかけてまわってた。ここよりも売れるから一緒にフェスに出品しないかってね」

「それ自体はおかしなことではないし、見る目があったのもある意味事実かなと」

南雲は由紀恵に喋らせるべく、巧妙に怒りのポイントを突いているようだった。彼女は目尻をぴくぴくと震わせ、刑事に鋭い目を向けた。

「傍《はた》から見ればおかしくはない。でも、あの人は人気のある人には声をかけなかったんですよ。自分よりも下だと確信できる人たちにだけ声をかけて、おかしな優越感に浸っていたんです」

「ああ、そうだった、そうだった。山本さんは手芸フェスの雑用なんかを周りに押しつけていたんですよね。チラシ作りだの会計だの釣り銭の用意だの」

由紀恵はぐっと顎を引いて肯定を示した。

「そうだけど、メンバー全員がそれぞれ最悪だった。みんな自分よりも下の人間を見つけようと必死だったし、売れなかったり不器用な人の作品を見て陰で嘲笑《あざわら》った。わたしもその雰囲気に呑まれて、ろくでもないことをやってたんですよ」

「そのターゲットは主に、いちばん歳下の茅野典子《のりこ》さんと皆口弘美さんね。茅野さんは当時二十七歳」

南雲は八木橋が渡してきた資料に目を落として言った。

「まあ、都合のいい使い走りだ。そうでしたよね？」

「……そうです。フェスで購入者にプレゼントするマスコットを作らせたり、手のかかるウェルカムボードやブースの飾りなんかを押しつけたり、本当に最悪です。ずっと謝りたいと思ってたけど、今さらしらじらしいしわたしの顔なんか見たくもないでしょうしね」

なるほど、と桐ヶ谷は思った。警察に協力するのが嫌なのではなく、それによって思い出される過去の自分が許容できないというわけだ。

由紀恵は眉間にシワを寄せて自責の念に囚《とら》われていたようだったが、やがて大きく息を吸い込んで顔を上げた。

「でも、あるときわたしたち六人の力関係がひっくり返ったんですよ。まるで天罰ね。弘美さんが作ったテディベアがわたしたちのブースの目玉になった。へんなぬいぐるみだって馬鹿にしてたのに、なぜか注文が殺到した。今でも理由がわからない。わたしだったらいらないもの」

謝罪したいとは言いつつ、未だに他人の成功を受け入れる余裕がない。その本質さえ知ろうとはせず、弘美が死んでもなお、心の奥では激しい嫉妬の火種が燻《くすぶ》り続けているようだった。自分の非を認めている彼女でさえこうなのだから、ほかの仲間はなおさらではないだろうか。

この手のいざこざとは無縁であり大嫌いであろう小春は、無表情のままじっと由紀恵の顔を見つめている。それに気づいた彼女は、さっと目を逸《そ》らしてつっかえながら言った。

「ひ、弘美さんだって調子にのって、最後にはみんなに指図してひどいものだった。自分は家から一歩も出ないくせに売り方に注文をつけたり、しまいにはわたしたちのブースをテディベアだけにすべきだって言いはじめてね。ほかの作品が並ぶと統一感がなくなってダサいって。いちばんダサい弘美さんにだけは言われたくない。たまま売れたテディベアのせいで天狗《てんぐ》になったんですよ」

由紀恵は息継ぎする時間も惜しいとばかりに捲《まく》し立てた。

「あんな人だとは思わなかった。はっきり言って、最後は山本さんよりも嫌いだった。でも、わたしが弘美さんの死にかかわってると思ってるなら大間違いですよ。現に関係を切ろうと思ってた。次回のハンドメイドフェスへ出るのはやめようって話になってたとき、弘美さんがあんなことになったんです」

彼女は息を弾ませながらそう言い切った。南雲も、目の前にいる由紀恵が手にかけたとは思っていないだろう。十六年間、聞き込みに通い詰めた成果がこれだった。心の奥底まで洗いざらい喋《しゃべ》らせることに成功している。

由紀恵は胸に手を当てて、興奮を収めようとしばらく動きを止めた。

「とにかく、弘美さんとは手芸仲間として活動はしていたけど、友だちではなかったですよ。弘美さんだけじゃなく、わたしたち六人の関係はめちゃくちゃだった。思い出すだけで憂鬱になるし、もう針とか糸を見るのも嫌」

じっと何事かを考えている小春の姿を見て、その意味が桐ヶ谷にもわかるような気がした。多人数で何かをやることの難しさと、あまりにも周囲への配慮が足りなかった弘美に対する悪感情。しかしそれは殺そうと思うほどの憎悪ではなく、由紀恵の言う通り関係を切って終わる程度のもののように見える。

「もうひとつ教えてください。笹井さんは何を作って出品されていたんですか？」

桐ヶ谷の意外な質問に、由紀恵はわずかに首を傾げた。

「わたしはペット用品ですよ。猫や犬が使うふかふかのベッドとか、犬に着せる洋服とか。それがどうかしたんですか？」

「いえ、参考までに聞いておこうと思いまして」

由紀恵は解せないと言わんばかりの面持ちをしていたが、やがて南雲に向き直った。

「刑事さんはずっとにごしてきたけど、弘美さんはだれかに殺されたんですよね。もういい加減、はっきり言ってください」

「そのあたりはまだ確定していませんよ。ただ、事件性も含めて再捜査しているのは事実ですが」

「わたしたち五人が容疑者というわけですか？」

「それも含めて捜査中です……とだけ言わせていただきますよ」

南雲は明言を避けた。動機の面では、弘美の周りで彼女らが抜きん出ているのは想像できる。こうして桐ヶ谷と小春に引き合わせたのだから、何かを感じ取ってほしいと思っているのも間違いないだろう。

それから次の友人宅へ向かい、桐ヶ谷はできることを淡々と実行した。彼女らの体幹や骨格を見たり、身につけているものを検分したり。しかし、十六年も前の出来事が、日常を営んでいる彼女らの衣類に記憶されている可能性はないに等しい。こうなるともう、桐ヶ谷と小春には手出しのできない領域だった。

「このやり方ではわたしらがここにいる意味がないと思う」

黒のアコードに乗り込むと同時に、小春がたまりかねて言った。

「弘美さんの知人の話を聞いてるだけだよね。しかも胸くそ悪い話をさ。桐ヶ谷さんもわたしも得意分野がまったく活かされないし、聞き込みは警察がじゅうぶんやってることでしょ。面倒なんじゃなくて、役に立てないことがものすごく歯がゆいんだよ」

「まあ、そう慌てなさんな。きみらの能力はどこでどう活かされるのか、だれにもわからないからねえ」

南雲はあいかわらずのらりくらりと話をはぐらかした。

「桐ヶ谷さんは熱心に彼女らの手作り作品について聞いてたじゃないの。服装の趣味とか」

「まあ、そうですね。被害者のテディベアと対になるものを知っておきたかったので。でも、ペット用品に編みぐるみ、布製のアクセサリー、刺繍《ししゅう》小物と全部見事にばらばらです。古着に興味をもっていた人物もなし。今のところ、引っかかるものもないですね」

「うん、うん。次で最後だからよろしく頼むよ」

「次は茅野典子さんです。最後まで皆口弘美さんを肯定的に語っていた人物ですよ。彼女のぬいぐるみが人気だったからこそ、自分たちの作品にも多くの人の目が向けられるようになったのは事実なんじゃないかと」

八木橋はハンドルを握りながら口にした。

「思慮深い人なんですね」

桐ヶ谷の言葉に、南雲は小刻みに頷いた。

「そうだね。五人の中で最年少の四十三歳ながら、当時から一貫して弘美を悪くは言わなかった。まあ、被害者と一緒に使い走り同然の扱いを受けていたから当然か」

「なるほど。皆口弘美さんと一緒にグループの愚痴を言い合っていたかもしれませんね」

「そういうことだ。とにかくほかの連中は、弘美のせいで自分たちの人生が捻《ね》じ曲げられたとかなんとか、今さっき会った山本さんなんかも攻撃的すぎてねえ。この人物も発言は一貫してるけども、死んだ人間を疫病神《やくびょうがみ》とまで言う人間には会ったことがないよ」

桐ヶ谷は苦笑した。

「それはそれで人間味があると思いましたよ。被害者や遺族をああまでののしることはなかなかできませんが、ある意味、彼女も本心を伝えてくれたわけですから」

「ものは言いようだよね。今回は水森さんも思うところがあったんじゃない？　桐ヶ谷さんと違ってあなたの周りは敵だらけだろうからね。人間の裏側はあんなもんだ」

小春はすかさず助手席のほうへ身を乗り出した。

「上等だよ。敵の数だけわたしは強くなれるんだからね。それに誤解してるみたいだけど、桐ヶ谷さんは心優しき闇落ちキャラなんだよ。このタイプは敵こそいないけど、本性は凶悪で触るものすべてを破壊する」

「ちょっと待った。僕はきみの頭の中ではどういう設定で生きてんの？」

桐ヶ谷が即座に異議を申し立てるも、小春は「説明すると長くなる」と話を終わらせた。

八木橋は混みはじめている山手《やまて》通りを迂回《うかい》し、住宅街を細かく折れながら高田馬場《たかだのばば》駅を通過した。外を吹く北風はことのほか強く、駅前を歩く人々が上着の前をかき合わせている。車の窓から冷気が伝わり、ネルシャツ一枚の薄着できてしまった桐ヶ谷は腕をこすり上げた。

神田川《かんだがわ》沿いの一軒家が最後の訪問先のようだった。小さな庭先には小人やキノコなどの陶器の置物が並び、郵便受けは白くペイントされている。ピンク色のゼラニウムなどがそこかしこに寄せ植えされていた。

南雲は何度も呼び鈴を押してから腕時計に目を落とし、後ろにひかえている八木橋を振り返った。

「アポは四時半で間違いなかった？」

「ええ、間違いないです。板橋を出る前に電話すればよかったですね」

そう言ってジーンズのポケットからスマートフォンを出したとき、川沿いを走ってきた自転車が家の前でけたたましく急ブレーキをかけた。マフラーを幾重にも巻いた長身の女が慌てたように自転車から降りている。

「すみません！　買い物してたら遅れちゃって！」

百七十センチはあるだろうか。均整の取れた筋肉質の彼女が茅野典子らしい。エコバッグを両肩にかけ、大荷物を玄関先まで運んだ。

「ちょっと冷蔵庫にしまってきてもいいですか？　生ものを買い込んできたもので。本当にすみません」

「どうぞ、どうぞ」

南雲は手を向けると、眼鏡を曇らせた彼女は鍵を開けて小走りに家の中へ消えた。そして数分後に舞い戻ってくる。

「中へどうぞ」

「いいえ、ここで結構ですよ。すぐにお暇《いとま》しますので」

「そうですか？」

茅野典子は玄関ドアを開けるような格好で立ち、そわそわと四人の訪問者に目を走らせた。くすんだベージュ色のパーカーにロングスカートを合わせている姿が、四十三という年齢よりもはるかに若く見せている。長年筋トレに励んでいるのは、体幹のぶれない体つきからもよくわかった。桐ヶ谷と小春が代わる代わる挨拶をすると、典子も忙《せわ》しなく頭を下げる。そして南雲が出し抜けに言った。

「茅野さんは今も皆口さんと親交があるようですが」

「ああ、そうですね。月命日にはお電話させていただいていますし、少しでもお力になれたらいいと思っていますから」

前の四人とは表情や反応がまるで違う。桐ヶ谷はたびたび眼鏡を押し上げている典子を見つめた。手芸仲間だった四人は警察の訪問を迷惑がり、それどころか被害者への嫌悪感まで曝《さら》け出していた。この温度差はなんだろうか。桐ヶ谷は興味が湧いた。

「すみません。茅野さんは何を手作りしているんですか？　今もネットで販売していると聞いたもので」

桐ヶ谷が唐突に質問をすると、典子はどこか気恥ずかしそうに目を細めた。

「わたしはパッチワーク専門なんですよ。昔はクッションカバーとかタペストリーとか直線縫いのものしか作れなかったんですけど、今は簡単な洋服だったら作れるようになったんです」

「それはすごいですね。パターンもご自分で？」

「いえ、ぜんぜん」と彼女は顔の前で手をぶんぶんと振った。「市販のパターンですよ。だれでも簡単に縫えるっていうものが売られていますから」

桐ヶ谷は頷いた。

「ハンドメイドフェスにもパッチワークの作品を出していたんですか？」

「ええ。でもレベルが違いすぎてね。パッチワークキルトは人気で出品している人がたくさんいたんですけど、みんな凝《こ》っててすごいの。わたしのは子どもの工作みたいで恥ずかしくなっちゃった。でも、いい経験でした。世の中は広いとわかったというか」

典子の話には脚色がないようだった。彼女だけが皆口弘美を肯定的に捉えていたというのはうそではないらしい。

そのとき南雲が咳払いをし、一歩前に出て典子に質問をした。ほかの四人には積極的にかかわらなかった彼が、彼女に対してだけ鋭い刑事の顔を見せている。桐ヶ谷は反射的に身構えた。

「あなたは皆口弘美さんの自宅へ行ったことがありますよね。五人の中でただひとりだと聞いています」

「そうですね。フェスの準備を任されていたので、一緒に作業したことがありました。それにわたしは弘美さんの作るテディベアが好きだったんですよ。かわいくないのにかわいいというか、不思議な魅力があるんですよね」

「そのとき何かを聞きませんでしたかね。もう何度もこの質問をして申し訳ないですが」

典子はしばらく黙り込み、マスクのせいで曇ってしまう眼鏡を気にしながら首を傾げた。

「作品のこととか手芸に関することとか、そんな話しかしていません。ああ、弘美さんのアレルギーの話は聞きましたが、亡くなるほどひどいことは知りませんでした し……」

「では質問を変えます。あなたから見て、皆口さんに恨みをもっている人物はだれだと思いますか？」

「え？」と彼女は顔を上げ、吊り上がり気味の目を大きくみひらいた。南雲の問いは直接的すぎるけれども、典子の生の反応を引き出したいというところだろうか。この十六年間、彼女にはまだ話していないことがあると南雲は感じているらしい。

典子は目に見えるほどうろたえ、視線をあちこちに移動させた。

「わたしは何も知りません。弘美さんの作品に人気が出たとき、仲間内で険悪になったことは事実です。でも、う、恨むとかそこまでのことではないと思います」

「そうですか？　山本さんや笹井さんは悪感情を隠しもしていませんでしたよ。弘美さんが天狗になっていたと。あなたも何か嫌な目に遭《あ》ったんじゃないかと思うんですがね」

「そ、そんなことはないですよ。天狗って、あれだけ人気が出たらだれだって気持ちが大きくなるものだと思います。わたしと弘美さんは、それまでグループの雑用をしてきたわけだし、ムカつくことだってあったはずですよ」

「それはあなたもそうだったということですか？」

南雲の切り返しに典子は口をつぐんだ。かなり厳しい追及だが、彼女がだれかをかばっていると見ているのだろうか。桐ヶ谷ももじもじと指先を動かす典子をじっと見つめた。まだ話していないことがあるのは間違いなさそうだ。南雲のような鋭い洞察力がなくとも、すぐわかるぐらいに典子は怯《おび》えを隠そうと必死だった。

「あれから十六年です。長かったですよ。そろそろ知っていることを話していただけませんかね」

南雲はわずかでも目を逸らさなかった。この状況が想定外だったらしい彼女は、落ち着きを失って身じろぎを繰り返している。そして汗をにじませるほど顔を真っ赤にし、おもむろにチェックのマフラーを外した。その瞬間、桐ヶ谷ははっと息を呑み、小春はよろめいて腕にしがみついてきた。二人の頭の中で、よくわからなかった事実がきれいにつながってしまったからだった。

小春は桐ヶ谷の腕を掴んだまま、微かに震える声を出した。

「……そのブラウス、フィードサックですよね」

典子は突然なんの話だと言わんばかりに、襟許へ手をやった。

「いきなりですみません。あなたは十六年前から、フィードサックを使ってパッチワークをしていたんですか？　それをフェスにも出していた？」

小春は混乱しながらもはっきりと尋ねた。桐ヶ谷もその答えを待ちわびた。南雲と八木橋はわけがわからないようだったが、事件の根幹にかかわることなのは察したようだった。典子は四人の視線に耐えられずに少し退き、白く曇り切ってしまった眼鏡を外した。

「お、おっしゃる通り、このブラウスはフィードサックを使っています。ハンドメイドフェスで他のブースの方にこの生地を教えてもらって、そこから使うようになりました。そうしたら、前よりも売れるようになって……」

「ちょっと待った」

南雲が唐突に話を遮った。

「いったいなんの話なの？　僕らにもわかるように説明してくれる？」

「この場で説明してもかまわないんですか？」

桐ヶ谷はそう切り返した。目の前にいる彼女が犯人をかばっているわけではない。おそらく、直接皆口弘美を死へ追いやっている。小春もそれを確信しているだろう。その南雲は桐ヶ谷の顔をじっと見つめ、このまま話すようにとわずかに顎を上げた。その険しい顔を見てようやくわかった。南雲は典子が事件にかかわっていることに感づいていたのだ。しかし、十六年間、証拠を摑むことができなかった。

桐ヶ谷は大きく息を吸い込み、小春と目を合わせて頷いた。

「茅野さんが着ているブラウスは手作りのもので、生地にはフィードサックが使われています。フィードサックというのは、アメリカのヴィンテージ生地なんですよ」

桐ヶ谷は、カラフルで独特の柄を細かくパッチワークしている襟許を凝視した。

「小春さん、これから言うことが間違ってたら訂正して」

「オーケー。まかせて」

小春はいつもよりも低い声を出した。

「フィードサックは、確か一九二〇年代から五〇年代のみに作られていたプリント生地です。とにかくかわいらしい柄や色が多くて、未だにマニアの間では高値で取引されている。何十年間もまったく値崩れしない生地なんですよ」

八木橋は手帳を出して、高速でペンを動かした。

「フィードサックは直訳すると飼料袋の意味です」

「飼料袋？」

眉根を寄せた南雲に、桐ヶ谷と小春は同時に頷きかけた。

「ここからは小春さんのほうが詳しいから説明を頼むよ」

「了解。かつてのアメリカでは、飼料とか穀物は木の樽《たる》とか缶で保存されていた。でも重くてかさばるから運搬がたいへんで、不衛生にもなりがちだった。一般家庭での保存には麻袋が使われていたけど、耐久性がないし粗《あら》い織り地から中身が出てしまってね。ネズミとか虫の被害が尋常じゃなかったんだよ」

小春は鮮やかなブルーのカーディガンの袖を肘の上までまくり上げた。

「そんなときに出たのがフィードサックだったわけ。初めは綿のキャンバス地で飼料袋が作られた。おもに低所得層が食物の保管に使用していたんだけど、やがて倹約を心がける主婦たちが飼料袋をリメイクして下着やおむつを作るようになっていった」

「何やら壮大な話だねえ。その飼料袋を使って作ったのが、茅野さんが着ているブラウスだというわけだ」

「そう。アメリカの主婦たちが飼料袋をリメイクしているところに目をつけた飼料メーカーが、袋にきれいな柄をプリントして売り出した。それが爆発的ヒットにつながったんだよ。まさしく付加価値だよね。主婦が管理する飼料袋をかわいらしくすれば、それを使って何かを作ってみたいっていう別の層の客も増えるから」

小春からの目配せを受け、桐ヶ谷が話を引き継いだ。

「さまざまな総柄プリントの飼料袋が現代ではヴィンテージとしての価値をもって、端切《はぎ》れでさえ高額で取引されるようなジャンルになっています。そして古いフィードサックを袋のまま買い付けると、当時の穀物が入っていることがある。小麦や植物の種、そしてトウモロコシ」

桐ヶ谷の言葉を聞き、見る間に南雲の顔色が変わっていった。

「信じられん。まさか、現場に落ちていたトウモロコシはここからきたものなのか……」

「そうだろうと思います。一九五〇年前後にアメリカでしか作付けされていなかった品種。当時の主婦が、フィードサックにトウモロコシを入れて保存していたんでしょう。それがヴィンテージ生地と一緒に日本に入ってきたんですよ」

顔を真っ青にした典子は、首を横に振りながら玄関ドアにぶつかった。

「し、知らない。わたしは何も知りません」

「そうですよね。あなたは何も知らないと思います。フィードサックにまぎれ込んでいた穀物が、皆口さんの家に落ちたことも知らないでしょう。あの日、フィードサックを皆口さんの家に持っていった。違いますか？　おそらく、ハンドメイドフェスに来た客からの注文じゃないかな。テディベアをフィードサックで作ってほしいというものです」

「違います！　そんなのは憶測ですよ！」

「そう、憶測です。そしてもうひとつ憶測がある。皆口弘美さんがアナフィラキシーショックを起こした原因もフィードサックにあるはずですよ」

そこまで考えていなかった小春は、はっとして桐ヶ谷を横から見上げた。

「蕎麦だね！　アメリカでは早くから蕎麦が栽培されていた。それをフィードサックで保管していたんだ！　アレルゲンがこびりついたフィードサックに触れて、皆口弘美さんはショック状態に陥った」

桐ヶ谷は頷いた。典子は小刻みに震えて首を横に振り、何も知らないと繰り返している。おそらくここまでは意図していなかったことに違いないし、十六年間、考えもしなかったことが窺える。彼女は、なぜ弘美にアレルギー反応が出たのかわかっていないはずだ。しかし、ショック状態に陥った弘美から薬をもぎ取り、コーヒーカップを洗って証拠隠滅を図ったのなら、これは故意におこなったおぞましい犯罪だ。

典子はだらだらと汗を流してドアノブに摑まり、震える体を支えている状態だった。陽は完全に落ち、北風が強くなって庭に植えられたユキヤナギが激しくなぶられている。通りの街灯が一斉に点いたとき、南雲が抑揚のない声で言った。

「茅野さん、署まで同行願います」

典子は何かを言おうと口を開きかけたが、結局は声を発することなく玄関ドアを閉めた。

5

小春のセンスだけで成り立っているこの店は、今日も濃厚な個性を振りまいていた。色と色、柄と柄をふんだんに組み合わせているのにうるさくはなく、かえって居心地のいい空間を作り上げているのはいつ見ても不思議だ。この店の奥にあるアンティークのカフェテーブルがいつからか密談の場所と化し、今日も刑事二人とともに小春の淹《い》れたコーヒーを味わっていた。

「まあ、茅野典子には当時から違和感を覚えていたよ。彼女はまだ二十代だったが、だれよりも落ち着いていた。被害者を悪く言わなかったのも典子だけだしね」

南雲が事件について語りはじめた。

「なるほど。犯罪とは無関係ならば、ほかの主婦たちのように正々堂々と本音をぶつけられるというわけですか。保身に走る必要はないと」

桐ヶ谷の言葉に、南雲はにやりとした。

「心にやましいことがある場合、得てして妙にかばうような姿勢を見せたり無関心をよそおうものだ。あの仲間四人には、初めから清々《すがすが》しいほどそれがなかったんだよ。被害者はろくでもない人間だったと言い切ったからね」

「身の潔白はああいう形でも表せるんですね。ある意味、勉強になりました」

桐ヶ谷は微笑み、そして南雲と真正面から目を合わせた。

「南雲さん。あなたは十六年間、ずっと彼女が犯人である証拠を探していたんですね。おそらくこっそりと」

前置きのない指摘に、南雲は緑色のネクタイを緩めて別珍《べっちん》のソファーにもたれた。

「気づいちゃった？」

「気づいちゃった？　……じゃないっつうの」

ヘアバンドで髪をまとめている小春が、間髪《かんはつ》を容《い》れずに声を出した。

「ホントにとぼけるのもたいがいにしてよ。わたしらは一応チームなんだよ？　いくらなんでも情報を出し惜しみしすぎでしょ。目の前にいる人間が犯人だって気づいたときの衝撃で、具合悪くなりそうだったわ」

「それはごめんねえ。でも、あなた方は情報がないことで精神が研ぎ澄まされるタイプでしょ？　今回も今までもね」

南雲の隣では、八木橋も同意するように頷いていた。

「今回もとんでもないところから真実を導いてきましたからね。正直なところ、僕は茅野典子がだれかをかばっていると考えていました。でも、室長はホンボシだと確信していたんですね」

八木橋は上司の顔を見てから、桐ヶ谷たちのほうに顔を向けた。

「本当にお二人には感服です。この案件は十六年間も証拠が見つからなかったことは室長からも聞いていましたし、まさかそんなところに糸口があるとは思いもよりませんでしたから」

「まったくだよねえ。なんてことのない生地がアメリカの古いトウモロコシにつながるなんてのは、まさにあなた方からしか出ない結論だ。この十六年間、ずっと我々の目の前には決定的な証拠があったわけだからね」

南雲はいささか悔しさをにじませ、冷めたコーヒーに口をつけた。

「茅野典子は否認するだろうと思ったんだが、わりとすぐに落ちたよ。ただ、殺意は全否定している。あなたの推測通り、被害者の作るぬいぐるみのファンが、フィードサックを使ってクマを作ってほしいと依頼したことが始まりだ。そのとき渡された古い生地と注文書を持って被害者宅を訪れたが、雑談している最中に弘美が急に苦しみ出した」

「フィードサックに蕎麦が付着していたんでしょうね」

「それもその通りだったよ。ぬいぐるみ作製を依頼した人間から裏が取れてね。なんと、そのときの飼料袋がまだ依頼人の家にあったんだ。科捜研の分析の結果、蕎麦の成分が検出された。いやはや、見事だ」

称賛の言葉とは裏腹に、桐ヶ谷の気持ちは浮かなかった。弘美が重度の蕎麦アレルギーでなければ、この程度のアレルゲンでアナフィラキシーショックを引き起こすこともなかったからだ。そして、突然のことに典子がパニックに陥ったのも想像がつく。

「被疑者は、目の前で急に苦しみ出した弘美の救護もせず、救急車も呼ばなかった。パニック状態で頭がまわらなかったと言っているが、エピペンの入った巾着袋を被害者から奪い取っているからね。初めから殺意があったことは間違いないだろう」

「やっぱり嫉妬とかそういうことなの？」

小春が難しい面持ちでぽつりと言った。

「そうだろうね。ほかの四人のように不満は一切口にしなかったが、心の奥底ではだれよりも怒り狂っていたんだろう。弘美の態度が変わったことが直接の原因だと見ているよ。人気が出てから急に典子を下に見はじめたらしい。バカなことをしたもんだよ」

本当にその通りだった。もともとは二人で雑用をしていたのに、ひとりだけ人気が出たことによる嫉妬。それに自身の才能のなさからくる不甲斐《ふがい》なさと、弘美の態度の変化が引き金となって感情を爆発させたのではないか。結局は典子も、内心では弘美を馬鹿にしていたのだろう。自分よりも下だと安心していたのに、立場が逆転した。

　桐ヶ谷は空になったコーヒーカップを見つめた。この手のやりきれない事件というのは、真相が明らかになったからといって嬉しさや達成感はない。しかし、これは自分の義務だと感じていた。被害者の夫は、ようやく長年の苦悩から解放される。が、すべての真実を知ったとき、事件が解決したことを心から喜べるだろうか。

　皆口の寂しげな顔を思い浮かべたとき、南雲が口を開いた。

「今日明日じゅうに、この事件は報道される。十六年前に起きた殺人事件解決とね。そして、皆口氏も会見を開くだろう。なんせ、ようやく念願が叶ったわけだから」

「あらためて考えてもすごい人ですね。自分には真似できません」

「そう、だれにも真似できない。彼の執念がきみらを呼び寄せたようなものだよ」

　すると小春が、首を左右に振ってため息をついた。

「ある意味奥さんの傲慢《ごうまん》さが犯罪を呼び込んだこと、旦那さんには知られたくないな。というか、これ以上、苦しんでほしくないよ」

「それが犯罪捜査の結末だ。すべてが白日のもとにさらされる。これから裁判や報道で繰り返し事実を聞くことになるが、彼は受け止めるだろう。ともかく今回の件で、きみらを聞き込みの場へ連れていく重要性がよくわかった。我々が十六年間も見つけられなかったピースをあっさりと埋めてくれたんだからね」

「それはたまたま服飾関連が鍵になっていたからにすぎませんよ」

「そうだよ。我々も、きみらの得意分野がかかわっている案件を優先して委託しているからね。フィードサックなんてこの歳まで一度も聞いたことがない単語だったし、警察内部でも知る者はゼロだった。これからもよろしくお願いしますよ。ああそれと」

南雲はマスクを着けて、いかにも朗らかな調子で喋った。

「きみらが警察に入る気があるなら、もろもろの試験は免除する用意があるからね」

「ねえ、南雲さん。試験が面倒だから警察に入らないんじゃなくて、そんな気がまるっきりないって何回も言ってるんでしょ」

小春が呆れ声を出したが、南雲は飄々と返した。

「今のご時世、一年先はわからないものだよ。確実なのは、公務員なら安定が約束されているってことだ。あなたのこの店だってウイルス騒ぎで風前の灯《ともしび》なんじゃないの？　将来は不安じゃない？」

「は？　なんかの宗教？　失礼なこと言ってると署に苦情入れるからね」

「事実を言ったまでだよ。これから時代は一気に変わるだろうから、あなたも明日失業してもいい用意をしておきなさいね。もっとも、まともな仕事ができるのかどうかはわからないけども」

　小春は眉根を寄せてスマートフォンを取り上げ、南雲に向けて動画を撮りはじめた。

「今の言葉、もう一回言ってみなよ。まともな仕事っていったい何さ。南雲さんの言い草は動画配信する。日本の警察の横柄《おうへい》さを世界じゅうに拡散するわ」

するとすぐさま手帳を出した熱心な小春ファンの八木橋が、「配信日時を教えてください」と目を輝かせて言った。そして「今日は当直なので、ぜひ明後日《あさって》以降でお願いします」とつけ加えた。

美しさの定義

1

「今現在、うちで抱えている未解決事件は十八件。これは殺人事件のみの数だが、その他の犯罪も合わせればかなりの件数になる」

老眼鏡を曇らせている警部の南雲隆史は、マスクの位置を直しながらファイルに目を落とした。

「ここ十年、ほとんどなんの進展もなかったヤマをあらためて検分していたんだよ。事件当時の現場には遺留品が山ほど残されていた。おそらくホシに直結しているであろうものも多いんだが、どれもこれもあと一歩が及ばない。腹立たしいほどにね」

「わかるよ、そのもどかしい気持ち。ぼんやりと影が見えてんのに正体が摑《つか》めない。現に今もそのせいでレベル上げに失敗してるから」

まっすぐの長い髪を後ろへ払い、水森小春はため息混じりに同意した。彼女は登録者数が百万人への秒読みに入っているゲーム実況者であり、古物商界隈《かいわい》でも目利《めき》きで名が知られている。異なる二つの経験から世の中を見る目はユニークかつ辛辣《しんらつ》で、小春が何を語るのかを桐ヶ谷京介は密かな楽しみにしていた。南雲も興味深げに小春の顔を見つめ、ひと息ついてから話を先に進めた。

「いやね。現場に残された物証は多方面からさんざん調べ上げられているわけで、言葉は悪いがもはや搾《しぼ》りカスみたいなもんだ。時代の最先端の技術で分析されているから抜けはない。今まではよほどのことがない限り、遺留品を倉庫から引っ張り出して再検分することはなかったんだが、今それを始めてるわけだよ」

「未解決事件専従捜査対策室のあり方を再認識しようという南雲室長の提案です。これはちょっとした改革ですね」

南雲の部下である八木橋充が、意欲に燃える目を向けてきた。桐ヶ谷は小さく頷《うなず》きながら、つんつんと短い髪を立てている八木橋を流し見た。目鼻立ちがはっきりとした端正な顔立ちにはとてもよく似合っているものの、ジーンズにパーカーというラフな服装も含めて刑事には見えない。殺風景な杉並《すぎなみ》警察署の会議室ではひときわ浮き上がって見えた。

南雲は腕組みしながら部下の言葉に耳を傾け、呼吸のたびに曇る老眼鏡を外してくしゃくしゃのハンカチでレンズをぬぐった。

「まあ、物証に対する考え方が変わったんだよ。まだまだ隠された情報が眠ってることをきみらが証明してみせたんでね。我々が見て何かがわかるわけじゃないけども、警察は少しでもそういう目を養う必要があると思うわけだ」

「我々もお二人の感覚が摑めれば、新たな着眼点が生まれます。ここが捜査の方向性を左右する重要な部分だと確信していますので」

八木橋は大きく頷きながら滑舌《かつぜつ》よく喋《しゃべ》った。確かに布地に残されたシワやヨレ、地の目の歪《ゆが》みなどを正確に読み解ければ事件の根幹に近づくことができる。しかし読み違えれば事件解決からは遠ざかり、解決どころか現場は極めて混乱するだろう。桐ヶ谷が釘《くぎ》を刺すべきかと迷っているとき、それを察した南雲が目尻を下げて柔和な顔を作った。

「あなたの言いたいことはわかってるからね。生半可《なまはんか》な知識でできるようなことではない。僕らは物証の保管状態を見直そうとしているんだよ。段ボール箱にぎゅうぎゅう詰めにしていたものを、少しゆとりをもたせた保管に変えていこうとね」

「なるほど。そうなればたたみジワなんかも減りそうですね」

「そう、そう。できる限りいい状態であなた方には見てもらいたいわけだ」

南雲が八木橋に目配せをすると、長身でバランスのとれた体軀《たいく》の男はさっと立ち上がった。そして扉の脇に置かれた段ボール箱を抱えてくる。

「今回きみらに依頼したい事件は、まさにうってつけかもしれない。ある意味、服飾業界が絡《から》んだ事件だよ」

そう言った南雲は、段ボール箱から次々に出される遺品を見てすっと目を細めた。黒っぽいトレーナーが広げられた瞬間、小春がわずかに肩を震わせパイプ椅子をきしませた。トレーナーの胸のあたりには三センチほどの裂け目が口を開けており、前身《まえみ》頃《ごろ》の生地全体が強張って紙のような折れ目がついている。トレーナーの色が黒なのではなく、大量の血液が酸化したせいで黒変しているのだった。何かで胸をひと突きにされたことがありありとわかり、桐ヶ谷は思わず自身の胸許を押さえた。

「今回は今までになく生々しいから覚悟してちょうだいね。被害者は刺し殺されているし、相当出血しているから」

今までの和やかな雰囲気に終止符を打った南雲が、静かに先を続けた。

「今から十年前の二月に起きた事件だよ。被害者は河内《かわち》桃子《ももこ》、当時二十二歳。荻窪《おぎくぼ》のアパートでひとり暮らしをしていた。死亡してからおよそ一週間後に発見されている」

南雲が淡々と説明している間にも、八木橋は遺留品を次々に並べていった。スウェットのズボンやトレーナーの中に着ていたのであろうTシャツ、靴下や下着などがどれもどす黒い錆《さび》色に染まっている。体内の血液が出尽くしてしまっているようなありさまを見て、桐ヶ谷は言葉を失った。実際に目の当《ま》たりにする刺殺というむごたらしい死に様《ざま》には、感傷や恐怖などの心情が入り込む余地がない。迫ってくるような現実を受け止めるだけで精一杯だった。

「死因は出血性ショック。傷が心臓に達して大動脈を傷つけていてね。凶器が斜め上から体に入っている。ハサミだよ」

「ハ、ハサミ?」

小春がつっかえながら繰り返したとき、南雲はファイルから一枚の写真を抜いて二人の前に滑らせた。それはべったりと血糊《ちのり》のついた黒い取手の裁《た》ちばさみで、ネジの上に「♡MOMO♡」と名前が彫られている。それを見た桐ヶ谷の胸には鈍い痛みが走った。

「……もしかして、被害者の女性は服飾学校に通う学生だったのでは?」

裁ちばさみの写真を凝視しながら問うと、南雲はそうだ、と頷いた。

「なんでわかったの?」

「いえ、裁ちばさみが新しいし名前にハートマークが使われているのでね。服飾学校は入学時に基本の道具一式をそろえるんですが、ハサミなんかはサービスで名前を入れてもらえる場合があるんですよ。服飾の学生はだいたい変わった文字やマークを入れたがります。星やドクロ、十字架などですね。一般的な名入れは漢字ですから」

「なるほどね。桐ヶ谷さんらしい見解だ」

南雲は感情のない目を合わせてきた。何度見ても慣れることのない、心の奥底をざらざらと浚《さら》うような視線だった。

「被害者は新宿にある服飾専門学校の二年生だった。一週間、無断欠席が続いたためにクラスメイトがアパートを訪ねたんだよ。そこで死んでいる河内桃子を見つけた。胸に裁ちばさみが刺さったままの友人をね」

血液で強張っているトレーナーに目をやり、小春はさっと目を逸《そ》らして両腕を何度もこすり上げた。無残な姿となった友人を発見したクラスメイトたちは、その光景を一生忘れることはできないだろう。桐ヶ谷は首を横に振った。

「最悪の経験だったでしょうね」

「もちろんそうだろうねえ。全員が成人していたが、まだまだ幼さが抜けないような連中だった。アパートへ行った五人のうち三人は直後に学校をやめているよ」

その気持ちは痛いほどわかる。十年経った今でも裁縫道具を見るだけで記憶の扉が開いてしまう状況かもしれない。犯人は被害者の命を奪ったと同時に、発見者の人生をも変えてしまったということだ。

「荻窪にある六畳一間の木造アパートは全部で六部屋。被害者は二階の真ん中に住んでいたが、両脇は空きで住人はいなかった」

「じゃあ、だれも物音とか叫び声を聞かなかったの？」

小春の問いに、南雲は腕組みして首を傾けた。

「両脇がいなかったとはいえ、木造の壁が薄い安アパートだからね。どこにいても音は聞こえただろう。住人がいればの話だが」

南雲は裁ちばさみの写真から顔を上げた。

「犯行は真っ昼間におこなわれたんだろうと我々は見ているよ。解剖医も昼の十二時から五時の間だと死亡推定している。アパートの住人はみんな学生だったし、家を出て遊んでいたわけだ。なんせ土曜の昼間だったから」

「ちょっと待って。昼間って、犯人は返り血を浴びたはずだよね……」

小春が遺留品を見ながらおそるおそる口にした。真正面から心臓に達するほど深く刺したのだから、全身が血塗《ちまみ》れになったのはだれの目にも明らかだ。しかし南雲は腕組みしたまま少しだけ間を置き、小さく息を吐き出した。

「ハサミは被害者に突き刺さったまま発見されている。もちろんかなりの出血はあったが、凶器が栓《せん》になって全身に浴びるほどの血は噴き出していないんだよ」

なんとも嫌な状況だ。そして南雲は続けざまに言った。

「だが、ユニットバスから血液反応が出ている」

「まさか、犯行後にシャワーを浴びた？」

信じられない思いで桐ヶ谷が口に出すと、南雲は再び嘆息を漏らした。

「そういうことだろう。血を拭き取ったと思われるタオルも見つかっている。そしておそらく、ホシは夜になるのを待って出ていった。下の住人が、夜中の十二時過ぎに玄関ドアが開く音を聞いているんだよ。死亡推定で割り出した日にだ」

「凶悪すぎる……」

小春が絞《しぼ》り出すような声を出した。裁ちばさみが刺さったまま事切れている人間を横目に、シャワーを浴びたり身支度を整えたりしたということか。凶悪であることは当然だが、普通の神経ではないだろう。

「亡くなった二十二歳の学生がそれほど恨まれていたということでしょうか」

桐ヶ谷はだれにともなく言った。南雲はあいかわらず腕組みしながら口を開いた。

「はっきり言って、この手の殺しは珍しいことじゃない。計画的に犯行を企てたんなら、アパートの住人がいないときを狙うのは当然だ。真っ昼間に起こる殺しはことのほか多いからね。いろんな生活音が味方してくれる。ただ」

南雲は言葉を切って、色素の薄い目を合わせてきた。

「この殺しに限って言えば、計画的犯行ではないように思える。凶器に被害者のハサミを使ったこともそうだが、現場にはうろたえたような痕跡が数多く残されていたんだよ。遺体にはコートが丁寧にかけられていたしね。解剖医によれば、止血を試みた痕もあったそうだ。バスタオルを丸めて傷口周辺に押し当てたような」

「でもハサミは抜かなかったし、救急車も呼ばなかった」

「その通り。出血量からして呼吸停止までそう時間はかかっていない。止血を考えたときにはすでに呼吸停止していただろう。シャワーを浴びたり着替えたりしたと聞くと猟奇《りょうき》的な感じがするけども、おそらくは半ばパニックだったように思う。発作的に刺したんだな。現に、被害者と争ったような痕跡はない」

桐ヶ谷と小春は無言のまま警部の言葉を反芻《はんすう》した。発作的に裁ちばさみを手に取り、心臓に達するまで深く突き刺した。斜め上から刃が入ったということは、大きく振りかぶったのだろう。もともと殺す気がなかったのにそこまでするというのは、よほどの激昂《げきこう》状態だったのだろうか。

するとと小春は神妙な面持ちのまま言った。

「強盗とかそういう類《たぐい》の犯罪ではないってことだよね。被害者の河内桃子さんが、部屋にみずから招き入れたってこと？」

「そうだよ。顔見知りの犯行で間違いない。現場からは毛髪なんかも山ほど出ているが、クラスメイトと集まったり一緒に何かを制作したり、そういうことがよくあったらしい。例によってDNAが決定打にならない案件なんだよ」

南雲はマスクを外して両手で顔をこすり上げ、再びマスクを着けた。

「被害者の交友関係はほとんど学校絡みでしかなく、特に第一発見者の五人とグループ行動をすることが多かった。駅前の居酒屋でバイトをしていたが、そこでも不審な人物は挙がっていない。恋人もいなかったそうだ」

「ということは、学校関係者とバイト先はかなり調べたということですよね？」

「そういうことだ。どう考えてもホシはその中にしかいないはずなんだよ。被害者は栃木から上京しているし、部屋に招くほど親しい人間は限定される。だが、全員にアリバイがあってねえ。目撃証言もないし迷宮入りするのも早かったよ」

南雲は悔しさを嚙《か》み締めるように眉根《まゆね》をぎゅっと寄せた。桐ヶ谷は十年前は日本と海外を行き来することが多かったため、この事件のことはまるで記憶にない。しかし、二十二の学生が刺殺されたとなれば、連日報道されただろうと思われた。

八木橋は細かな遺留品を出し終え、ファイルを開いて指でたどった。

「凶器のハサミから出た指紋は大部分が欠損していて照合は不可です。ユニットバスの扉や玄関のドアノブには指紋を雑に拭《ふ》いたような痕跡がありました。刺したときはパニックだったとしても、その後はクールダウンして証拠隠滅を図ったと見ています」

「時間はじゅうぶんすぎるほどあっただろうからね」

南雲が付け加えた。

「さっきも言ったけど目撃証言はほぼゼロ。被害者はバイトで生活費を工面《くめん》していたようで、スマホやガラケーも持っていなかった。固定電話もなくてね。今どき珍しい苦学生だな」

「服飾学校は何かとお金がかかりますからね」

「そうらしいね。生地やら糸やらをそろえて衣類を制作するみたいだから」

「ええ。同時進行でいくつも作ることになるし、少しでも安い生地を探して日暮里《にっぽり》の生地問屋なんかには学生が通い詰めていますよ」

南雲は頷き、八木橋は桐ヶ谷の言葉を素早く手帳に書き取った。

「授業態度は真面目で問題を起こすような生徒ではなかったようだ。それに根性もある。高校を卒業してから二年間バイトして貯めた金で入学した。一時期はバイトを掛け持ちして授業料もほとんど自分で用意したようだから」

そう言ったとき、八木橋が一枚の写真を桐ヶ谷と小春の前に置いた。入学式の写真だろうか。緊張した面持ちで少女が突っ立っている写真だ。長い髪をツインテールに束ね、ピンク色のロリータファッションに身を包んでいる。過度なレース使いのワンピースは精一杯背伸びをして選んだのだろう。ファッションを学ぶ場で、他者に引けを取らないようにがんばった。しかし自己主張にしては中途半端で、全身から漂う垢《あか》抜《ぬ》けない雰囲気がどこか哀愁を誘っている。

「ほかにも写真はありますが、あまり写りがよくありません」

八木橋は数枚を長机に並べていった。数人で撮ったものや、自分で縫《ぬ》ったとおぼしき服を着ているものだが、どれもいちばん端に並び、さらには友人たちの陰に隠れるようなシチュエーションばかりだ。

「前に出ないタイプだったみたいだね」

横から覗《のぞ》き込んできた小春が言った。

「友人関係は良好だったの？」

「仲間はそう言っているよ。なんでも、グループ制作で一緒になったところから友だちになったようだ。黙々と作業する職人みたいで、周りからはおもしろがられていたみたいだね。なんせひとりだけ見た目が地味だから、かえって新鮮だったらしい」

桐ヶ谷は友人たちと写っている桃子をじっと見た。周りは髪を赤く染めたり目の醒めるような奇抜な服装をしているのに対し、彼女はくすんだ色味のワンピース姿だ。入学式に着たロリータファッションを極めることはやめたようだが、それは正解だと桐ヶ谷は思った。目鼻立ちがシンプルで平面的な造作のため、その楚々《そそ》とした涼しげな雰囲気にフリルやレースが似合っていない。控えめな出で立ちがどことなくミステリアスで、その年齢以上に大人びて見えた。

桐ヶ谷は大きく息を吸い込んで、目頭を指で押した。あらゆる犯罪や、ましてや殺人などとは無縁の生き方をしていたはずだ。それなのに最悪の最期を遂げた。夢をもって上京しただろうに、やり切れない結末だ。

桐ヶ谷は再び深呼吸をして気持ちを切り替え、彼女が死亡時に着ていたトレーナーを引き寄せた。

2

なんともいえない重量感に桐ヶ谷はぎくりとした。事件から十年も経っているのに、大量の血液を吸った繊維が膨らんで重さが増しているらしい。完全に水分が抜けても血の成分だけは居座り続け、もはやトレーナーではない何か別のものに変質していた。
桐ヶ谷は、鉄錆びのような臭いを感じて思わず動きを止めた。まさか気のせいだろうと思って息を吸い込んだが、窓から差し込む太陽にちらちらと反射するものが見えたと同時に再び動きを止めることになった。

「まさかこれは……」

そう言いかけた桐ヶ谷を遮り、南雲が一本調子の声を出した。

「古くなった血液は土埃《つちぼこり》みたいに舞うからね。こればっかりは止めようがないから、なるたけ吸い込まないようにしなさいね」

「ちょっと！　なるたけ吸い込まないようにしなさいねって軽すぎるでしょ！　人の血を吸い込むなんて普通は一生ない経験なんだよ！　しかも十年前の血なんだよ！」

小春が騒がしくわめきながらパイプ椅子を引き、マスクの隙間《すきま》を塞《ふさ》ぐようにハンカチを押し当てた。桐ヶ谷は長机に落ちている黒っぽい粉を凝視し、マスクの中で唇を引きつらせた。血液が水分を失って固体になっているのだから当然だが、これはかなり厄介だ。なるべくトレーナーに負荷がかからないように指先でつまみ、目の前まで滑らせた。

「手袋を使いますか?」

八木橋がラテックスの手袋を差し出してきたが、桐ヶ谷は首を横に振った。

「いえ、大丈夫です。手袋は指先の感覚が変わってしまうので、なるべく着けたくないんですよ」

「そう、そう。洗えば済む話だからね」

あくまでも飄々《ひょうひょう》としている南雲をねめつけた小春は、マスクと顔の間にハンカチをねじ込んだ。

「桐ヶ谷さんも気をつけな。こういうとこからゾンビ化が始まるんだよ」

「確かに、映画で言うならまさに序章だよね」

桐ヶ谷は血液の染み込んだトレーナーに目を落とした。表地は三十番手、裏地は十番手の糸で組織された裏毛《うらげ》起毛のスウェットで、ごく一般的に売られているものだ。が、質感はもはやごわごわした皮革のようになり、保管されていたたたみジワがはっきりと刻まれていた。

裾をめくって裏側に目を走らせ、縫い糸にも染み込んだ血液を見ながら口を開いた。

「傷が大動脈を傷つけていたのに、現場には血溜まりがなかったんじゃないですか？」

桐ヶ谷の問いに、南雲はにやりとした。

「その着衣からそんなことまでわかるの？」

「ええ。このトレーナーは30／10《さんまるとおばん》の裏毛と呼ばれる生地で、表生地の天竺《てんじく》と裏生地のパイルを編みながらつなげているんですよ。かなり複雑な工程なんですが、スウェットとしてはおなじみですね。そして裏のループには起毛がかけられている」

桐ヶ谷はトレーナーの裾をわずかにめくって見せた。

「こういう素材は吸水性に優れていますから、糸の一本一本に水分がめいっぱいまで染み込みます。状態をみると、相当量の血液がこの一着に入っている」

「被害者の近くにクッションもあったから、これらの布に血が染み込んで絞れるほどだったよ。あなたの言うように、ぱっと見は心臓をひと突きにされた現場ではなかった。普通は床全体が血まみれになるからね」

南雲の言葉を頷きながら聞いていた八木橋は、現場写真に目を走らせた。

「確かに刺殺された現場ではないですね。血液が極端に少なく見える。桐ヶ谷さんのおっしゃるように、このトレーナーとインナーTシャツにガイ者の血が集中して吸われているんでしょう」

桐ヶ谷は目の前にある変色したトレーナーを見つめた。まさにその通りで、血液で染色したような様相だ。そっと袖を持ち上げて脇に視線を走らせ、手首のリブ編み部分を検分した。遺留品を動かすたびにするパリパリという耳障《みみざわ》りな音は、血液を吸い込んだ繊維が折れて発しているものだろう。洗わずに十年間放置された生地は血によって朽《く》ち、本来ならば残されていたはずのシワやヨレなどをすっかり消してしまっていた。

桐ヶ谷は残された痕跡を見つけるために隅々まで探ったが、犯人につながる一本のシワどころか被害者の癖すらも読み取れなかった。

「すみません、今回はまったく何もわかりません。繊維が血を含んで膨張して固まってしまったために、本来残されていたはずの記録が捻《ね》じ曲げられているんですよ」

「やっぱりそうだよねえ」

南雲は半ば予測していたように口を開いた。

「血がついてない場所を探すほうが難しいぐらいだからね」

「南雲さん。いつもみたいに隠してることはないの？　情報が少ないほうが桐ヶ谷さんは研ぎ澄まされるとか言ってないで、今回ばっかりは出し惜しみしないでよ」

小春がいつものようにずけずけと言い放ったが、南雲にわずかに落胆の色が見えたことで桐ヶ谷は申し訳なさが加速した。

「何も隠し事はないんだよ。この事件は我々もどん詰まり。きみらですら何もわからないとなると、いよいよ完全に迷宮入りになるだけだ」

迷宮入りという言葉が今回ほど重く聞こえたことはない。これだけの凶悪な罪を犯しておきながら、犯人はもう捕まらないだろうと高をくっているはずだった。十年が経過し、警察の影すらも見えない生活を謳歌《おうか》しているのではないか。

桐ヶ谷は顔の見えない犯人が安堵《あんど》しているさまを思い浮かべながら、被害者の写真に目をやった。常に一歩下がるように生きていた彼女には夢があったはずだ。栃木から上京し、服飾を学んで何をしたかったのだろうか。強固な目的があったからこそ、バイトを掛け持ちしてでも技術を学んでいたはずだった。

被害者に思いを馳せているとき、小春が長い髪をかき上げながら言った。

「顔見知りの犯行だとすれば、学校とバイト先と実家の栃木。でも、そのあたりの人間に犯人はいなかった。南雲さんは否定したけど、やっぱり強盗に遭《あ》ったことも考えられるよね」

「そこだよ。もちろん強盗の線も洗ったが、財布とかバイト代なんかがそのまま残されていたんでね。そうなると残りは怨根《えんこん》だが、そこまでの深い付き合いが被害者にはない。金の貸し借りもなく、遊びに行く間も惜しんで学校の課題をこなしていた。つまり彼女にはほころびがないんだな」

南雲は自身に言い聞かせるようにひとつひとつ羅列《られつ》した。

「まあ、被害者にはなんらかの隠し事があったんだろう。家族も友だちも知らない非日常に首を突っ込んでいた。そうとしか考えられない」

南雲の言葉を考えた。抵抗した痕跡もなかったのだから、何者かがむりやり押し入ったのではないことは明らかだ。見知った人間に、いきなり刺された情景が浮かぶ。当人にはなんの危機感もなかった。しかし、南雲が語ったように非日常のなかで起きた事件なのだろうか。服飾とは無関係なのか？

桐ヶ谷は遺留品を見つめながら考えを巡らし、ふいに顔を上げた。

「現場の写真を見せてもらえませんか？」

「被害者が写っているもの？　それとも現場検証の写真？」

すかさず返してきた南雲の問いに、桐ヶ谷は「どちらでも」と答えた。警部はいかめしい顔のままファイルをばさばさとめくり、少し間をおいてから何枚かを滑らせてきた。警戒している小春を横目に、桐ヶ谷は写真を取り上げた。事切れている被害者の姿はない。すべて現場検証の写真で、アルファベットと数字の書かれた札が部屋の所々に置かれている。

桐ヶ谷は写真を食い入るように見つめた。六畳の部屋の奥には正方形の小さなテーブルが置かれ、その上にミシンとロックミシンの二台が背中合わせにセットされている。床には平型のアイロン台があり、コンセントに挿さったままの業務用アイロンがシリコンマットの上に置かれていた。

「このアイロンの電源は入っていましたか？」

その質問と同時に、八木橋が書類をめくって目を走らせた。

「いえ、スイッチはオフの状態でした。ミシンも電源が落とされていたそうです」

桐ヶ谷は頷き、再び写真と相対した。すると南雲が、ずり落ちたマスクを直しながら興味ありげな声を出した。

「現場は徹底的に検証されているよ。チリひとつも残さないで持ち帰っているからね」

「ええ。警察が抜けのない捜査をしていることはわかっています。僕は僕なりの目線で事件現場を検証します。つまり、服飾の分野ですが」

「あなたはそれが事件にかかわっていると思ってる。そういうことでいい？」

「わかりません。でも彼女は、自分で授業料を払いながら苦労して技術を学ぼうとしていた。そういう意志のある人間が、殺人の起きるような状況に首を突っ込むとは思えないんですよ。彼女の人生の中心には常に服飾があったはずですから」

桐ヶ谷は言い切った。入学時はありがちなロリータファッションに身を包んで背伸びしていた彼女が、都会で時を経るごとに地に戻っていった。これは服飾やファッションというものの表層よりも、その奥にある本質に目を向けはじめたからではないか。まさに創る側へまわったのだ。おそらく彼女は服飾にどっぷりとのめり込み、自分のためにならないことはしていない。

桐ヶ谷は、小春が差し出してきたルーペを当てて写真を寸刻みで見ていった。六畳の部屋は洋服を作るアトリエと化しており、物を縫って仕上げるために最適な配置を編み出している。ミシンの周りには生地やパターンとおぼしきものが重ねられ、どこでどう寝ていたのかわからないありさまだった。プラスチックのケースには、ボタンやファスナー、梵天《ぼんてん》や芯地《しんじ》などの服飾付属がサイズ別に収められている。

二台のミシンはどちらも工業用で、かなりのパワーがあるものだ。桐ヶ谷はかろうじて部屋から読み取れる情報をひとつひとつ頭に刻み、やがて顔を上げた。

「この部屋からなくなっていたものはなんでしょう」

南雲は首を横に振った。

「さっきも言ったが金目のものはすべて残されていた。そのほかはよくわからないね。両親に遺品を確認してもらったが、なくなったものはわからないとのことだ」

「そうですか。ちなみに、彼女が制作していたものや学校へ提出していたようなレポートの類はありますかね。授業で使っていたものがかなりあると思いますが」

「そういう一時的に押収したものは全部返却しているよ。ミシンとかアイロン、あとは被害者が作ったとおぼしき服やなんかだな。栃木の両親が引き取っている」

「ぜひそれを見せていただきたいですね」

南雲は目尻を下げて薄くなった頭を掻いた。

「桐ヶ谷さんならそう言うと思ったけども、遺族が今も保管しているかどうかはわからないよ。父親と祖母がなかなか気性の激しい人間でね。事件に巻き込まれた娘を恥だと言い切っていたから」

「ずいぶんひどいこと言うね。最悪の犯罪に巻き込まれた娘に対してさ」

小春が眉をひそめると、南雲は小刻みに頷いた。

「なんせ小さい田舎町《いなかまち》だし、噂《うわさ》に尾ひれがついておもしろおかしく広がることを恐れてるんだろう。人間は被害者の落ち度を探す生き物だし、今の時代、他人の不幸は娯楽として消費される。残念だが、遺族は何よりもそんな世間体を重んじているんだよ」

なんとも胸の悪くなる話だが、この手の感覚もわからないではなかった。強固な共同体の中で生きている者にとって、理由がなんであれそこからはみ出すことは恐怖でしかないのだろう。

「まあ、ともかく」

南雲は首をまわして関節を派手に鳴らした。

「先方には協力を依頼するしかないねえ」

「わたしも栃木に同行するから」

小春は勢い込んで言った。

「今回はわたしの出番はなさそうだけど、こんなときこそ桐ヶ谷さんの援護射撃を徹底すべきだからね」

「援護射撃？」

桐ヶ谷が繰り返すと、小春は腰に手を当てて首を縦に振った。

「警察は先制部隊として現地に切り込む役割。桐ヶ谷さんはいつもみたいに自分の世界に入ってもらって、あとはわたしにまかせな。必ず生かして帰すから」

いったいどういう比喩なのかがわからない。南雲は急に仕切りはじめた小春を眺め、写真を重ねて八木橋に渡した。

「もちろん、現地には水森さんにも行ってもらうつもりだよ。あなたがいると実にばかばかしくて気が休まるからね」

南雲はさらりとそう言い、長机の上で手を組んだ。

「何回も言ってるけども、このヤマは顔見知りの犯行で発作的な殺人だと我々は見ている。でも、桐ヶ谷さんはそれを聞かなかったことにしてね。僕も経験したんだけど、顔見知りってとこに縛られると、まったく前に進めなくなるのよ。この十年、状況証拠に振りまわされっぱなしだから」

「了解ですよ」

桐ヶ谷は相槌《あいづち》を打ったものの、顔見知りの犯行なのはまず間違いないはずだ。問題は、被害者に近しい人間がどうやって警察捜査の網をかいくぐっているのか。それに尽きる。

3

一週間後の三月二十日。東北自動車道の鹿沼《かぬま》インターチェンジで高速を下り、そこからさらに数十分ほど進んだところに河内桃子の生まれた家があった。高円寺から車で三時間足らずの場所は四方を山々に囲まれた肥沃《ひよく》な土地であり、活き活きと繁《しげ》る新緑が目を癒《い》やしてくれる。都会の喧騒《けんそう》とは無縁の小さな町は、木々や土の濃密な匂いに満ちていた。

桐ヶ谷は、久しぶりに味わう新鮮な空気をめいっぱい胸に入れた。小春はレースのあしらわれた薄手のコートを羽織り、桐ヶ谷と同じく深呼吸を繰り返している。桃子の実家は農家のようで、瓦葺《かわらぶ》きの母屋《おもや》の奥にはいくつものビニールハウスが並んでいるのが見えた。斜向《はすむか》いにある作業場の前に軽トラックや一輪車などが雑に横付けされ、枝ぶりのいい柿の木の横には蔦《つた》の絡んだ古そうな土蔵が建っている。先祖代々、この土地に根付いて生きてきたのだろう。目に映るすべてが自然豊かな景色に溶け込んでいた。

「あの蔵にはお宝が眠ってそうだよ。気配でわかる」

小春は風情のある土蔵に目を向けた。

「地方の蔵は常に狙われてるからね。そこらの悪徳古物商に安く買い叩かれないことを祈るばかりだよ」

古いものに並々ならぬ愛情を注いでいる彼女は、職業魂が騒ぎ出しているらしい。古物界隈の闇はよく話題に上るが、小春は悪徳業者撲滅のために日々闘っている。すでに趣味の域ではないゲーム実況もそうだが、やり始めたらとことんまで突き詰めるという人間だった。その繊細な見た目からは想像もつかないのだが。

どこからともなく聞こえる川のせせらぎに清々しさを感じていたとき、現実に引き戻すように白いマスクを着けた南雲が口を開いた。

「さて、ここからが始まりだからね」

言葉の意味を量りかねて横に目を向けると、下刈りされている細い私道の先から作業着姿の男が歩いてくるのが見えた。背丈はないががっちりとした筋肉質の体軀《たいく》で、短いがにまたの脚で地面をがっちりと捉えている。泥だらけの長靴で雑草を踏みしめながら、東京からの一行に目を据えた。その勢いだけで気圧《けお》されるし、お世辞にも機嫌がいいようには見えない。

二人の刑事が一歩前に出て会釈をした。八木橋は珍しくスーツを着込んでおり、髪もおとなしめにセットされている。

「こんにちは。今日はご協力感謝します。そして、未だ娘さんの事件を解決できなくて申し訳ありません」

南雲と八木橋は頭を下げ、桐ヶ谷と小春もそれに倣《なら》った。

「ああ、やめてくれや。そんなことにはなんの意味もない」

マスクをしていない桃子の父親の声は、がらがらに嗄《か》れている。四人が顔を上げると、グレーの作業着の胸ポケットからひしゃげた煙草の箱を取り出した。一本をくわえてうつむきながら火を点け、鼻から豪快に煙を吐き出している。

「十年も経っちまえば、犯人の野郎だって事件なんか忘れて楽しくやってるだろ」

「そうさせないためにも全力を尽くします。お電話でお話しした通り、今日は我々と契約している専門家も同行しましたので」

南雲がそう言うなり煙草をくわえた男は顎《あご》を上げ、桐ヶ谷と小春を不躾《ぶしつけ》なほど見まわした。日々太陽に晒されている肌は見事な赤銅《しゃくどう》色で、顔全体が乾いて細かいシワで覆われている。エラの張った四角い顔がたくましさを強調しているが、同時に偏屈さや頑固さも垣間見えていた。歳のころは五十代の後半ぐらいだろうか。娘を失った苦悩がまったく見えないのは、粗野な振る舞いで巧妙に隠しているからかもしれない。

桐ヶ谷はあらためて会釈をした。

「はじめまして。桐ヶ谷と申します。今日はお時間をありがとうございます」

「時間なんてないんだよ。これから種まきの準備とハウスの調整をしなけりゃならん。来月の頭から一斉に作付けが始まるからな。うちみたいに身内だけでやってるかんぴょう農家に休んでる暇なんかないわけだ」

「なるほど。確か栃木は、かんぴょうの生産量が全国一位でしたよね？　昔、授業で習いましたよ。ユウガオの実が原料だということもそのとき知りましたし」

男は土埃と手垢《てあか》で汚れたキャップをかぶり直し、桐ヶ谷をことさらじろじろと見た。

「チャラついた長髪の男でも役所と契約できるんだな。しかも民間人が殺人の捜査とくる。いい時代だよ」

小春にも目をくれ、彼は煙草を揺らしながら皮肉めいた笑みを浮かべた。桐ヶ谷はひとつに束ねた長い髪を後ろへ払い、真正面から男の窪《くぼ》んだ目を見つめた。

「ここまで長く伸ばすと、なかなか切る決心がつかないんですよ。ですが、仕事は抜かりなくやらせていただきます」

「彼らはすでに、未解決事件を何件も解決へ導いていますからね。我々は、能力さえあれば見た目なんてどうでもいいんですよ。たとえ髪がピンク色だったとしてもね」

南雲が間《あい》の手を入れると、桃子の父親は鼻を鳴らしてまだ長さのある煙草を足許に吐き出した。

「お堅い警察も必死ってわけか。まあ、そりゃそうだな。十年も悪党を自由にさせてるんだから」

被害者遺族と南雲との関係は、悪化の一途をたどっているらしい。娘の遺留品を見せてもらえるのだろうかと不安が首をもたげたとき、作業場から小さな老女が出てくるのが見えた。花柄の割烹着《かっぽうぎ》を着て手ぬぐいであねさまかぶりをし、ほとんど直角に曲がった腰の後ろで手を組んでいる。桃子の祖母だろう。敷地内に駐めてある捜査車両の黒いアコードを睨《にら》むように見つめ、顔を横に振りながらこちらにやってきた。

「このご時世に、東京ナンバーの車がうちに駐まってたらよそさまはなんと思うかね」

老女は割烹着のポケットからくしゃくしゃのマスクを取り出し、大仰に着けてため息をついている。四人が挨拶《あいさつ》をしようとするも、枯れ木のように節のある手をひと振りしてそれを遮った。

「犯人が捕まった知らせかと思ったら、今さら桃子の遺品を見たいって話だ。こういうことをされるとな、近所じゅうの噂になるんだよ。隣なんてもうよそへ電話かけてるぞ」

老女は自宅の裏のほうへ顎をしゃくった。長年の農作業で腰が曲がって膝《ひざ》も悪いようだが、それをものともしないほどの活力がある。彼女にも孫を失った苦しみは見えず、警察への敵意と近所への警戒心がにじみ出ていた。

「お忙しいところ申し訳ありませんね。桃子さんの事件を、別の観点からも見てみようということになったんですよ。ご協力をお願いします」

南雲と八木橋に次いで、桐ヶ谷と小春も頭を下げた。ずっと気になっているのだが、桃子の母親の存在がまるっきり見えない。それに、この二人を見ていると遺留品を処分してしまった可能性が現実味を帯びてくるからたまらない。

最悪の事態を想定して焦りを覚えていたが、桃子の祖母の繰り言が始まって思考がまた中断した。

「まったく、桃子も都会にかぶれて出ていった挙げ句にこのザマだ。二十歳そこそこの娘が殺されるなんてなあ。まともな生き方をしてたら絶対にないことなんだ」

「お言葉ですが、犯罪に巻き込まれることはだれにでもあり得るんですよ。悪意によって普通の生活が一変してしまうんです」

口を挟んだ南雲の言葉を無視し、老女はマスクを動かしながら捲《まく》し立てた。

「孫は人殺しをするような人間と付き合いがあったってことだ。犯人は通り魔でも強盗でもないんだからな。河内家が始まって以来の恥なんだよ。ご先祖さんにも申し訳がたたんし、世間様にも顔向けできん。たったひとりの婿取《むこと》りだったってのに、この家の血を終わらせた大馬鹿もんだ」

聞くに堪えない毒まみれの言葉は聞き流すしかない。桐ヶ谷は意識的に下腹へ力をこめたが、横で小春が怒りを燻《くす》ぶらせているさまが伝わり目で制止した。ここでの議論は無意味だし、彼らの考えを変えさせることに神経を使うのは無駄だ。それよりも、遺留品を見せてもらえるかどうかがこの二人にかかっていることが歯がゆかった。

老女はまるで長年の鬱憤《うっぷん》を吐き出すかのように孫娘を罵倒し、父親は一切口を挟まず暴言を許している。いくらなんでもひどすぎやしないか。この狂った時間があとどれくらい続くのかと辟易《へきえき》しはじめたとき、父親が新しい煙草をくわえて火を点けた。

「ともかく、勝手に見て勝手に帰ってくれ。娘のアパートから引き揚げてきたもんは、ぜんぶ土蔵に入ってる」

すると父親は母屋に顔を向け、「幸子《さちこ》!」と山々にこだまするほどの大声を張り上げた。しばらくすると痩せて貧相な女性が顔を出し、やや前屈《まえかが》みになりながら小走りにやってきた。

「この人らを土蔵に案内してくれ。ほっとくわけにもいかねえからな。鉢の準備はもうできてんだろ？」

「ええ。裏に並べといたから」

そう言って彼女はこちらに向き合い、深々と頭を下げてきた。桃子の母親だということは、顔の造作を見てすぐにわかった。彫りの浅い平面的な骨格で、重い一重まぶたの目許がよく似ている。そして、娘以上に寂しげだった。

それから作業場のほうへ去っていく二人を見送り、彼女は恐縮するようにまた頭を下げた。

「お茶もお出ししないですみません。東京からわざわざ来てくださったのに」

見た目通りの覇気《はき》のない声色《こわいろ》だ。

「お気持ちだけいただきますよ。こちらこそ事件解決に時間がかかっていて申し訳ありません」

「いいえ、ずっと娘を殺《あや》めた犯人を捜してくださってありがとうございます。定期的な電話や手紙にはどれだけ救われたかわかりません。南雲さんのおかげで今まで生きてこられました」

「その言葉は犯人が逮捕されたときにまた聞かせてください」

「ええ、ええ。その知らせを待っています……」

桃子の母親は涙ぐみながら声を詰まらせた。それを見た桐ヶ谷も目頭が熱くなるのと同時に、心の底からほっとした。母親だけは娘の死を悲しんでいる。いや、悲しみを表に出せると言ったほうが正しいだろう。父親と祖母は、桃子を悪く言うことで心の均衡を保っている。そう思いたかった。

四人は彼女に連れられて土蔵の中へ入ることになった。震災の影響なのか壁には大きなひびが幾筋も走り、元は積み上げられていたのであろう木箱の類が床に下ろされている。蔵の中はひんやりとした空気で満たされ、カビや古物特有の臭いが漂っていた。

母親は天井から吊るされた鎖を引いて裸電球を点けた。

「散らかり放題ですみません。片付けようと思ってもなかなか手がつけられなくてね」

「蔵というものに初めて入りました」

ずっと無言だった八木橋が、周囲に目を走らせながら言った。土蔵は木梯子《きばしご》がかけられた二階建てで、いつからここにあるのだろうと思うような古物が隙間もなく収められている。修理すればまだ使えそうな蓄音機や八ミリの映写機、飴《あめ》色に変色したたくさんの木箱には毛筆で中身が記されていた。大皿などの瀬戸物が多いけれども、ふいに雛《ひな》人形という文字が目に入って胸の奥がちくりと疼《うず》いた。河内家のひとり娘である桃子は、さぞかし大切にされていたのだろう。雛人形のほかにも三歳と七歳で身につけた七五三の着物や成人式の振り袖、髪飾りや草履《ぞうり》といった祝い事の一式が、長持に入れられて厳重に保管されている。

白髪の目立つ母親は奥に並んでいる箱などをずらして空間をつくり、立ち上がって腰を叩いた。

「ここにあるものが全部東京のアパートから持ってきたものです。食器やタオル、桃子の衣類なんかは、知らない間にばあちゃんが処分してしまったんです。それでも大丈夫ですか？」

「大丈夫です。彼女が学校の課題で提出したレポートとか制作物とか、そのあたりが見たいんですよ。警察も押収しなかったものです」

南雲の言葉に、彼女は「はあ」と曖昧な返答をよこした。そしていくつかの段ボール箱の蓋《ふた》を開け、四人のほうへ押しやった。

「この箱がそうです。教科書なんかもそのまま入っていますので……」

そう言いかけた彼女は、箱の中身を見下ろしてさっと目を逸らした。手を握りしめて何度も深呼吸をしていたが、やがて口許を手で覆って大粒の涙を落とした。

「す、すみません。何年ぶりかで見たものですから。も、桃子の書いた字が下手くそで、ずっと昔からお習字を習ってたのにちっともうまくならなくて、と、東京の学校へ行ってもおんなじ字を書いていたんだなあと思って……」

母親は流れ落ちる涙を止められず、チェック柄のエプロンの裾でぬぐった。

「あ、あの子は本当に不器用なんですよ。針仕事なんていちばん向かないのに、あ、ある日突然、東京の学校に行きたいって言い出して。洋服のデザイナーになるんだって言うんです。そ、そんな夢みたいなこと言って、こんな田舎から東京に行っても苦労するだけなのに、わ、わたしには目標ができたからって」

彼女は堰《せき》を切ったように喋り出し、嗚咽《おえつ》しながら急《せ》くように先を続けた。

「父ちゃんもばあちゃんも猛反対で、ただ都会に憧れてるだけだって取り合わなかった。で、でもわたしは、あの子をこの家から出してあげたかった。わ、わたしが兄弟を産んであげられなかったばっかりに、桃子は家に縛られることになったんです」

桐ヶ谷の涙腺《るいせん》はもう限界で、涙が見る間にあふれてきた。小春は彼女の腕にそっと触れ、丸くなった背中を無言のままさすっている。母親は子どものようにしゃくり上げてむせび泣き、セーターの胸許をぎゅっと握り締めた。河内家の嫁としても、言葉では言い尽くせぬような苦労をしてきたのがわかる。特に跡継ぎのことでは、多方から責められたのではないだろうか。

彼女はなんとか落ち着こうと大きく息を吸い込んだが、まったくそれは叶わなかった。

「学費も仕送りも何もしない。勝手に行け。結局はそう突き放しました。父ちゃんもばあちゃんも、それで桃子が諦《あきら》めると思ったんです。でも、あの子は諦めなかった。奨学金を借りてアルバイトをして、た、たったひとりでやっていく決意をしたんです」

「でも、お母さんは仕送りをしていましたよね」

南雲が静かに言葉を発すると、彼女は小さく頷いた。

「それぐらいしかしてあげられなかったんですよ。こっそりお金を送ることしか。で、でもそれは間違っていた。あ、あのときわたしも本気で止めていれば、こんなことにはならなかった。まだ二十二年しか生きてないのに、と、東京のちっちゃい部屋でたったひとりで死なせてしまった……」

彼女は泣き崩れ、小春は肩を支えて南雲のほうへ振り返った。彼女はもうここにはいないほうがいい。目でそう語っているが、桐ヶ谷も同じ考えだった。娘を失った傷はまるで癒えてはおらず、この場所に封印していた遺品を見ることのできる精神状態ではない。南雲も小さく頷いた。

「お母さんは家で待っていてください。ここは我々で進めます。許可いただけますか?」

母親は止めどなく涙を流しながら小刻みに頷き、小春とともに蔵を出ていった。そして数分後に小春が走って戻ってくる。

「桐ヶ谷さん、大丈夫?」

もはや号泣に近い桐ヶ谷の顔を覗き込み、夜空の模様のタオルを差し出してきた。マスクを外して受け取ったタオルで顔を拭き、細く長く息を吐き出した。

4

「……まったく大丈夫ではない。でもやるべきことはやらせてもらう」

桐ヶ谷は再び顔をぬぐってマスクを着け直し、気持ちになんとか区切りをつけて段ボール箱から中身を取り出した。いくつもの黒いファイルが無造作に入っているが、中身はすべてレポートだ。母親の言う通り、お世辞にも字がきれいとは言えない。特徴のある丸文字で紙面がびっしりと埋まり、縮尺の展開パターンやラフ画などが所々に添えられていた。

「服飾学校って服を作る技術を教わるだけじゃないんだね。これなんかまるで世界史のレポートだよ」

小春が見ているものには、細かな年表が記されている。十五世紀から現代までの服装の移り変わりをまとめたものだった。

「西洋服装史だね。衣服の歴史と背景を知ることは無駄にならない。小春さんも仕事に役立ってると思うけど」

「さすがにここまでの知識はないよ。でも、もっとさかのぼって知るべきかもしれないな。買い付けのとき相手を言い負かすのに役立つからさ」

桐ヶ谷は脱力して笑った。どうやら彼女は、気分を変える手伝いをしてくれているらしい。桐ヶ谷は「よし」と言って肩をまわし、隙あらば反応してしまう感情に蓋をした。

レポートをめくりながら桃子が学んでいたことを確認し、彼女が目標としていたことを探っていった。レポートを見る限り真剣に授業を受けていた様子が窺える。講師の言葉をひと言も漏らさぬ勢いで書き留めており、それを理解したうえでまとめたレポートにはほとんどすべてにA＋の評価がつけられていた。

「真面目だな……」

桐ヶ谷はぼそりとつぶやいた。すべての科目に手抜きがなく、この状態にまで仕上げようと思えば徹夜しても時間は足りなかっただろうと思われる。日々、彼女は体力気力がぎりぎりの状態で過ごしていたことが見て取れた。

「ここから何かわかったのかい？」

南雲もレポートを繰りながら問うてきた。

「ええ。彼女の精神面がなんとなくわかりました。服飾を学びたいという気持ちはホンモノで、そのためにさまざまな犠牲を払っていたように見えます」

「犠牲を払う？」

「はい。おそらくろくに寝ていなかったんじゃないかな。服飾学校で出される課題は膨大です。一年間でクラスの約三分の一がやめますからね。そのまた一年後には半分がいなくなる」

「それはついていけないという理由で？」

「そうですね。履修学科が十あれば十個の課題が同時に出される。しかも物を作ることが基本ですから、実技とレポートがセットになるんですよ」

南雲は少し考えて言葉を次いだ。

「それほどたいへんなことには聞こえないけどね。要は縫い物とレポートでしょ」

「学生がやるのは仕立て屋と同レベルの専門的なことなので、ちょっと軽く何かを縫うのとはわけが違うんですよ。プロでも一着作るのに日数がかかることを、同時進行でいくつも進めなければならない。だいたいは生地を縮絨《しゆくじゆう》するところから始めますからね」

「なんだい、縮絨ってのは」

「買ってきた布地を湯通しして縮める作業のことです。物理的に丸一日を要しますよ。これをしないと、出来上がった服を洗ったとたんに縮んで着ることができなくなる。市販の衣類も縮絨されてはいますが、工程が甘いものは一回洗濯しただけで着られなくなりますね。袖や着丈が縮んでしまった経験はありませんか？」

桐ヶ谷は端的に説明した。

「学生は日々仕立て屋レベルの作業に追われることになり、そして次々に挫折していく」

「なるほど、初めて聞きましたよ。服飾デザインなんて華やかな世界にしか思っていませんでしたから」

八木橋は裸電球の下で手帳にペンを走らせた。

「この業界は地味で過酷です。その第一関門が学校なんですよ。河内桃子さんは学費を稼ぐためにバイトもしていましたから、どう考えても時間が足りなかったはずです。学校とバイト以外はあの部屋にこもって必死に作業をしていた。相当な精神力だと思いますね。なかなかできることではありません」

桐ヶ谷はファイルを閉じて、箱の奥で潰れている紙袋を取り出した。中身は作りかけのコートらしく、分厚い赤のウール生地が裁断されて切りじつけがほどこされている。それを一瞬見ただけで、手先が器用ではないことがよくわかった。

「お母さんの言葉は当たっていますね。娘は不器用だったという点です」

桐ヶ谷はみなに見えるように袖のパーツを箱の上に置いた。

「パターンに沿って白い糸が点々とついていますが、これは切りじつけというものです。ミシンで縫製するための案内ですね」

「これはまた繊細だな」と八木橋は顔を近づけた。

「しつけ糸で本縫い線を粗く縫ってから糸を切る。生地の表面ぎりぎり見える程度に切って蒸気を当てると、糸が膨らんで生地の断面に残るんです。ほんの一、二ミリの糸ですね。それを目印にミシンで縫製し、あとから糸を毛抜きで抜いていくというわけで」

「ペンで印つければ済む話だと思うけど。どうせ裏側で見えないんだしさ」

小春が首を傾げた。

「家庭で縫うぶんにはそれでじゅうぶんだけど、これは『英国式仕立て』の正統な技術だからね。衣服を裏側から見ても、たとえ分解してもすべてが美しくなければいけない。世界じゅうのテーラーがやっている基本なんだよ」

桐ヶ谷は桃子がつけた切りじつけをじっと見た。

「縫い方が不均等で糸の向きが定まっていない。縫う前に糸が抜けてしまっている部分もあります。これは手先の器用さの問題で、苦手な人は何年経ってもできないんですよ。そういう意味で、彼女は細かい仕事が得意ではなかったように見えます。それとこれ」

袖のパーツを取り上げて生地の端を指差した。

「縫い代《しろ》に切り込みが入っていますが、これは合印《あいじるし》です。パーツとパーツを縫い合わせるための目印ですよ。合印は生地に対して垂直に入れるべきですが、彼女はすべて斜めになってしまっている。切り込みの深さもまちまちで、これでは目印として機能しませんね」

「時間に追われてるし睡魔にも襲われるし、手許が狂ったとか？」

「いや、これは癖だな。生地の裁断面も斜めになっている。たぶん、ハサミの持ち方が独特だったんだと思う。全部の指でハサミを支えていないから、ハサミにも彼女の癖が移ってしまっている」

おそらく、裁ちばさみの持ち手に三本の指しか入れていなかったのだろう。子どものころからの癖として定着してしまったと思われる。そのせいで切りじつけや合印など、切るという作業に特有の角度が生まれていた。

桐ヶ谷は、裁断した生地や縫い目などから河内桃子という人物を絞り込んでいった。手先は不器用だが何事にも真剣に取り組み、目標へ邁進《まいしん》していたのは間違いない。故郷には戻らないと決意していたのではないか。婿を取って河内家を継ぐことから逃げていたというよりも、本気で叶えたい夢があったのだ。では、その夢とはなんだったのだろうか。

桐ヶ谷は彼女のレポートや作りかけの作品をつぶさに検分し、何がそうまで駆り立てていたのかを探った。おそらくがむしゃらに叶えたい『夢』に近いところに犯人がいる。なんの根拠もないけれどもそう確信していた。警察が唯一、捜査しなかったこと。それが桃子の夢や目標の部分だからだ。

課題として制作した衣類は、どれもお世辞にも仕立てがよいとは言えない。レポートの評価は高いものの、実技はほとんどがCでせいぜいB止まり。いっしょうけんめい縫ったことは伝わるが、技術がまったく追いついていなかった。

「縫製技術者向きではないな……」

桐ヶ谷はつぶやいた。桃子には緻密さがないのだ。が、かといってデザイン性に優れているわけでもなく、言葉は悪いが見るべきものがないのが正直なところだ。彼女の作品を次々と袋から出し、そして段ボール箱の底に貼りついていた小さなスケッチブックを取り上げた。中身はすべてデザイン画だが、それを見た桐ヶ谷ははたと動きを止めた。

「どうしたの？　なんか見つけた？」

小春が手許を覗き込んでくる。デザイン画にはすべてタイトルがつけられ、細かに注釈がつけられていた。ハムレットのオフィーリア、夏の夜の夢のハーミア、レ・ミゼラブルのコゼット、嵐が丘のキャサリン……。有名な古典演劇とヒロインの名前が書かれた数々のデザイン画は、どれも独創的で活き活きとしていた。

「なるほど」

桐ヶ谷は薄ら寒い蔵の中で顔を上げた。

「彼女は舞台衣装のデザイナーを目指していたのかもしれない」

「舞台衣装？」

すぐさま反応した南雲が、八木橋に目配せを送った。部下はリュックサックから捜査資料を取り出し、素早くめくって手を止めた。

「河内桃子は観劇が好きだったようです。部屋からチケットの半券が二枚だけ見つかっていますね。ええと、テンペストとオペラ座の怪人。そのほか、手帳にも公演の予定などがいくつか書き込まれていました」

「苦学生の唯一の楽しみは演劇か」

南雲は顎に指を当てながら言った。

「まあ、しょっちゅう観に行けるほどの余裕はなかっただろうがね」

「ええ。彼女は演劇というより舞台衣装を観に行きたかったんでしょう。彼女が考えていたデザインは独創的です。すべて着物を合わせたものですよ」

桐ヶ谷はスケッチブックをみなに向けた。古典的なドレスと鮮やかな友禅《ゆうぜん》を大胆に組み合わせ、個性あふれるヒロイン像を作り上げている。スパンコールや金糸、サテンや絞りなどの主張の強い素材同士を融合させているのに決してうるさくはなく、むしろこの衣装で演技をする役者を見たくなる。不思議な世界観の舞台衣装は、きっと世界に通用しただろうと思うとやりきれなかった。才能のある惜しい人材を失ったのだから。

「これは出来上がりを見たい衣装だね。オフィーリアがミニ丈の着物ドレスとか、観客の度肝を抜きそうだよ」

「まったくだね」

小春に頷きかけると、南雲が腕組みして目を細めた。

「被害者が観た演劇についてはは一応当たってはいる。座席の情報からひとりで観に行ったことがわかっているし、周囲にいた客は河内桃子とは無関係だ。桐ヶ谷さんは、この線を疑っているというわけかい？」

「いえ、それはわかりません。ただ、河内桃子さんが必死に学校へ通っていた理由は、舞台衣装の仕事に就きたかったから。これは新しい情報ではありませんか？」

桐ヶ谷が南雲と八木橋を交互に見やると、二人はいささか難しい面持ちをした。

「確かに新しい。警察はそういう目線で捜査をしていなかったからね」

「そこですよ。警察が捜査し尽くしたところに犯人はいない。彼女の遺品はそれを語っているように見えます」

桐ヶ谷は空になった段ボール箱を脇に寄せ、次に奥に置かれているミシンに目を据えた。埃をかぶったミシンはこの十年間、何も縫うことなくこの場所で静かに眠っていたのだろう。いわばこれは桃子の相棒も同然だった。

ねずみ色のケースからミシンを出した桐ヶ谷は、屈み込んで状態を確認した。当然だが糸巻き案内や天秤など金属の部分には錆びが浮き、つけられたままの針は鈍色《にび》に変色している。糸立てには濃紺の絹糸がかけられ、桃子が最後に使っていた状況がそのまま保存されていた。

「このミシンは調べましたか？」

「血痕や指紋が残されていないか、科学的な検証はされているよ」

「いえ、そうではなくミシン自体の検証です」

「機械的なことを調べたかどうかなら、答えはノーだ。そこまでする理由がないからね」

桐ヶ谷はわかりました、と言って立ち上がった。

「小春さん。悪いんだけど河内さんに聞いてきてほしいことがあるんだ」

「お母さんに？」

「そう。桃子さんの部屋に残されていたものはこれで全部かどうか。作りかけの作品を処分していないかどうか。この二つなんだけど」

「オーケー。ちょっと待ってて」

小春は言うより早く踵を返し、蔵の外へ走り出した。そして三分と経たずに舞い戻ってくる。

「処分したものは生地類。課題で使ってた端切《はぎ》れとか残反《ざんたん》が山のようにあって、それはばあちゃんが勝手に捨てたみたいだね。桃子さんが作ったものはその箱にあるもので全部だよ。以上」

「ありがとう」

桐ヶ谷は小春に目礼し、刑事二人に目を向けた。

「桃子さんが殺されたのは二月。学校の課題としては重衣料の制作が主流だったはずです。学校のカリキュラムはほぼ季節とリンクしていますから。必要なら学校に確認を取ってください」

そう説明しながら、癖のある切りじつけがついた作りかけのパーツを取り上げた。

「彼女はレンガ色のコートを作ろうとしていた。裁断と印つけ、芯貼《しんば》りが終わり、前身頃にアウトポケットを縫いつけたところで止まっています。このウール生地はかなり地厚ですね」

「そうだが、そこに何か気になることでもあった？」

南雲が訝《いぶか》しげな声を出した。

「ミシンを見てもらえばわかる通り、濃紺の糸がかけられていますよね。糸の色がコートと合わないと思いませんか？」

刑事二人は顔を見合わせた。

「確かに赤い糸ではないが、それが重要事項だとは思えないねえ」

「重要ですよ、とても。おそらく事件の根幹にかかわっています」

南雲と八木橋は目を大きくみひらき、疑問を口にしようとした。しかし桐ヶ谷は手を上げて「待ってくださいね」と言い、ミシンの前に膝をついて基部を検分しはじめた。裸電球がひとつだけの蔵の中は薄暗く、細かい部品に影がかぶってなんとも見づらい。それを見ていた八木橋が横からペンライトを当て、期待を隠さず親指を立ててみせた。

「ミシンにかけられている紺色の糸は六十番手で針は七号。これは極めて薄い生地を縫製するときの仕様です。さらに送り歯」

桐ヶ谷は、針の真下にあるギザギザした金属部分を指差した。

「これは縫製の際に生地を後ろへ送り出すためのパーツです。送り歯のピッチ、いわゆるギザギザひとつぶんの寸法は通常で一・五ミリ。もしこのコートを縫っていたのなら、かなりの厚手なので送り歯のピッチは二ミリのものに替えるはずです。でも、桃子さんのミシンに設置されている送り歯は一・一五ミリ。高さも低く設定されている。ここです」

「この針の下のところだね。これの高さも生地によって替えると」

「一般的には替えませんが、仕立てを突き詰めようと思う者なら道具もカスタマイズするのが当然です。彼女はポリエチレンの細かい送り歯を選んでいる。ギザギザで生地を傷つけないように、特殊なものを選んだんですよ。このミシンが語っているのは、彼女は亡くなる直前までかなり薄手の生地を縫っていたということです」

するとじっと考え込んでいた小春がはっとして顔を上げた。

「いや、ちょっと待って。遺留品のなかに作りかけの薄手アイテムなんてなかったはずだよ」

桐ヶ谷は嬉しくなって彼女に微笑みかけた。

「そうだね。ミシンは薄手に特化したカスタマイズがされているのに、肝心のアイテムが見当たらない。僕は、犯人が持ち去ったんじゃないかと見ています」

その言葉は蔵のなかを張り詰めた空気に変えたが、南雲は綿毛のような薄い髪をなでつけて首を横に振った。

「ホシが持ち去ったとする根拠が弱い。過去の僕なら間違いなくこう言っていただろうね。だが、桐ヶ谷さんの指摘は警察が完全に素通りしたことだ。要は捜査されていない」

桐ヶ谷は頷き、ミシンの押え金を上げて錆びついた針を外した。そして送り歯の脇にある角板《かくいた》を滑らせて、内部からボビンケースを引き抜いた。

「これは下糸です。ミシンというのは、上糸と下糸の二本を絡ませながら縫っていく仕組みなんですよ。小春さん、ピンセットを持ってる？」

そう言うなり、小春は当然のように商売道具のピンセットを差し出してくる。桐ヶ谷は内釜《うちがま》にピンセットの先を入れ、中に溜まっていた埃を掻き出した。八木橋はすかさずビニールの小袋を胸ポケットから出して、ミシン内部の微物を収めていった。

「お願いがあります。このミシンから出た埃とかゴミを、科学的に分析していただけませんか？」

「それはもちろんかまわないが、それにどういう意図があるの？」

「ミシンで生地を縫っていくと、針が貫いた部分の生地がこすれて下に落ちるんです。ほんのわずかですが、ミシンを使えば使うほど内釜には布から出た埃が溜まっていく。これは河内桃子さんが最後に何を縫っていたのかを知る唯一の手がかりです。犯人につながる最後の物証でもあると思っています」

桐ヶ谷はそう断言した。桃子が縫っていた何かを欲しがっていた者がいる。殺してでも奪わなければならなかった理由が犯人にはあるのだろう。南雲は険しい面持ちで黒っぽい埃を凝視し、そして胸ポケットに入れた。

5

刑事二人が突然訪ねてきたのは、栃木から帰った翌日の夜だった。店にある裁断台の上は仕事関係の書類で埋め尽くされており、床にも落ちて荒れ放題だ。明日の朝までに決着をつけなければならない依頼があるのだが、南雲と八木橋の真剣な顔を見て仕事をする手をあっさりと止めた。

「どうも、どうも。夜分にごめんなさいねえ。それになんだか忙しそうだね。間が悪いところに来ちゃったかな」

南雲がくたびれたベージュのステンカラーコートを脱いでいるちょうどそのとき、

髪を振り乱した小春が勢いよく店に駆け込んできた。はあはあと肩で息をしながら、もつれた長い髪を後ろへ払っている。そして刑事二人を睨みつけた。

「アポを取りなよ、アポを！　今から桐ヶ谷さんとこへ行くからあなたも来てねって、今何時だと思ってんのさ！」

壁の時計に目を向けると、もう十時を過ぎていた。

「久々にゲーム実況を始めたってのに、途中で止めたから登録者数が二千八百人も減ったわ！」

「まあ、まあ。百万人近くもいるんだからそのぐらいいいじゃないの。しかし、あの手の実況動画がなんで百万人から支持されてるんだかねえ」

南雲は飄々と無礼なことを口にし、小春の神経をさらに逆撫《さかな》でした。桐ヶ谷は散らばった書類をかき集めて棚の上に載せ、丸椅子を出して三人を促した。

「何か進展があったんですか？」

「何もない。だが、あなたがミシンから取り出したゴミの分析が挙がってきたんだよ。超特急仕上げだ。解析結果を専門家に渡す前に、すぐ伝えたほうがいいかと思ってね」

南雲が八木橋に目をやると、彼はリュックサックの中からクリアファイルを出して上司に渡した。

「この成分分析にどういう意味があるのかわからないけども、とりあえず読み上げるよ。ええと……」

南雲は胸ポケットから老眼鏡を出してかけ、書類に印字された表に指を走らせた。

「まずはセルロース、リグニン、カルシウム」

「紙ですね」と桐ヶ谷は即答した。「針葉樹から作られた紙の化学組織です。たぶんハトロン紙だな」

桐ヶ谷は棚にある図面ケースを取り上げ、蓋を開けて薄い紙を一枚取り出した。

「パターンを引く紙はほとんどがこれです。ミシンの中からこの繊維が出たということは、薄物の生地を紙と一緒に縫ったということでしょう。薄い布がミシン針に負けて巻き込まれないように、紙ごと縫ってあとから破いて外す方法です」

八木橋は桐ヶ谷の言葉を高速で書き留めていた。

「初めて聞くことばっかりだよ。ええと次がフィブロインとセリシン」

「絹です」

「なるほど。次。数値的にはこれがいちばん多い。鉄分だよ。科捜研によれば、ミシンの金属が摩耗して入ったんじゃないかということだったけども」

桐ヶ谷は頷いた。確かにミシンオイルや鉄粉などが混入していてもおかしくはない。しかし次の分析結果を聞いたとき、一瞬にして背筋に寒気が駆け抜けた。

「最後がタンニン酸」

「タンニン酸……」

頭のなかで、桃子が縫っていた生地が瞬く間に織り上がっていくのがわかる。鉄分とタンニン酸。これは複雑な工程を踏んだ古代植物染色の生地に違いない。じっと一点を見つめて固まっている桐ヶ谷に、小春はおそるおそる声をかけてきた。

「桐ヶ谷さん？　大丈夫？」

桐ヶ谷ははっと我に返って何度も頷き、ちょっと失礼と言って奥の洗面所へ行った。マスクを外して顔を洗う。自分の考えが正しければ、事件は一気に進展する。冷たい水をしばらく浴びせ続けているうちに、頭のなかの仮説が完璧な一本の線となって押し寄せてくるのを感じた。

店に戻ると、三人はそれぞれ探るような目を向けてきた。期待や不安がないまぜになっている。桐ヶ谷は定位置に腰を下ろし、順繰りに三人と目を合わせた。

「河内桃子さんが死に際《ぎわ》まで縫っていたのは大島紬《おおしまつむぎ》ですよ」

みなの顔には一斉に疑問符が浮かんだ。桐ヶ谷は先を続けた。

「奄美大島《あまみ》では、昔から養蚕《ようさん》が盛んで紬が生産されていた。日本でもっとも長い歴史のある絹織物です。車輪梅《しゃりんばい》という木の樹皮を煮出した煎汁液《せんじゅうえき》で染色するんですが、この成分がタンニン酸です」

小春は固まったように動かず、黙って耳を傾けた。

「車輪梅で染めたものを乾燥させ、今度はそれを泥で染める。この泥の成分が鉄分で、タンニン酸と化学反応を起こさせることで大島紬の深い色が生まれます。分析結果で出ている鉄分は、おそらくこの泥のものですよ」

「成分が合致するというわけか。だが、それだけでピンポイントに大島紬だと絞り込めるものなのかどうか。成分的に似通ったものもあるはずだと思うが」

「その心配には及びません。なぜなら、世界でこの成分が含まれる生地は大島紬だけなんですよ」

八木橋がメモを取っていた手を止め、ゆっくりと顔を上げた。

「その大島紬を使った作品も生地も、桃子の遺留品のなかにはなかったということですね？」

「ええ、そうです。ミシンの設定から考えれば、透けるように薄い夏大島を縫っていたと推測できます。でもそのアイテムがどこにも見当たらない」

桐ヶ谷は天井を仰いで大きく息を吸い込んだ。すでに持ち去った人間の見当がついている。心拍数が上がって息苦しいほどだが、なんとか気持ちを落ち着かせてスマートフォンを手に取った。あるキーワードを入れて検索すると、たちまち複数の画像で画面が埋め尽くされる。深い藍色の生地には桜吹雪が織り込まれ、絣《かすり》が紗《しゃ》をかけて息を呑むほど美しい絹織物だ。それが大胆なミニ丈のドレスに仕立てられ、華やかさのなかにも静けさのあるミステリアスな雰囲気に仕上がっている。まさに日本の伝統美であり、存在感のある衣装だった。

桐ヶ谷は画像を見つめてため息をつき、スマートフォンをみなの前に置いた。とたんに小春が椅子から腰を浮かせ、信じられないという顔で口許を引きつらせた。

「う、うそでしょ。これ、ミス・ユニバースの日本代表じゃんよ……」

「そう。十年前の日本代表だよ」

とたんに南雲も立ち上がった。

「いや、ちょっと待て。まさかこの女が？」

「犯人かどうかは、このドレスを見てみないとわかりません。ただ、彼女のことはよく覚えていますよ。本選に進んだ彼女は、このドレスを自作したことをアピールポイントにしていた。独学で洋裁を学び、日本の文化である大島紬を世界に知ってほしいとね。当時、フランス人の僕の知り合いが大島紬の美しさに目をつけました。彼女を見たからですよ。そのぐらいインパクトのあるスピーチだった」

このドレスで堂々と舞台に立っていた彼女を思い出す。自分の仮説が当たっているなら、彼女は桃子を殺してこのドレスを奪ったはずだ。ただ、そうまでした理由がわからない。単なる服飾学校の学生が作ったものを、そして決して器用ではない桃子が作ったドレスを何が何でも手に入れたかった。類似のものをよそで仕立てることも可能だったはずだ。しかしそうしなかったのには確固たる理由がある。

考えを巡らしていると、スマートフォンを操作していた八木橋が興奮していささかうわずった声を出した。

「このミス・ユニバース日本代表は平林優華《ひらばやしゆか》、当時二十四歳でスポーツジムのインストラクターです。身長は百七十六。エキゾチックな容姿にも注目が集まっていたようです」

「被害者とは住む世界がまるっきり違う。接点がない」

南雲は腕組みしながら押し殺した声を発した。今後の動きをめまぐるしく考えているのだろう。しばらく黙り込んでいたが、やがて書類をしまってステンカラーコートを手に持った。

「今日は夜遅くにごめんなさいね。わかってると思うけども、きみらはくれぐれもこのことは口外しないように」

「了解ですよ」

「また連絡するからね。じゃあ、そういうことで」

口調はいつもと変わらないが、八木橋に目配せする南雲の顔が今までとは違っていた。色素の薄い目はぞっとするほど無感情で、嵐の前の静けさを感じさせた。

6

新規取引に忙殺されている間に三月も終わっており、残念なことに桜の盛りも過ぎていた。事件はあれからどうなったのかと気にはかかっているのだが、こちらから刑事に問い合わせるのもためらわれる。小春も落ち着きのない日々を過ごしているようで、連日のように桐ヶ谷にメッセージが送られていた。

小春によれば、ミス・ユニバースに上位入賞した平林優華は現在結婚して一児の母であり、アートディレクターという肩書きで舞台衣装などの監修やデザインを手掛けているらしい。まさに河内桃子が歩きたかった人生を横取りしたように見える。まだ平林優華が犯人と断定されたわけではないけれども、まず間違いないだろうと思っていた。

桐ヶ谷は海外から送られてきたプレゼン資料や熱いメッセージを確認し、すでに独自交渉が決裂しているという富山の機屋《はたや》へ再交渉するべく綿密に計画を立てていた。今はこの仕事に集中しなければならない。ノートパソコンに向かってキーを叩いているとき、スマートフォンが振動しながら着信音を鳴らした。画面に南雲の名前があるのを見て、桐ヶ谷はひったくるように電話を耳に当てた。すると、拍子抜けするほどのんびりした声が流れてきた。

「どうも、どうも。桐ヶ谷さん、今電話は大丈夫？」

「ええ。その後どうなりました？」

桐ヶ谷は開口一番そう言った。

「そのことで電話したんだよ。平林優華が自供した。河内桃子を刺したとね」

桐ヶ谷は喉のつかえがようやく取れたような気がして、無意識に胸のあたりをさすった。

「時間がかかったんですね」

「そうだねえ。慎重に進める必要があったんだよ。平林優華の夫は現職の国会議員でね」

「そうらしいですね。小春さんから聞いています。彼女はちょっとした情報屋ですよ。毎日そういう話を僕に送ってくれるので」

南雲は苦笑し、咳払いをしてから先を続けた。

「捜査が難航したいちばんの理由は、平林優華を尋問するほどの決め手が我々にはなかったことだ。直結するような物証もなく、ミシンから出たゴミと桐ヶ谷さんの推測がすべてなわけだからね。下手に動けば証拠隠滅もあり得るし、議員の夫もどう動くかわからない」

電話の向こうで、南雲は何かを飲むような音をさせた。

「そこで、ミスコンで着た衣装を調べることになった。彼女の生まれ故郷である川越《かわごえ》市の地域博物館に寄贈されていたよ。だが、平林優華は講演で食ってるようなもんで、衣装はしょっちゅう当人に貸し出しているというわけでね。戻ってくるのを待って調べたから時間がかかったんだよ」

「そうでしたか。それで、繊維の成分はすべて合致しましたか？」

「ああ。見事に一致だ。桐ヶ谷さん、またあなたの手柄だよ。うちの八木橋なんて雄《お》叫《たけ》びを上げてガッツポーズしてたからね」

桐ヶ谷は複雑に思いながらも薄く笑った。

「被害者のミシンから出た微物との完全一致と、桐ヶ谷さんが言っていた合印というものね。縫い代に切り込みを入れるやつ」

「それも一致したと」

「そういうことだ。遺留品にあった作りかけのコートに残されたものと、大島紬で作ったドレスに残された切り込みが一致。これは科捜研が、切り込みの角度やハサミの刃の傾きなんかを徹底的に調べたからね。生地の断面も分析した結果、同じ人間の手によるものだとわかったんだよ」

不器用で細かい作業が苦手だった桃子の特殊な癖が、十年後に犯人を指し示したという事実が感慨深い。桐ヶ谷は胸がいっぱいになっていた。服飾というものは、作った者や身につけた者の痕跡を包み隠さず記録する。それをあらためて思い知らされた。

「被害者と平林優華の接点だが、演劇だった。ミスコンの審査に活かすために、優華は当時片っ端から古典劇を観ていたんだよ」

そういうことだったのか……。最後まで残っていた謎がようやく解き明かされた。

「被害者の自宅にあったチケットの半券、テンペストとオペラ座の怪人だが、このどちらにも行ってるんだよ。河内桃子の後ろの席になったとき、劇中、ずっとスケッチしていることに優華は気がついた。終わってから声をかけたそうだ。デザイン画を見せてもらえないかと言ってね」

桃子ががむしゃらに夢を追ったことが、死へのカウントダウンにつながっている。桐ヶ谷は首を横に振った。

「本当にやり切れないな。彼女にはなんの非もなかった」

「犯罪というのはそういうものだ。悪意ある者の目に留まったら終わり。世間はそれを隙と呼ぶが、だれにでも起こり得ることだよ」

南雲はきっぱりと言い切り、説明を続けた。

「平林優華はコンテストへのアピールポイントとして、和装に力を入れようと思っていた。日本文化を発信できるうえに、文化の保存も声高《こわだか》に訴えることができる。この時期、そんな活動もしていたようだね。もちろんそれらにはなんの興味もなかったが、勝ち上がるために自分をプロデュースしたというわけだ」

「まあ、それはよくあることなので見破れなかった審査側に問題があります。彼女は河内桃子さんに衣装の制作を頼んだということですか？」

「いや、桃子のほうから作らせてくれと頼んできたそうだ」

南雲は書類をめくる音を立てて、くぐもった声を出した。

「桃子がスケッチしていたデザイン画を見て、平林優華はぴんときたと言っている。和装ではなく、着物とドレスを合わせて自作したことにすればさらに注目度は上がるんじゃないかとね。自分がミスコンに出ることを桃子に話し、デザイン画を譲ってくれないかと頼んだそうだ」

「そこで自分が作ると名乗りを上げたと」

「そういうことだ。言ってみれば利害の一致だよ。舞台衣装の仕事を夢見ていた自分の作品が、世界の舞台に上がるかもしれない。こんな機会はなかなか巡ってこないだろうからね。これは二人だけの秘密だと口止めをして、平林優華は桃子と手を組むことになった」

「まさか、その約束を破ったことが殺人の動機ですか？」

桐ヶ谷が急かすように問うと、南雲は違うと即答した。

「平林優華は見事、ミス・ユニバースの日本代表に選ばれた。世界大会へ向けて着々と準備を進めていたとき、桃子が急に自分の名前を出さなければ衣装を使わせないと言い出した」

野心に目覚めたのだろう。ミス・ユニバースという大舞台で自分の名が表に出れば、今後のキャリアに箔《はく》がつく。しかし、平林優華にしてみれば、苦心して作り上げた自己設定が崩れ落ちてしまう。

南雲は淡々と言葉を送り出した。

「あの日、平林優華は交渉するために被害者のアパートへ行った。世界大会まで日数が迫っているし、企画書類も提出済みだから今さらアピールポイントやスピーチを変えるわけにはいかないとね」

「桃子さんはそれを突っぱねた」

「そう。自分の名前を出さなければドレスを渡さないし、舞台裏を暴露するともね。平林優華は追い詰められた。桃子の要求を吞んでも吞まなくても、コンテストでの結果は最悪のものになる。そして発作的にハサミで刺した。そのときのことは、よく覚えていないと言っているよ」

二人の女性が自分の夢を掴むために必死だったことはわかる。互いを認め合って二人で称賛を享受する道もあったはずだろう。しかし、どちらもチャンスを独占したがった。その結果、桃子は命を落とし、優華の掴んだ栄光は破滅への道が約束されたものとなった。

「桃子さんの母親は、これを聞いたらなんと思うんでしょうね」

桐ヶ谷は、この成り行きを知った母がまた傷つくさまを想像するのも嫌だった。

「欲は人間を変えてしまうが、河内桃子は真っ当な主張をしたと思っているよ。もっとうまくできたはずだとも思うがね」

「そうですね。桃子さんは初めから条件をつけるべきだったと思います。それに苦学生がデザインしたドレスという事実のほうが、コンテストでは目を引いたんじゃないかな」

桐ヶ谷は重苦しい気持ちのままため息をついた。

「まあ、なにはともあれ、桐ヶ谷さんの能力には感心したよ。今回ばかりは難しいかと思ったけども、ミシンの中にあった埃とか合印とか、あなたはまたとんでもないところに目をつけた。まだまだ捜査すべきところは残されている。それを思い知らされたよ」

「お力になれてよかったですよ。小春さんも知らせを待ちわびていますが」

「また後日、報告会を開かせてもらうからね。そして、今夜杉並署で会見があるから世の中が騒がしくなる。元ミス・ユニバース日本代表の殺人犯と、現職国会議員の夫。マスコミの過熱はしばらく続くだろうし、世界にも発信されることになる」

この事件は多方面にしこりを残すことになりそうだ。挨拶をして電話を終了しようとしたとき、南雲が思い出したように言った。

「そういえば、あなた方の表彰が決まりそうだよ。水森さんは断固拒否してきそうだから、桐ヶ谷さんがなんとか丸め込んでくれない？　僕のメンツもかかってるから、無下にされると困っちゃうからね。じゃあ、そういうことで。はい、ごめんくださ い」

また厄介な注文をさらりと残していく。桐ヶ谷はひとしきり事件の余韻《よいん》に浸り、「よし」と気合いを入れ直して仕事へ戻った。

解説

東えりか（書評家）

生まれた時からの本好きで、学級文庫どころか図書室の本も読破するくらいの小学生なら、名探偵「シャーロック・ホームズ」を読み逃すことなんてないだろう。

かく言う私は小学校四年生で、はるか昔のロンドン、ベーカー街の異国情緒溢《あふ》れる物語に魅了されたうえに、探偵ホームズの洞察力に夢中になった。

世界中にシャーロキアンが絶えないのには理由がある。ホームズの推理はいつも謎解きから始まるからだ。相棒で医師のワトソンが結婚後、久しぶりにホームズの部屋を訪ねた時のことだ。顔を合わせるなり、ワトソンがまた開業したこと、近ごろ雨にあってズブ濡れになったこと、ひどくそそっかしい女中がいることをホームズに指摘される。

なぜわかった？　と訝《いぶか》るワトソンに、ホームズは悦にいってこう言う。

――簡単そのものさ。僕の眼には、君の左の靴《くつ》の内がわの、ちょうどその暖炉の火の照りはえている場所に、ほぼ平行な疵《きず》が六本見える。これは明らかに、靴底の縁《ふち》にこびりついたどろをかきおとそうとして、そそっかしい者がつけた疵だ。そこで、二つの推理が抽《ひ》きだせることになる。君が悪天候のとき外出したことと、君のうちの女中がロンドンきってのやくざ女だという二つのね。君の開業していることだってそうだ。ヨードホルムの臭《にお》いをプンプンさせ、右のひとさし指に硝酸銀《しょうさんぎん》で焦《や》けた黒い痕《あと》があり、さもここに聴診器《ちょうしんき》をいれていますといわぬばかりに、シルクハットの一方をふくらませた紳士《しんし》がはいってきたんだ。（コナン・ドイル『シャーロック・ホームズの冒険』「ボヘミアの醜聞」延原謙《のぶはらけん》・訳　新潮文庫）

〝推理〟という言葉を知ったのも、ホームズのシリーズからだ。探偵というものは、自分が目にしたちょっとした違和感、齟齬《そご》、物的証拠を集めて事件解決に導く人のことだと知ったのも、だ。

桐《きり》ヶ谷京介《やきょうすけ》の推理は小さな事実を積み上げて物事を推察していくホームズのやり方に似ている。

池袋《いけぶくろ》の駅前で見かけた少女への桐ヶ谷京介の推理はこうだ。

――左側の脇腹をかばうような仕種《しぐさ》が見られる。それに右の肩甲骨《けんこうこつ》付近とその下の広《こう》背筋《はいきん》には動きの制限が見られ、同じく右側の肘脇にある腕橈骨筋《わんとうこつきん》が強張っていた。ひどい炎症を起こしているため、痛くて右手ではカバンを持てないのだろう。（中略）過度に頭を傾《かし》げるような仕種。どうやら耳も聞こえづらいようだ――（「攻撃のSOS」）

この様子から桐ヶ谷は、この少女が日常的な暴力の犠牲者である、と判断する。彼女を助けるため、彼は行動を開始した。

桐ヶ谷には「自分は今まで、何人もの子どもを見殺しにした。暴力の痕跡を目《ま》の当たりにしながらも次に打つ手が見つからず、各所への通報もすべてが無駄に終わった」という苦い経験があったのだ。

おっと、話を急ぎすぎたようだ。

『クローゼットファイル　仕立屋探偵 桐ヶ谷京介』は『ヴィンテージガール　仕立屋探偵 桐ヶ谷京介』に続く、服飾と骨格から推理を行う〝桐ヶ谷京介〟を主人公にしたシリーズの第二作目である。

この桐ヶ谷京介という人物、年齢は三十四歳。食べても太れない体質の長髪の男で、たいそう涙もろい。美術解剖学を専攻していた凄腕のパタンナーであり、高円寺《こうえんじ》で謎めいた仕立て屋をしている。

「美術解剖学」とは聞きなれない学問かもしれない。

東京藝術大学美術解剖学研究室のホームページによると〝美術解剖学は、美術を学ぶものが、その創作のため、また美術作品の研究のために、人体の形態と構造を研究する学問〟とある。

この学問を究めた桐ヶ谷京介には、人を見ると人体模型のように筋肉や骨が透けて見えるという特技がある。彼の学んだ科学的知識に基づき、筋肉や骨のダメージを読み取り、着衣していた時の皺《しわ》や引き攣《つ》れなどから、その人物の身体的特徴や体調までも精緻《せいち》にデッサンできるほど見分けることができる。

服飾史にも通じているため、犯罪現場に残された洋服から時代考証を行い、事件の背景を推理することもできる。

衣服をまとっていても身体の状態を察知できるので、時には虐待《ぎゃくたい》の痕跡まで読み取れてしまう。過去に、助けられた命をいくつも救えなかったことは、彼のトラウマになっていたのだ。

さらに日本の特殊な技術を持つ縫製《ほうせい》の職人や工場と、世界の服飾ブランドを結びつける凄腕のブローカーでもあるので、世界中のメーカーから引っ張りだこである。

前作では十年前に見つかった身元不明の少女の死体が着ていた衣服から、その少女の生い立ちや死んだ理由までを警察に協力して解き明かしていく物語であった。

もちろん警察は、初めのうちは、桐ヶ谷やその助手の役割（ホームズでいえばワトソンになるか）を担う、マニアックな古着を扱うヴィンテージショップの店長で莫大なフォロワーを持つゲームの実況配信者の、水森小春《みずもりこはる》を信用しなかった。だが、彼らが提示する洋服の柄の意味や釦《ボタン》の歴史的な知識と、それに伴う調査能力によって、十年も手掛かりが得られない未解決事件が解決に導かれたのだ。

その時担当した杉並《すぎなみ》警察署の未解決事件専従捜査対策室の警部である南雲隆史《なぐもたかし》は、第二作目の本書では見事な手のひらかえしを見せ、警察官にスカウトしようと何度も試みる。新人で爽《さわ》やか、そのうえ水森小春の大ファンである八木橋充《やぎはしみつる》巡査部長も仲間に加わった。

時はコロナ禍だが、高円寺南商店街にある桐ヶ谷の小さな店にはオンラインでの依頼が引きも切らない。

未解決事件捜査の依頼を受け、現場に残った布や衣類を専門的に調査することになった。それだけ彼らの観察眼と知識は他が追随できないほど特殊であり、正確であった。

今回手掛けた事件は六つ。

「ゆりかごの行方」では十二年前に捨てられた子の母親を捜したいという希望を叶え

るため、着せられていた大人もののTシャツから親の職業を推理していく。それだけではない。その子の深層心理までを見透かすのだ。

「緑色の誘惑」では殺された独居老婦人が残した衣類の趣味から犯人に辿りつく。

「ルーティンの痕跡」では水森小春のベランダから下着を盗んだ泥棒を、犯人の遺留品の男性用下着の傷み方から割り出した。小春のマニアックな知識には舌を巻く。

「攻撃のSOS」においては先に記したように少女が受けている虐待とDVを見抜いたうえで、大きな犯罪を未然に防いでいる。

「キラー・ファブリック」では蕎麦《そば》アレルギーの主婦がアナフィラキシーショック死をした原因を突き止め、「美しさの定義」では殺された服飾学校の生徒が残したミシンの中に残された糸くずと埃《ほこり》から犯人を割り出す。

ほんのちょっとした痕跡や身体の動きから、事件の真相を導き出すまでの過程は、シャーロック・ホームズの魂が現代に降臨したのかと思わせるほど細かく鋭い。

美術解剖学の知識だけでなく、洋服の仕立てのコツやカラーコーディネートの知識まで網羅《もうら》された背景には、川瀬《かわせ》七緒《ななお》という小説家のバックグラウンドが関係していた。

前作『ヴィンテージガール　仕立屋探偵　桐ヶ谷恭介』の刊行記念として講談社が

運営するサイト「ｔｒｅｅ」に書き下ろされた「好きこそものの上手なれ」と題されたエッセイの冒頭にはこうある。

——私は二十年以上、子ども服のデザイナーとして働いてきた——

その経験の中で海外に発注した場合、仕様書通りに出来てこない理由を知る。日本の職人にも似たタイプの人がいて、専門的な知識を持たなくても、職人技として色を見ただけで混色数がわかる人、生地を触っただけで正確な混率を言い当てる人、縫ったミシン目を見ただけで機械のどこに不具合が起きているのかを見抜く老人もいた、という。

——これらは決して特殊な能力というわけではなく、みな自分の仕事が好きでたまらないというところからきているように見えた——

この職人たちの集合体が桐ヶ谷京介だといえそうだ。洋服は纏《まと》う人の体型や癖、そして目的によって大きく形を変える。経験値が専門的な知識を上回ることもあるのだ。

私の母は昭和一桁生まれで、洋裁学校を卒業して縫製の技術を身につけていた。私と妹の洋服はいつもお手製で、結婚式のドレスも縫ってくれたし、人に頼まれると好みのデザインのパターンを引いて縫い上げ、収入を得ていた。

私がまだ幼い頃、お得意さまのなかに、脊椎《せきつい》カリエスで背中が大きく湾曲している女性がいた。図書館司書だったその人は、自分の趣味に合う美しい布を持ち込み、動きやすいようなワンピースを仕立てていた。母がちょこちょこと動き回って仮縫いしている様子をよく覚えている。

桐ヶ谷京介があのときの洋服を見たら、瞬時に着ていた人の病気を見抜くだろうか。

川瀬七緒には人気を不動のものとした「法医昆虫捜査官」シリーズや「賞金稼ぎスリーサム！」シリーズに続く「仕立屋探偵　桐ヶ谷京介」シリーズは、作者の経験値から考えても、たくさんのネタが埋まっていそうだ。

アダムとイブがエデンの園で禁断の果実を食してから、人類は身体を隠す洋服を纏うようになった。服飾の長い歴史の中には大いなる謎がたくさん隠されている。

はてさて、京介と小春のコンビが次に解決する事件は何だろう。犯罪捜査だけでなく、歴史ミステリーにも挑戦できるんじゃないか、なんてこのシリーズのファンとしては、勝手な妄想を抱いてしまう。スケールの大きな物語を期待している。

●本作は二〇二三年七月に、小社より刊行されました。
文庫化にあたり、一部を加筆・修正しました。

|著者| 川瀬七緒　1970年、福島県生まれ。文化服装学院服装科・デザイン専攻科卒。服飾デザイン会社に就職し、子供服のデザイナーに。デザインのかたわら2007年から小説の創作活動に入り、'11年、『よろずのことに気をつけよ』で第57回江戸川乱歩賞を受賞して作家デビュー。'21年に『ヴィンテージガール　仕立屋探偵 桐ヶ谷京介』で第４回細谷正充賞を受賞し、'22年に同作が第75回日本推理作家協会賞長編および連作短編集部門の候補となった。また'23年に同シリーズの本書所収の「美しさの定義」が第76回日本推理作家協会賞短編部門の候補に。ロングセラーで大人気の「法医昆虫学捜査官」シリーズには、『147ヘルツの警鐘』（文庫化にあたり『法医昆虫学捜査官』に改題）から最新の『スワロウテイルの消失点』までの７作がある。ほかに『女學生奇譚』『賞金稼ぎスリーサム！　二重拘束のアリア』『うらんぼんの夜』『四日間家族』『詐欺師と詐欺師』など。

クローゼットファイル　仕《し》立《たて》屋《や》探偵《たんてい》 桐《きり》ヶ《が》谷《や》京介《きょうすけ》

川《かわ》瀬《せ》七《なな》緒《お》

講談社文庫
定価はカバーに
表示してあります

2024年７月12日第１刷発行

KODANSHA

発行者――森田浩章
発行所――株式会社　講談社
東京都文京区音羽2-12-21　〒112-8001
電話　出版（03）5395-3510
　　　販売（03）5395-5817
　　　業務（03）5395-3615

デザイン―菊地信義
本文データ制作―講談社デジタル製作
印刷―――株式会社KPSプロダクツ
製本―――株式会社国宝社

Printed in Japan

ISBN978-4-06-536371-3

講談社文庫刊行の辞

二十一世紀の到来を目睫に望みながら、われわれはいま、人類史上かつて例を見ない巨大な転換期をむかえようとしている。

世界も、日本も、激動の予兆に対する期待とおののきを内に蔵して、未知の時代に歩み入ろうとしている。このときにあたり、創業の人野間清治の「ナショナル・エデュケイター」への志を現代に甦らせようと意図して、われわれはここに古今の文芸作品はいうまでもなく、ひろく人文・社会・自然の諸科学から東西の名著を網羅する、新しい綜合文庫の発刊を決意した。

激動の転換期はまた断絶の時代である。われわれは戦後二十五年間の出版文化のありかたへの深い反省をこめて、この断絶の時代にあえて人間的な持続を求めようとする。いたずらに浮薄な商業主義のあだ花を追い求めることなく、長期にわたって良書に生命をあたえようとつとめるところにしか、今後の出版文化の真の繁栄はあり得ないと信じるからである。

同時にわれわれはこの綜合文庫の刊行を通じて、人文・社会・自然の諸科学が、結局人間の学にほかならないことを立証しようと願っている。かつて知識とは、「汝自身を知る」ことにつきていた。現代社会の瑣末な情報の氾濫のなかから、力強い知識の源泉を掘り起し、技術文明のただなかに、生きた人間の姿を復活させること。それこそわれわれの切なる希求である。

われわれは権威に盲従せず、俗流に媚びることなく、渾然一体となって日本の「草の根」をかたちづくる若く新しい世代の人々に、心をこめてこの新しい綜合文庫をおくり届けたい。それは知識の泉であるとともに感受性のふるさとであり、もっとも有機的に組織され、社会に開かれた万人のための大学をめざしている。大方の支援と協力を衷心より切望してやまない。

一九七一年七月

野間省一

講談社文庫 最新刊

呉 勝浩　爆弾
ミステリランキング驚異の2冠1位！ 爆弾魔の悪意に戦慄するノンストップ・ミステリー。

小野不由美　くらのかみ
相次ぐ怪異は祟《たた》りか因縁かそれとも——。小野不由美の知られざる傑作、ついに文庫化！

冲方 丁　十一人の賊軍
勝てば無罪放免、負ければ死。生きて帰ることはできるのか——。極上の時代アクション！

森 博嗣　歌の終わりは海
〈Song End Sea〉
幸せを感じたまま死ぬことができるだろうか。生きづらさに触れるXXシリーズ第二作。

海堂 尊　ひかりの剣1988
医学部剣道大会で二人の天才が鎬《しのぎ》を削る！「ブラックペアン」シリーズの原点となる青春譚！

桜木紫乃　起終点駅《ターミナル》
終点はやがて、始まりの場所となる——。北海道に生きる人々の孤独と光を描いた名篇集。

坪内祐三
『別れる理由』が気になって
長大さと難解に見える外貌ゆえ本格的に論じられることのなかった小島信夫『別れる理由』を徹底的に読み込み、現代文学に屹立する大長篇を再生させた文芸評論。
解説＝小島信夫
つL2
978-4-06-535948-8

中上健次
異族
共同体に潜むうめきを路地の神話に書き続けた中上が新しい跳躍を目指しながら未完のまま封印された最期の長篇。出自の異なる屈強な異族たち、匂い立つサーガ。
解説＝渡邊英理
なA9
978-4-06-535808-5

講談社文庫　目録

神崎京介　女薫の旅　欲の極み
神崎京介　女薫の旅　青い乱れ
神崎京介　女薫の旅　奥に裏に
神崎京介　I LOVE
加納朋子　ガラスの麒麟〈新装版〉
角田光代　まどろむ夜のUFO
角田光代　恋するように旅をして
角田光代　人生ベストテン
角田光代　ロック母
角田光代　彼女のこんだて帖
角田光代　ひそやかな花園
角田光代　石田衣良　ほか　こどものころにみた夢
川端裕人　せちやん〈星を聴く人〉
川端裕人　星と半月の海
片川優子　ジョナさん
神山裕右　カタコンベ
神山裕右　炎の放浪者
加賀まりこ　純情ババアになりました。
門田隆将　甲子園への遺言〈伝説の打撃コーチ高畠導宏の生涯〉
門田隆将　甲子園の奇跡〈斎藤佑樹と早実百年物語〉
門田隆将　神宮の奇跡
鏑木　蓮　東京ダモイ
鏑木　蓮　屈折光
鏑木　蓮　時限
鏑木　蓮　真友
鏑木　蓮　甘い罠
鏑木　蓮　京都西陣シェアハウス〈憎まれ天使・有村志穂〉
鏑木　蓮　炎罪
鏑木　蓮　疑薬
鏑木　蓮　見習医《けんしゅうい》ワトソンの追究
川上未映子　そら頭はでかいです、世界がすこんと入ります
川上未映子　わたくし率 イン 歯ー、または世界
川上未映子　ヘヴン
川上未映子　すべて真夜中の恋人たち
川上未映子　愛の夢とか
川上弘美　ハヅキさんのこと
川上弘美　晴れたり曇ったり
川上弘美　大きな鳥にさらわれないよう
海堂　尊　新装版 ブラックペアン1988
海堂　尊　ブレイズメス1990
海堂　尊　スリジエセンター1991
海堂　尊　死因不明社会2018
海堂　尊　極北クレイマー2008
海堂　尊　極北ラプソディ2009
海堂　尊　黄金地球儀2013
門井慶喜　パラドックス実践　雄弁学園の教師たち
門井慶喜　銀河鉄道の父
門井慶喜　ロミオとジュリエットと三人の魔女
梶よう子　迷子石
梶よう子　ふくろう
梶よう子　ヨイ豊《とよ》
梶よう子　立身《りっしん》いたしたく候《そうろう》
梶よう子　北斎まんだら
川瀬七緒　よろずのことに気をつけよ
川瀬七緒　法医昆虫学捜査官
川瀬七緒　シンクロニシティ〈法医昆虫学捜査官〉
川瀬七緒　水底《みなそこ》の棘《とげ》〈法医昆虫学捜査官〉

2024年6月14日現在